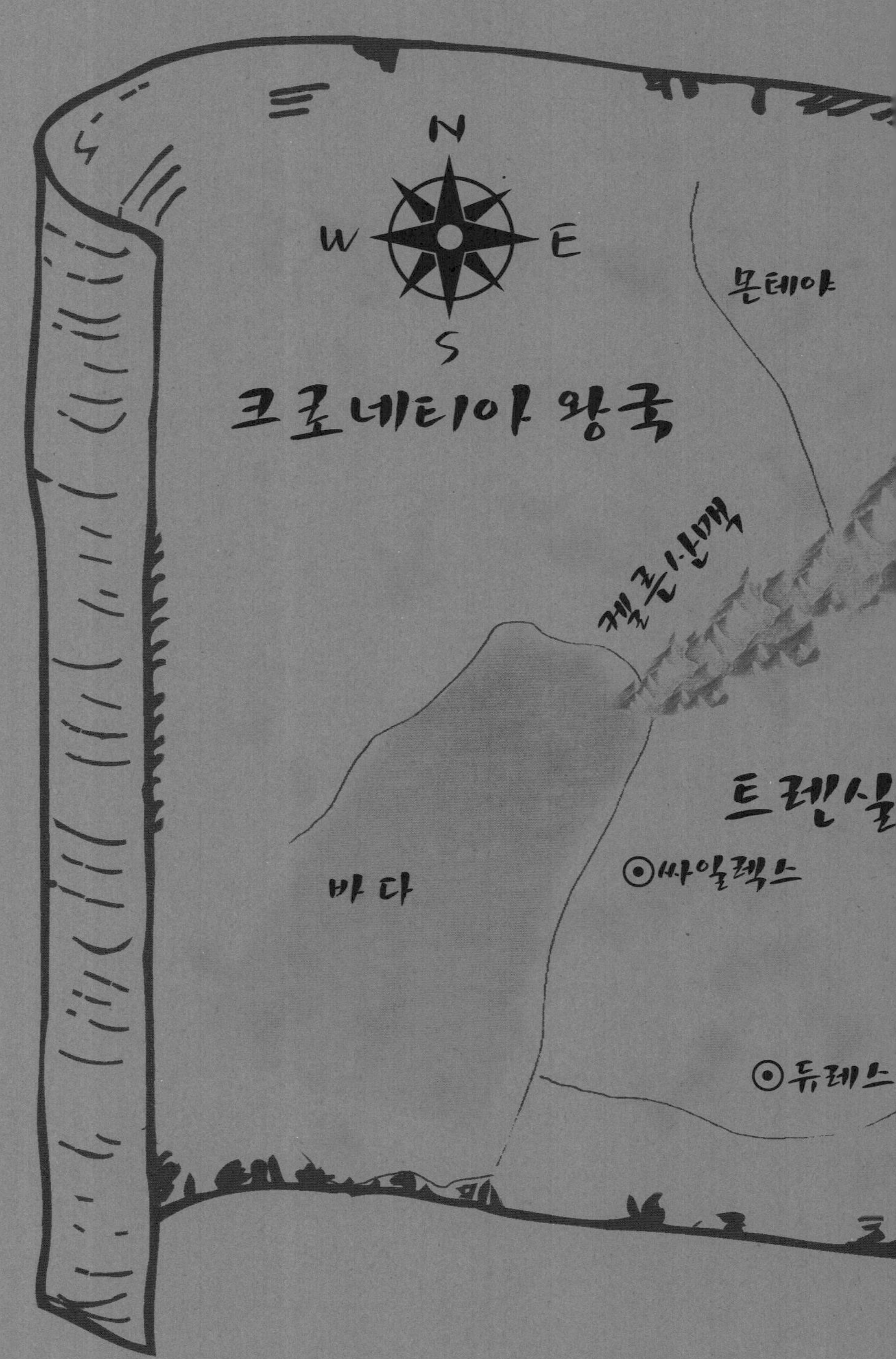

N
W
E
S
크로네티아 왕국
몬테야
켈론산맥
트렌실
바다
◉싸일렉스
◉듀레스

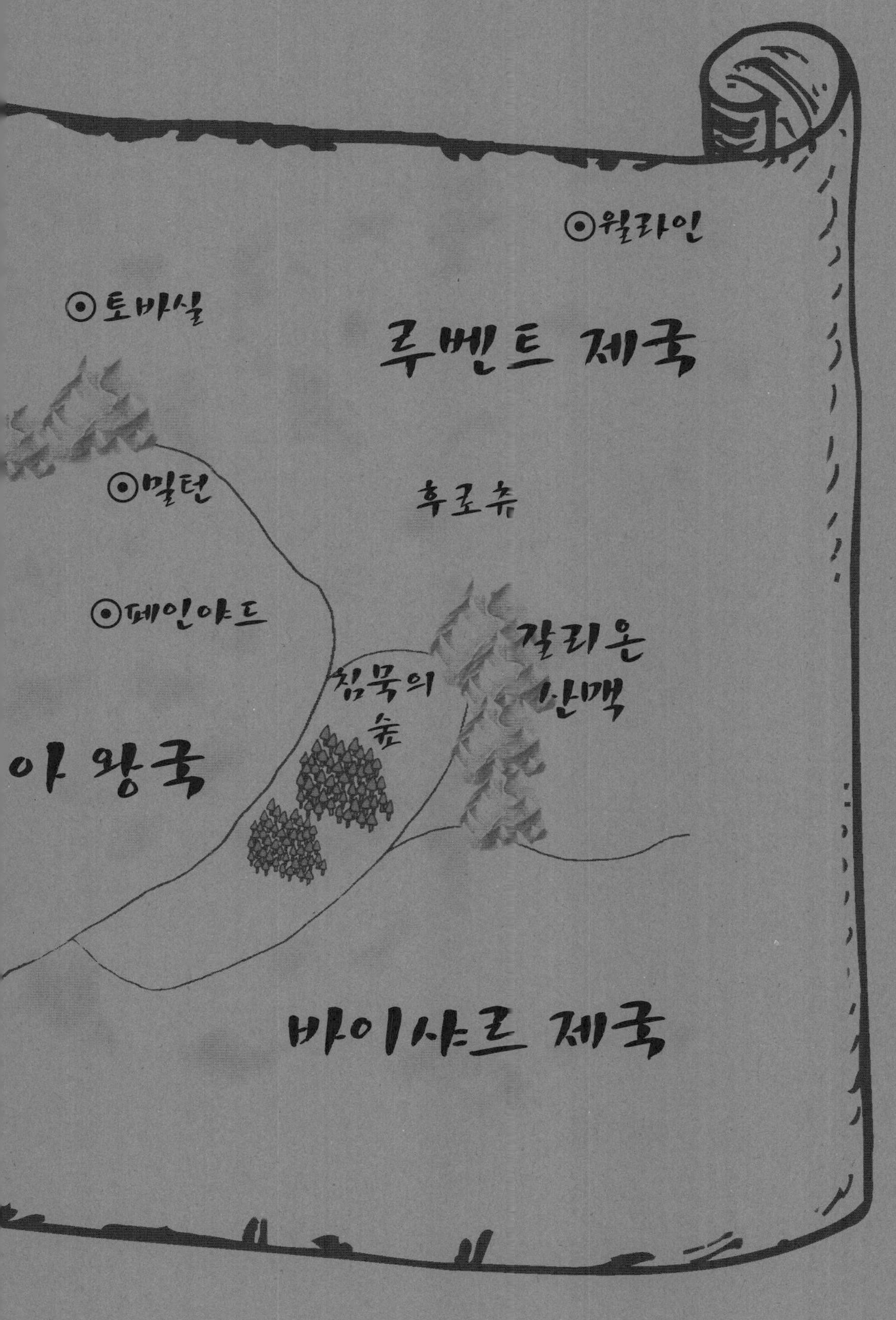
⊙월라인
⊙토바실
루벤트 제국
⊙밀턴
후조슈
⊙페인야드
갈리온
산맥
침묵의
숲
아 왕국
바이샤르 제국

드래곤 체이서

8

드래곤 체이서 8
최영채 판타지 장편 소설

초판 1쇄 찍은 날 § 2001년 7월 20일
초판 1쇄 펴낸 날 § 2001년 7월 30일

지은이 § 최영채
펴낸이 § 서경석
펴낸곳 § 도서출판 청어람
편집 § 문혜영 · 허경란 · 박영주 · 김희정 · 권민정
마케팅 § 정필 · 강양원 · 김규진

등록번호 § 제1081-1-89호
등록일자 § 1999. 5. 31
어람번호 § 제1-0128호

주소 § 경기도 부천시 원미구 심곡1동 350-1 남성B/D 3F (우) 420-011
전화 § 032-656-4452   팩스 § 032-656-4453

ⓒ 최영채, 2000

값 7,500원

※ 잘못된 책은 바꿔드립니다.
※ 저자와 협의하여 인지를 붙이지 않습니다.

ISBN 89-88818-93-8 (SET) / ISBN 89-5505-0137-9 04810

최영채 판타지 장편 소설

드래곤 체이서

2부

8

밝혀지는 음모

도서출판

청어람

목 차

제11장 그리워하는 마음 / 7

제12장 센드 웜Sand Worm / 37

제13장 레오와의 만남 / 61

제14장 트로니우스의 던전 / 93

제15장 과거, 현재, 그리고 미래……. / 123

제16장 도마뱀 아가씨의 위기 / 151

제17장 대상 서문창 / 181

제18장 도마뱀 아가씨 도주하다 / 209

제19장 제의와 회상 / 239

제20장 우리는 마브렌시아를 보았다 / 267

제11장
그리워하는 마음

“아쿠아 임펄스!”

쾅!

엄청난 폭발음과 함께 흙먼지가 자욱하게 피어 올랐다.

“그쪽으로 도망치니까 조심해!”

주위를 뒤덮은 흙먼지 속에서 들려온 날카로운 음성에 흰옷을 입은 사람은 들고 있던 지팡이를 앞으로 내밀며 힘차게 외쳤다.

“디바인 실드Divine Shield—!”

번쩍하는 섬광과 함께 무엇인가가 날아가 커다란 나무에 요란하게 부딪혔다가는 지면 위를 뒹굴었다. 흰옷을 입은 누군가가 다가가기 전 처음 음성의 주인공이 빠르게 달려왔다. 그리고는 무식하기 이를 데 없는 브로드 소드를 사정없이 내려쳤다.

쾅!

브로드 소드가 돌 조각을 튀기며 지면에 박히는 순간 검은 줄

무늬를 가진 여우의 머리가 간단하게 잘려 나갔다. 하지만 데보라의 행동은 그에 그치지 않았다. 등에 메고 있던 아로네아를 꺼내 잘려진 여우의 머리를 힘껏 내리찍었다.

아로네아가 여우의 머리를 꿰뚫는 순간 잘려진 여우의 머리와 몸통이 검은색 연기로 변해 공기 중에 흩어졌다. 그러는 사이 하늘 높이 치솟았던 흙먼지가 내려앉았고, 점차 주위의 모습이 드러났다. 그리고 데보라를 향해 다가오는 한국의 왕자 단과 우문충의 모습이 보였다.

"이제 끝난 겁니까, 로빈 사제?"

"예. 다행히도 큰 피해 없이 처리할 수 있었습니다."

하지만 대답을 하는 로빈의 얼굴에는 피곤한 기색이 완연해 보였다. 그런 로빈을 바라보는 단의 얼굴에는 미안함이 가득했다.

로빈이 대단한 신성력을 가진 사제인 것은 분명했지만 그의 나이는 이제 겨우 열여섯에 불과한 아직도 어린 소년이었던 것이다. 단이 주근깨가 얼굴에 가득한 로빈을 바라보고 있을 때 그들에게로 다가오는 사람이 하나 있었다.

그가 걸친 흰옷의 전반적인 생김은 지금 로빈이 걸치고 있는 옷과 거의 비슷했지만 좀 더 소매가 넓은 것이 편안한 느낌을 주었다.

다가온 사십 대 사내는 단을 향해 정중하게 인사를 했다.

"무극의신 종단(宗團)의 사제 종규(鐘馗)가 단 왕자님을 뵙게 되어 무상의 영광입니다. 왕자님께 언제나 신의 가호가 함께하시길 진심으로 빌겠습니다."

"무극의신 종단의 종규 사제? 날 만나기 위해 온 것이오?"

"아닙니다. 저기 있는 저 어린 교우(敎友)께 물어볼 것이 있어

왔습니다."

"로빈 사제를 말하는 것이오?"

"저분의 성함이 로빈이 맞습니까?"

"그렇소이다. 한데 무슨 일로 그를 찾는 것이오?"

"예, 실은……."

종규와 단은 한참 동안 대화를 나누었고, 곧 이어 로빈에게 다가왔다. 옷에 묻은 흙과 검불을 떼어내던 로빈은 단과 웬 사내가 자신에게 다가오자 그들에게 눈길을 돌렸다.

"여기 이분은 무극의신, 그러니까 라페이시스의 사제이신 종규란 분이시오. 로빈 사제에게 묻고 싶은 것이 있다고 해서 모시고 왔소이다."

단이 말을 하는 동안에도 종규는 로빈의 모습을 꼼꼼히 살피고 있었다.

"이렇게 만나게 되어 정말 반갑습니다. 우선 묻겠습니다. 이름이 르빈이고 나이가 올해 열다섯이 맞습니까?"

"이름은 맞지만 나이는 틀립니다. 전 열여섯 살입니다."

"그렇다면 혹시 대미안이란 분을 모르십니까?"

"예? 지, 지금 데미안님이라고 하셨습니까?"

"믹? 데미안? 지금 데미안이라고 했어?"

종규의 말에 로빈과 데보라는 깜짝 놀랐다. 그렇지 않아도 단에게 데미안의 행방을 알아봐 달라고 부탁을 하려다가 차일피일 미루고만 있었는데 다른 사람의 입에서 데미안의 이름을 듣게 되다니…….

"데미안은 어디 있어? 어디 있난 말이야?"

데미안의 이름을 듣는 순간 잠시 멍해 있던 데보라는 참을 수 없는 그리움이 밀려드는 것을 느꼈다. 하지만 데보라의 억센 손에 멱살이 붙들린 종규는 그녀가 흔드는 대로 사정없이 흔들리는 머리 때문에 아무 생각도 할 수 없었다.

"우, 우선 이, 이 손부터 좀……."

종규의 얼굴이 시뻘겋게 변한 것을 발견한 데보라는 그제야 황급히 손을 놓았다. 종규는 몇 번이나 콜록거린 다음에야 겨우 몸을 세울 수 있었다.

예쁘장하게 생긴 여자가 별로 아담하지도 않은, 솔직히 상당한 살집을 자랑하는 자신의 몸을 마치 조각 돌 들듯 가뿐하게 들고 사정없이 먼지 털듯 흔들어대자 종규는 어이가 없었다. 그가 잠시 멍한 표정으로 아무 말도 않자 데보라가 다시 다가왔다. 화들짝 놀란 종규가 얼른 입을 열었다.

"나… 난 그 대미안이란 분에 대해 아무것도 알지 못하오. 그저 우리 무극의신 종단에 그분이 로빈이란 사제를 찾는다는 연락이 왔기에 이곳까지 온 것이오. 얼마 전 단 왕자님께서 퇴마 능력을 가진 두 명과 함께 마물들을 처치하셨는데, 두 사람 가운데 한 명이 소년이란 말을 들은 적이 있어 확인하기 위해 온 것이란 말이오."

"시끄러! 딴소리하지 말고 데미안이 지금 있는 곳이 어디냔 말이야!"

"우리에게 연락을 취해온 곳은 태국의 수도 봉안에 있는 무극의신 태국 총단이었소."

"태국 총단?"

"태국의 수도 봉안이라면 이곳에서 꽤나 먼 곳이오."

종규의 대답을 들은 데보라가 두 팔을 늘어뜨린 채 멍한 표정을 짓자 그녀의 모습을 바라보고 있던 단의 얼굴 표정이 조금 이상해졌다. 멍해 있던 데보라는 금세 정신을 차리고는 로빈에게 말했다.

"로빈, 가자."

"예, 데보라님."

대답을 하는 로빈의 얼굴도 어느새 환하게 밝아 있었다.

대체 데미안이란 사람이 누구이기에 저 두 사람이 그의 이름을 듣는 것만으로도 저렇게 밝고 행복한 표정을 짓는 것인지 단은 그의 정체가 궁금했다.

"잠깐만 기다리십시오."

단의 말에 데보라는 고개도 돌리지 않은 채 대답했다.

"무슨 일이야?"

"두 분은 태국의 수도인 봉안까지 가는 길을 모를 테니 내가 안내를 해드리겠습니다."

"당신이 안내를 하겠다고?"

"그렇습니다. 그러니 잠시만 기다리십시오."

"아니야. 그냥 우리끼리 갈 테니 당신이 우리를 위해 수고할 필요는 없어."

"아닙니다. 우리 왕국을 위해 많은 고생을 하셨는데 제가 여러분을 모시는 것은 당연한 일입니다. 부디 저를 예의도 모르는 사람으로 만들지는 마십시오."

데보라가 잠시 머뭇거리자 단이 먼저 입을 열었다.

"곧 마차를 준비하도록 할 테니 이곳에서 잠시만 기다리십시오."

말을 마친 단은 부하들에게 다가가 뭔가를 열심히 지시했다. 하지만 데보라는 그런 단의 행동은 보지도 않은 채 데미안에 대한 생각에 빠져 있었다.

데미안을 보지 못한 것이 겨우 두 달에 불과하지만 마치 2년, 아니, 20년 동안 보지 못한 것 같은 애절한 느낌이 들었다. 이전의 그녀라면 결코 느낄 수 없는 감정이었다.

데미안에게서 처음 사랑을 느낀 것은 침묵의 숲에서부터였다. 명상에서 깨어난 데미안과 눈이 마주치는 순간 두근거렸던 그때 그 순간을 어찌 잊을 수 있겠는가?

그 후 데미안과 함께 여행을 하며 고락(苦樂)을 함께하면서 데미안에 대한 데보라의 사랑은 더욱 깊어졌고, 특히 데미안에게 청혼을 받았을 때 그녀의 기쁨이란 이루 말할 수 없을 지경이었다.

데미안과 헤어져 지낸 지난 두 달 동안 단 하루도 데미안에 대한 생각을 하지 않은 날이 없었다. 그런데 설마 여기서 데미안에 대한 소식을 듣게 될 줄이야……. 데보라가 그런 상념에 빠져 있을 때 단이 다가왔다.

"마차가 준비되었습니다. 가시지요."

"정말 같이 갈 거야?"

"왜, 제가 같이 가면 곤란한 일이라도 있습니까?"

"아니, 같이 간다고 곤란할 거야 없지만 당신한테 미안해서 그렇지."

"내가 좋아서 하는 일이니까 그런 생각은 하실 필요 없습니다. 어서 마차에 오르십시오."

"고마워."

데보라와 로빈이 마차에 탄 것을 확인하고서야 단은 마차에 올랐다.

네 마리의 말이 끄는 마차의 뒤에는 다시 네 필의 말이 묶여 있었다. 가부는 말들이 지치지 않는 범위 내에서 최대한 빠르게 마차를 몰았다.

마차가 달린 지 다섯 시간이 지나자 주위가 어두워졌다. 마부는 말의 속도를 줄인 다음 마차 안을 향해 입을 열었다.

"왕자님, 이미 날이 어두워졌습니다. 더 이상 가면 마땅히 야영할 만한 곳이 없습니다. 어떻게 하시겠습니까?"

"그렇다면 이곳에서 야영할 준비를 하게."

단의 말에 마부는 말을 멈추고 야영할 준비를 했다. 마차에서 내린 로빈이 땔감으로 쓸 나뭇가지를 주우러 가자 수국은 빠르게 식사할 준비를 했다.

단이 돌 위에 주저앉아 생각에 빠진 모습을 조금 떨어진 곳에서 데보라가 바라보고 있었다. 무슨 일이 있는 것인지 단의 얼굴 표정은 출발하기 전부터 줄곧 어두워 있었다. 자신과 로빈을 대할 때 항상 미소 띤 모습을 잃지 않던 그에게 대체 무슨 일이 생긴 것인지 묻고 싶었다. 하지만 왠지 물어선 안 될 것 같다는 느낌 때문어 꾹 눌러 참고 있었다.

마부가 마차에서 말들을 풀어 근처의 나무에 묶어 쉴 수 있도록 하는 동안 식사가 마련이 되었다. 하지만 단의 얼굴 표정은 여전히 어두웠다.

데보라는 그런 단의 모습이 은근히 신경 쓰였다.

식사를 마친 일행들은 일찍 잠자리에 들었다. 데보라와 수국이 한자리에, 단과 로빈이 한자리에 잠자리를 마련했고 마부는 마차에서 잠을 청했다.

단은 누워서 밤하늘을 바라보았다.

달이 없기 때문일까? 밤하늘에 넓게 퍼져 있는 수많은 별들이 눈이 시릴 정도로 들어왔다. 밤하늘을 가르며 지나가는 한줄기 유성이 보였다.

더 이상 견디지 못하고 자리에서 일어난 단은 데보라의 뒷모습을 유심히 바라보았다.

비록 여자이지만 어떤 무인보다 강했고, 거칠지만 여태껏 보아왔던 어느 여인보다 아름다운 그녀였다. 더 이상은 그녀에 대한 자신의 마음을 숨길 수 없었다.

"데보라님, 주무십니까?"

"아니. 왜, 잠이 안 와?"

"하고 싶은 말이 있습니다."

"할 말? 뭐야?"

"데보라님이 지금 찾아가는 데미안이란 분은 어떤 분이십니까?"

단의 질문에 데보라도 자리에서 일어났다. 잠시 단의 얼굴을 보고는 곧 대답했다.

"데미안은 내 약혼자야."

"약혼자? 그럼 약혼을 했단 말입니까?"

"으응."

대답을 하는 데보라의 얼굴은 밤임에도 불구하고 붉어진 것을 확인할 수 있을 정도였다. 그리고 그런 그녀의 입가에는 행복해 보이는 미소가 걸려 있었다.

하지만 행복해하는 그녀를 바라보는 단의 얼굴에는 희미한 그늘이 드리워져 있었다.

“그런데 그건 왜 묻는 거지?”

데보라의 질문에도 단은 대답하지 않았다. 그렇지 않아도 단의 태도가 신경 쓰였던 데보라는 천천히 잠자리에서 일어났다. 단도 그 모습을 보았지만 여전히 그는 말이 없었다.

“한때 난 내가 왕자로 태어났다는 것에 지극히 만족해했었습니다. 호화로운 옷이나 맛있는 음식, 아름다운 여자… 내가 원하는 것은 그것이 무엇이든 내 손에 움켜쥘 수 있었습니다. 그런 내 앞에 내 능력으로써는 도저히 어쩔 수 없는 존재가 나타났습니다.”

데보라는 단이 이야기하는 존재가 자신이라는 것을 단번에 깨달을 수 있었다.

“그 사람이 나라는 거야?”

“그렇습니다.”

“날 원한다는 거야? 왜 날 원하지? 나와 만난 것은 불과 얼마 전의 일이잖아.”

데보라의 말에 단은 물끄러미 그녀의 얼굴을 바라보았다.

“나 역시 첫눈에 상대에게 반한다는 말을 믿지 않았습니다. 하지만 당신을 처음 보았을 때 내 마음은……”

말꼬리를 흐린 단은 고개를 떨구었고, 그런 단의 모습을 본 데보라는 그에게 뭐라고 이야기를 해야 좋을지 몰랐다. 자신 역시 데미안과 눈이 마주치던 그 순간 바로 그를 사랑하게 되었기 때문이다.

“당신에게 어떻게 얘기하면 좋을지 모르겠지만, 난 데미안을 사랑하고 있어. 그래서 당신의 사랑을 받아들일 마음의 공간이 조금도 없어. 날 이해해 주길 바래.”

“물론 당신의 입장은 이해합니다. 하지만 그 데미안이란 사람이 당신에게 어울리는 사람인지 내 눈으로 직접 확인을 해야겠습니다. 만약 당신에게 부족한 사람이라면……."

희미해지는 단의 말에 데보라는 조금은 굳은 얼굴로 분명히 대답했다.

"당신이 나에게 호감을 가지고 있다니 고마운 일이지만 난 정말 데미안을 사랑하고 있어. 내가 그를 얼마나 사랑하는지 당신은 아마 모를 거야. 그가 원한다면 기꺼이 내 목숨을 바칠 수 있어. 아니, 그가 원하지 않더라도 그가 하고자 하는 일에 작은 도움이라도 된다면 기꺼이 목숨을 바칠 수 있는 것이 지금의 내 심정이야."

그 말을 하고 데보라는 단에게서 몸을 돌려 자리에 누웠다. 그리고 눈을 감았다.

혼자 남은 단은 잠시 그런 데보라의 모습을 멍하니 바라보았다. 설마 데보라처럼 강한 여전사의 입에서 그런 대답이 나올 줄은 몰랐다.

대체 얼마나 대단한 사내이기에…….

단은 다시 밤하늘로 고개를 돌렸다.

*　　　*　　　*

칠흑처럼 어두운 밤이었다.

모든 사물들이 눈앞에 둔 손조차 발견하기 힘들 정도의 짙은 어둠에 싸여 있었다.

벌레들마저 꿈속을 헤매고 있을 시간 돌연 맹수의 눈빛 같아 보이는 새파란 불빛 두 개가 갑자기 어둠 속에서 나타났다. 잠시 주위를 둘러보던 그 눈은 곧 한 건물에서 멈추었고, 마치 유령처럼 어둠 속을 빠르게 이동했다.

앞쪽에 아담하게 지어진 서너 채의 건물이 보였고, 오직 한곳에만 환하게 불이 밝혀져 있었다. 새파랗게 빛나는 눈은 그곳을 유심히 바라보았다.

틀림없이 그곳에서 그의 냄새가 났다.

위자헌은 집무실에서 여러 장의 보고서를 읽고 있었다.

새르이 출몰한 마물들에 대한 보고서도 있었고, 마물들을 퇴치하기 위한 각 현의 노력에 대한 보고서도 있었다. 또 출현한 마물들에게 입은 피해에 관한 보고서도 있었다.

어두웠던 위자헌의 얼굴이 갑자기 펴진 것은 한 장의 보고서 때문이었다. 그 보고서는 데미안이 정주 현에 출현한 바다 괴물을 처리한 과정을 자세하게 설명하고 있었다.

위자헌은 그 보고서의 내용에 대해 기쁨을 감추지 못하면서도 대미안이 단신으로 길이 100미터에 달하는 거대한 괴물 오징어를 처치했다는 대목에서는 고개를 갸우뚱했다.

수십 명의 용병과 수백 명의 병사들을 몇 번이나 투입하고도 번번이 실패했던 일을 혼자서 처리했다니, 도저히 믿기 힘든 일이었다. 물론 대미안의 능력을 의심하는 것은 아니지만 그렇다고 혼자서 바다 괴물을 처리했다는 보고를 그대로 믿을 수 있을 정도는 아니었다.

게다가 보고서엔 천우신검 강찬휘와 세 사람의 신녀, 그리고 대미안의 동료들로 보이는 세 사람이 그를 도왔다고 적혀 있었다. 또 대미안의 동료들로 보이는 인물들의 활약상이 상세히 적혀 있었는데 그것 역시 믿을 수 없는 내용으로 가득했다.

불을 내뿜는 방패를 가진 근육질의 사내는 물론, 하늘을 훨훨 날아다니는 사람에, 강찬휘보다 훨씬 강해 보이는 검은 망토의 사내.

물론 보고서에 기록된 그들의 능력도 대단한 것이었지만 대미안에게서 느끼는 신비감에는 비할 바가 아니었다. 마치 마물들에게 고통을 받는 태국을 위해 하늘이 대미안을 자신과 만나게 한 것은 아닐까 하는 생각마저 들었다.

그런 생각을 하던 위자헌의 얼굴이 갑자기 굳어졌다. 그리고는 검가(劍架)에 걸려 있던 자신의 검을 움켜잡았다.

"누구냐!"

우지끈!

큰 소리와 함께 문짝이 떨어져 나가는 것을 발견한 위자헌은 황급히 검을 뽑아 들었다. 그러나 난입한 자의 움직임은 위자헌의 예측을 완전히 벗어났다.

바닥을 내려서는가 싶더니 벽을 향해 몸을 날렸고, 다시 벽을 박차고는 허공으로 몸을 날려 위자헌에게 달려들었다. 눈부시게 빠른 상대의 움직임에 비록 재빨리 검을 뽑아 들었지만 유령처럼 움직이는 상대를 포착하기란 결코 쉬운 일이 아니었다. 그러나 위자헌 역시 경험이 풍부한 무인이었다.

재빨리 옆으로 이동한 위자헌은 자신을 향해 공간을 단축해 달려드는 상대를 향해 신검 한상(寒霜)을 힘껏 휘둘렀다. 하지만 한상이 허공에 그린 궤적에 걸릴 것 같았던 상대는 허공에서 멈칫하더니 그대로 탁자에 내려섰다.

위자헌은 그제야 상대의 모습을 확인할 수 있었고, 또 그 모습에 눈이 휘둥그레졌다.

상대는 짐승 가죽으로 아랫도리만 가린 청년이었다. 얼굴은 분명 십대 후반으로 보였지만 몸은 아직 어린 소년의 체형이 분명해 보였다. 그러나 무엇보다 소년을 인상적으로 만드는 것은 새파란 살기가 흐르는 한쌍의 눈이었다.

위자헌으로서는 난생처음 보는 소년이었다. 그가 왜 자신에게 저런 살기를 품은 것인지는 모르겠지만 일단 상대의 신분을 확인하는 것이 먼저였다.

"그대는 무슨 이유로 장군부에 난입한 것인가?"

그리운 냄새를 따라왔다. 그것도 사람들의 왕래가 별로 없는 밤에만 이동을 해 거의 천리(千里)가 넘는 이곳까지 온 것이다. 결국 그의 냄새가 곳곳에 배여 있는 이곳에 도착했건만 그의 모습은 그 어디에서도 찾을 수 없었다.

그것만으로도 레오는 참을 수 없을 만큼 슬픈 일이었다. 한데 눈앞에 있는 저 수염 난 늙은이는 그런 자신에게 대체 뭐라고 떠드는 것인지 한마디도 알아들을 수 없어 그의 가슴을 더욱 답답하게 만들었다.

"데미안 어디 있어?"

"데미안? 그럼 당신은 데미안 공을 찾아왔단 말이오?"

"데미안 어디 있는지 말해. 말 안 하면 죽인다."

두 사람의 말은 그저 데미안이란 이름만이 공통적으로 거론될 뿐 전혀 의사 소통이 안 되었다. 그런 상황을 견디지 못한 것은 당연히 레오였다.

"죽인다."

상심한 레오가 나직하게 중얼거리는 순간 그의 몸에 변화가 생기기 시작했다.

그의 몸이 조금 커지는가 싶더니 온몸에 빽빽하게 황금색 털이 돋아남과 동시에 그의 손에서 날카로운 열 개의 손톱이 자라기 시작했다. 또 황금색 털에 검은색의 줄무늬가 생겨 마치 한 마리의 호랑이를 보는 듯했다. 게다가 입술 사이로 드러난 네 개의 날카로운 송곳니도 무시무시해 보였다.

처음 위자헌은 레오의 변하는 모습에 그가 혹시 마물이 아닐까 하는 생각을 했었다. 하지만 그가 대미안을 알고 있다는 사실에 그가 대미안의 특이한(?) 동료가 아닐까 하는 생각이 들었다. 하지만 말이 통하지 않는 상황에서 그를 설득시키기란 그리 쉬운 일이 아니었다.

레오의 모습이 허공으로 떠오르는 순간 위자헌의 시야에서 완전히 사라졌다. 당황한 위자헌은 검으로 자신의 심장을 보호하며 뒤로 물러섰다. 그리고는 청각에 모든 신경을 집중했다. 하지만 아무런 소리도 들리지 않았다.

그리 넓지 않은 방에서 레오의 모습이 감쪽같이 사라진 것이다.

위자헌은 재빨리 뒤로 물러나 벽에 등을 붙여 뒤에서부터의 공격에 대비했다. 그리고는 최대한 청각에 의존해 상대를 찾았다. 여전히 상대의 소리는 들리지 않았지만 탁자 위에 켜놓은 등불의 불꽃이 계속해서 흔들리는 것을 보면 상대가 방 안에서 쉴 새 없이 움직이는 것 같았다.

그 순간이었다.

뭔가가 자신을 향해 날아오는 것이 느껴졌다. 보이지도, 들리지도 않았지만 무엇인가가 자신의 머리를 향해 날아오는 것은 분명히 느껴졌다. 검을 든 위자헌은 그 자리에 주저앉으며 다가오는 레오를 향해 힘껏 검을 내밀었다.

끼끼끼끽!

귓전을 자극하는 날카로운 소리와 함께 벽면에서 돌 조각이 튀었다. 그러나 위자헌의 검에 걸리는 것은 없었다. 재빨리 벽면에서 떨어져 자신이 조금 전 서 있던 벽면을 보니 깊숙하게 네 줄기의 홈이 패여 있었다. 하지만 여전히 상대의 모습은 보이지 않았다.

이렇게 좁은 곳은 자신에게 불리하다고 판단한 위자헌은 부서진 문을 향해 몸을 날렸다. 재빨리 지면에 내려선 위자헌은 무엇인가가 자신의 머리를 향해 떨어지는 것을 느끼고는 검을 들어 상대의 공격을 막았다.

챙!

자신의 검을 찍어 누르는 힘을 느끼고서야 위자헌은 레오의 모습을 발견할 수 있었다. 비록 자신의 검 한상이 절세신검은 아니라고 하더라도 웬만한 무기는 부딪치는 순간 잘려 나간다는 것을 누구보다 잘 알고 있었다. 그럼에도 불구하고 레오의 손톱은 멀쩡했다.

위자헌이 잠시 멈칫하는 사이 레오의 왼손이 위자헌의 심장을 노리고 날아들었다. 깜짝 놀란 위자헌은 철판교(鐵板橋)의 신법으로 몸을 뒤로 누인 다음 힘차게 지면을 박찼다. 그리곤 다시 비룡번신(飛龍飜身)의 신법으로 허공에서 몸을 비틀어 지면에 내려섰다. 그러나 레오의 손톱은 이미 위자헌의 가슴 부분을 훑고 지나간 다음이었다.

고개를 숙이고 확인해 보니 희미하게 네 줄기의 상처가 생겨 있었고, 잘려 나간 옷이 불어오는 바람에 펄럭이고 있었다. 조금만 위자헌의 대응이 늦었다면 목숨을 잃었을 것은 불문가지(不問可

知)였다.

"데미안 어디 있어?"

위자헌이 보기에 이 괴상한 소년은 대미안이란 청년을 무슨 이유인지는 모르지만 간절히 찾고 있는 것이 분명했다. 말이 통하지 않는 지금 그에게 대미안이 어디 있는지 설명하기란 쉬운 일이 아니었다. 일단 자신이 적의(敵意)를 가지고 있지 않다는 것을 상대에게 보여줄 필요가 있었다.

천천히 검을 내린 위자헌은 지면에 그림을 그리기 시작했다. 수십 개의 산과 몇 개의 강을 그린 다음, 가장 크게 그린 강 그림을 가리켰다. 물론 그 강의 이름이 주석강이라 쓰긴 했지만 말을 통하지 않은 상태에서 상대가 그 글을 알아보리란 생각은 아예 하지 않았다.

"대미안, 대미안."

위자헌이 강을 가리키며 데미안의 이름을 말했다. 그 모습을 지켜보던 레오는 처음 위자헌이 무슨 짓을 하는지 이해를 할 수 없었다. 하지만 계속해서 데미안의 이름을 말하는 것을 보면 데미안이 큰 강으로 갔다는 말인 것 같았다.

위자헌의 행동을 지켜보던 레오는 다시 공기 중에서 데미안의 냄새를 찾기 시작했다. 그런 레오의 모습에 위자헌은 방향만이라도 가르쳐 주려고 남쪽을 가리키며 다시 데미안의 이름을 말했다.

"대미안, 대미안."

위자헌의 손짓에 레오는 다시 냄새를 맡았다. 희미하지만 데미안의 냄새가 나는 것도 같았다. 레오는 지체없이 5미터는 충분히 됨직한 지붕으로 뛰어올랐다. 그리고는 남쪽을 향해 몸을 날렸다.

갑자기 나타났다가 갑자기 사라진 레오의 행동에 위자헌은 어이가 없었지만 무사히 일이 해결된 것에 만족했다. 하지만 레오의 손톱에 의해 잘려진 옷자락이 바람에 펄럭이는 것을 보고는 씁쓸한 기분이 드는 것을 막을 수 없었다.

＊ ＊ ＊

따각— 따각—!

한가롭게 들리는 말발굽 소리와 함께 가볍게 마차가 흔들렸다.

흔들리는 마차에 몸을 맡긴 데미안은 코발트 색으로 빛나는 하늘을 바라보고 있었다. 그리고 옆에는 강찬휘와 라일이 팔짱을 낀 채 앉아 있었다. 그리고 맞은편에는 원씨 세 자매가 앉아 있었다.

뒷정리와 보고를 위해 주중천이 빠져 있는 것을 제외한 나머지 사람은 모두 있었다. 편안한 표정을 짓고 있는 데미안을 제외한 다른 사람들의 얼굴 표정은 이상하게 변해 있었다.

데미안에 대한 치료가 아직 끝나지 않았을 때 데미안이 강찬휘와 원씨 세 자매에게 한 말 때문이었다. 물론 데미안의 능력이 보통 사람보다 뛰어나고, 또 상당히 독특한 무공을 익히고 있다고는 하지만 그가 다른 세계에서 왔다는 말은 도저히 믿기 힘들었다.

아주 오래전 자신들이 살던 대륙이 더 큰 대륙에서 떨어져 나왔다는 말은 들은 적이 있었다. 하지만 그것은 그저 전설로만 전해지는 이야기일 뿐이었다. 게다가 데미안이 말한 신의 봉인이니 하는 것은 단 한 번도 들어본 적이 없었다.

"데미안님, 점심 식사 시간이 다 되었습니다."

뮤렐과 함께 마차를 몰던 헥터가 입을 열었다. 그리고는 마차를 서서히 멈추었다.

일행들의 눈에 보이는 것은 작고 평화로운 농촌의 정경이었다. 그리고 마차가 멈춘 곳은 2층짜리 작고 아담한 건물 앞이었다. 마차에서 내린 일행들은 건물 안으로 들어섰다.

네 개뿐인 탁자 가운데 한 탁자에 세 명의 농부가 앉아 있을 뿐 무척이나 한산한 모습이었다. 데미안과 라일 등이 한 탁자에, 또 다른 탁자에 강찬휘와 원씨 세 자매가 앉았다.

살이 퉁퉁하게 찐 여주인이 일행들에게 다가왔다.

"먼 길을 여행하는 분들이신가 보군요. 뭘 드릴까요?"

"간단하게 요기할 수 있는 것을 주시오."

강찬휘의 말에 여인은 곧 주방으로 들어갔고, 일행들은 잠시 침묵을 지켰다. 각자 생각에 빠져 있을 때 라일을 노려보는 눈동자가 있었다.

"내가 듣기에 저기 저 사람이 당신의 스승이라고 했던 것 같은데 내 말이 맞나요?"

"맞소."

원화의 말에 데미안은 고개를 끄덕였다.

"어떻게 살아 있지 않은 자가 살아 있는 사람의 스승이 될 수 있다는 거죠? 게다가 저 사람의 몸에는 온통 사악한 기운으로 가득해요. 알고 있나요?"

"낭자, 낭자로서는 이해하기 힘든 일이겠지만 스승님은 지금 저주에 걸리셨기에 이런 몸이 되신 것이오. 그러니 스승님께 무례한 행동은 피해주셨으면 고맙겠소이다."

데미안의 말에 원화는 잠시 그의 얼굴을 노려보았다가는 곧 고개를 돌려 버렸다. 그 모습에 옆에 앉아 있던 원령이 당황한 모습으로 입을 열었다.

“죄송합니다. 동생의 무례를 용서하세요.”

원령의 말에 대답한 사람은 라일이었다.

“아니오. 당신 동생의 말이 전혀 틀린 것은 아니오.”

“아니에요. 어서 저분에게 사과드리도록 해!”

평소 차분했던 원령의 얼굴에서 서늘함이 느껴졌다. 그 모습에 원화는 찔끔하지 않을 수 없었다.

“죄송해요. 제가 무례했어요. 용서하세요.”

“괜찮소이다.”

잠시 어색한 분위기가 흘렀다.

그러는 사이 일행들을 힐끔거리며 엿보던 농부 하나가 일행들에게 다가왔다.

“저어……”

“무슨 일이십니까?”

“저어, 혹시 여러분들은 어려운 일을 해결해 주시는 해결사 분들이 아니십니까?”

“해결사? 무슨 일인데 그걸 묻는 겁니까?”

“실은 저희 마을에 좀 이상한 일이 생겼습니다. 저희들도 나름대로 조사를 해보았지만 도무지 어떻게 된 일인지 영문을 알 수 없는 일이기에 여러분의 도움을 받고 싶습니다. 저희 마을을 도와주시겠습니까?”

오십 대 후반으로 보이는 농부의 말에 일행들의 시선은 자연스럽게 일행의 리더 격인 데미안 쪽으로 향했다. 어쩔 수 없이 데미안이 질문을 했다.

“이상한 일이라는 것이 어떤 일입니까?”

“저희들이 농사를 짓는 밀 밭에 얼마 전부터 구멍이 뚫리기 시작한 것입니다."

"구멍?"

데미안이나 다른 일행들은 농부의 말을 쉽게 이해할 수 없었다.

밭에 구멍이 뚫리는 일은 흔한 일이었다. 두더지들이 먹이를 찾느라 땅을 헤집어놓는 경우도 있었고, 또 토끼나 여우 같은 들짐승이 자신들의 보금자리를 마련하느라 굴을 파놓는 경우도 있었다.

일행들은 다시 농부를 바라보았다. 자신을 바라보는 사람들의 시선에 농부는 자신의 설명이 부족했음을 느끼고는 곧 입을 열어 자세하게 설명을 했다.

"들짐승이나 두더지가 밭에 구멍이 뚫어놓는 경우는 간간이 있지만 이번에 발견된 구멍은 엄청나게 커서 대체 무엇이 구멍을 뚫어놓았는지… 궁금했지만 너무 겁이 나서 아직 조사를 시작하지도 못하고 있습니다."

"대체 그 구멍이 얼마나 크기에 겁이 난다는 말입니까?"

"보시면 알겠지만 크기가 거의 3, 4미터는 충분히 될 것 같았습니다."

농부의 말에 데미안은 자신도 모르게 일행들을 바라보았다. 하지만 일행들도 의아심이 드는 얼굴들이었다.

"그런 구멍이 밤 사이 생긴단 말씀이십니까?"

"예. 지금 밀 밭은 갑자기 생긴 구멍들 때문에 도저히 농사를 지을 수 없는 상태입니다."

데미안은 농부의 말에 호기심이 생기는 것을 느꼈다. 대체 무엇이 밀 밭에 구멍을 뚫은 것인지 궁금하였다.

일단 식사를 마치고 직접 가보기로 한 일행들은 간단히 요기를 한 후 문제의 밀 밭으로 향했다.

광활한 지역에 펼쳐져 있는 밀 밭을 바라보던 데미안은 문득 고향 싸일렉스가 생각났다. 지금쯤이면 싸일렉스에서도 탐스럽게 밀들이 익어가고 있을 것이다.

"바로 저깁니다."

농부가 손으로 가리킨 곳을 보니 지면이 완전히 가라앉아 있었다. 가까이 가서 살펴보니 폭이 3미터가 넘는 긴 도랑이 끝도 없이 이어져 있었다. 그리고 보니 밀 밭 곳곳에 그렇게 긴 도랑이 10여 개 정도 보였다.

아무리 봐도 인간의 소행이라고 보기엔 구덩이가 너무 크고, 또한 너무 길었다.

"혹시 목숨을 잃은 사람이나 실종된 사람은 없습니까?"

"글쎄요? 아직 그런 말은 들은 적이 없습니다."

"혹시 다른 마을에 실종된 사람이 있는지 알아봐 주시겠습니까?"

"그럼 잠깐만 기다리십시오."

농부가 동료들과 마을로 간 후 데미안은 일행들에게 물어보았다.

"혹시 이전에 이런 현상을 본 분이 계십니까?"

"아닙니다, 한 번도 본 적이 없습니다. 다른 분들께서는 본 적이 있으십니까?"

"저희들도 처음 보는 광경이에요. 혹시 마물의 소행이 아닐까요?"

"글쎄요? 하지만 마물이 나타난 것이라면 여태까지의 경우로

봐서 많은 사람의 피해가 있었을 텐데 그런 소문이 아직 나지 않은 것을 보니, 마물은 아닌 것 같습니다. 여러분들의 생각은 어떠십니까?"

데미안의 말을 듣고 보니 그의 말이 맞는 것도 같았다. 그러는 동안 마을로 갔던 농부가 돌아왔다. 그런데 그의 얼굴이 조금 이상하게 변해 있었다.

"저희 마을에는 다친 사람도, 실종된 사람도 없습니다만 윗마을에는 실종된 사람이 여럿이 된답니다. 마을 사람들이 수색대를 조직해 며칠 동안 찾아봤지만 실종된 사람을 아직 찾지 못했답니다."

"실종된 사람이 몇 사람이나 됩니까?"

"일단 알려진 사람은 열여섯 명입니다."

농부의 말에 원령이 궁금하게 생각했던 것을 물었다.

"그분들이 처음 실종되신 것이 언제인가요?"

"열흘 가까이 되었답니다."

농부의 대답에 데미안과 일행들은 그들이 이미 이 세상 사람이 아닐 것이라고 생각을 했다. 자신의 옷을 간추린 데미안은 바닥을 향해 매직 미사일을 날렸다. '펑' 하는 소리와 함께 지면이 흙먼지와 함께 내려앉았다.

흙먼지가 가라앉자 데미안이 입을 열었다.

"제가 이곳을 조사하겠습니다."

"그럼 난 이쪽을 조사하지."

라일이 다른 쪽을 가리키자 강찬휘와 헥터도 각기 다른 방향으로 뻗은 구덩이로 향했다. 네 사람이 구덩이로 뛰어들자 원씨 세 자매도 다른 구덩이로 뛰어들려 했다. 그러나 차이렌의 제지로 그 자리에서 멈춰야 했다.

"이봐! 너흰 괜히 방해하지 말고 그냥 있어."

청년인 뮤렐의 입에서 갑자기 노인의 음성이 들리자 세 자매는 깜짝 놀란 표정을 지었다. 특히 막내인 원미가 놀란 표정을 지으며 질문을 했다.

"당신은 왜 그렇게 늙은 사람의 흉내를 내는 거죠?"

"흐흐흐, 계집애야, 세상에는 네 알량한 지식으로는 짐작도, 그리고 상상할 수도 없는 일들이 너무나도 많이 있단다. 그러니까 괜히 돌아가지 않는 머리 쓸 생각 하지 말고 들어간 사람들이 나올 때까지 기다려."

차이렌의 말에 원화가 발끈해서는 나섰다.

"당신이 뭔데 우리보고 들어가라 마라 하는 거죠?"

"너희들이 생각할 때 너희들 실력이 대단한 것 같으냐? 지금 들어간 네 사람들 가운데 너희보다 약한 사람이 있을 것 같아? 겨우 방어 주문 몇 개를 익혔다고 세상 무서운 것 없이 행동해서는 안 되지."

마치 어린 손녀를 꾸중하는 할아버지 같은 차이렌의 태도에 원씨 세 자매는 너무나 기가 막혀 아무런 말도 할 수 없었다. 그러는 사이 갑자기 원령이 눈을 감았다. 그리고 잠시 후 눈을 떴다.

"종단에서 메시지가 온 거야, 언니?"

"그래. 대미안 대인께서 찾던 분을 다행히도 찾았다는구나. 지금 한국을 출발해 이곳까지 오고 있는 중이래."

"혹시 데미안이 찾는 사람이라면 로빈을 말하는 것이냐?"

"그래요. 그리고 또 한 사람이 같이 있다는데 데보라라는 여자분이래요."

"데보라가 같이 있다고? 그게 정말이냐?"

너무나 기뻐하는 차이렌의 모습에 원령은 고개를 끄덕였다.

"그래, 다행히도 로빈은 데보라와 함께 있었구나. 잘됐어, 정말 잘됐어."

나직하게 중얼거리던 차이렌이 다시 물었다.

"그래, 그 한국이란 나라는 얼마나 멀리 있는 나라냐?"

"북쪽에 위치한 나라인데 중간에 있는 염국(炎國)을 지나서 이곳까지 오려면 아무리 빨리 온다고 해도 이십여 일은 족히 걸릴 거예요."

"그래?"

차이렌은 대답과 함께 자신의 턱을 어루만졌다. 청년의 모습을 하고 있으면서도 하는 짓은 영락없는 노인의 행동인 뮤렐의 모습에 세 자매는 호기심을 감추지 못했다.

펑!

그때, 요란한 소리와 함께 멀리서 흙먼지가 일었다. 네 사람의 눈이 그곳으로 쏠리는 순간 흙먼지를 뚫고 누군가가 지면에 내려서고 있었다. 근육질의 몸매를 가진 헥터였다.

헥터는 자신의 몸에 묻은 흙먼지를 대충 턴 다음 일행들이 있는 곳으로 다가왔다.

"뭘 발견했어?"

차이렌의 묻는 말에 헥터는 말없이 손에 들고 있던 물건을 내밀었다. 그것을 발견하는 순간 원미는 소리를 지르며 고개를 돌려 원화의 가슴에 얼굴을 묻었다.

다름 아닌 인간의 두개골이었다. 아직 곳곳에 선혈과 살들이 묻어 있는 것을 보면 살해된 지 얼마 되지 않은 듯 보였다. 찬찬히 두개골을 살피던 차이렌은 조금 눈살을 찌푸린 채 입을 열었다.

"아직 어린 소년의 두개골인 것 같군. 땅속에서 발견한 것인가?"

"예."

"결론적으로 인간을 해치는 무엇인가가 땅속에 있긴 있는 모양이군."

"그런 것 같습니다."

그러는 사이 데미안과 라일도 지면에 내려서고 있었다. 그런 그들의 손에도 인간의 뼈로 보이는 것이 들려 있었다. 잠시 주위를 둘러보던 데미안은 강찬휘가 아직 나타나지 않았음을 깨닫고는 차이렌에게 물었다.

"아직 강 대협은 안 나온 거야?"

"응? 그래, 아직 안 나온 모양인데. 그보다 로빈을 찾았다는 연락이 왔어. 데보라도 함께 있나 봐. 같이 오고 있다는데."

"뭐? 데보라와 로빈이 함께 있었단 말이야?"

"예. 지금 지단에서 연락이 온 것에 의하면 한국의 왕자인 단왕자님과 데보라란 여자 분, 그리고 로빈 사제가 함께 이곳으로 오고 있다고 했습니다."

"이곳까지 오는 데 얼마나 시간이 걸립니까?"

"빠르면 이십여 일, 늦으면 한 달 정도 걸릴 거예요."

원령의 대답에 데미안의 가슴이 설레는 것을 느꼈다. 드디어 데보라를 만나게 되었다. 로빈의 소식을 알 수 있을까 하는 생각에 수색을 의뢰한 것인데 데보라의 소식까지 알게 될 줄은 전혀 예상하지 못했다.

이제 일행들 가운데에서 찾지 못한 사람은 레오뿐이었다. 하지만 인간들 사회에서 생활한 적이 거의 없는 레오를 찾는 일은 그리 간단한 일이 아니라고 이미 짐작하고 있었다. 모르긴 몰라도 깊은 숲 속에 숨어 있을 것이다.

그때였다.

펑!

소음과 함께 무엇인가가 지면을 뚫고 허공으로 치솟았다. 일행들의 시선이 소리가 들린 쪽으로 향했고, 강찬휘가 회전을 하며 지면으로 내려서는 것이 보였다. 지면에 내려선 강찬휘는 방금 자신이 뚫고 나온 지면을 노려보고 있었다.

"대인, 이곳에 뭔가가 있습니다."

강찬휘의 말에 데미안과 일행들은 그곳으로 달려갔다. 그제야 검을 뽑아 들고 있는 강찬휘의 모습이 조금 전과 다름을 알 수 있었다. 무엇 때문인지 강찬휘의 옷에는 군데군데 구멍이 뚫려 있었고, 또 하얀 실 같은 것이 온몸에 묻어 있는 것을 발견할 수 있었다.

"어떻게 된 일입니까, 강 대협?"

"조심스럽게 주위를 살피고 있었는데 갑자기 앞쪽에서 이 실 같은 것이 저에게 날아왔습니다."

"실?"

데미안은 강찬휘의 몸에 붙어 있는 실을 떼었다. 바람이 불 때마다 나풀거리는 모습과는 달리 한 번 손에 달라붙은 실은 거미줄처럼 끈적거려 좀처럼 떨어지지 않았다. 그 모습을 지켜보던 차이렌의 얼굴에 믿을 수 없다는 표정이 가득했다.

"설마! 이미 멸종이 되었을 텐데… 어떻게?"

"그게 무슨 소리야? 뭘 알고 있어?"

데미안의 반문에도 차이렌은 그저 고개를 흔들 뿐 대답을 하지 않았다.

그러는 사이 사람들은 갑자기 지면이 흔들리는 듯한 느낌을 받았다. 사람들이 영문을 몰라 할 때 라일이 자신의 검을 뽑아 들고는 입을 열었다.

"뭔가가 우리 쪽을 향해 빠른 속도로 땅속에서 다가오고 있으니 모두 조심해라."

그 말에 헥터와 데미안, 그리고 강찬휘는 검을 뽑아 들고 주위를 살폈다. 은연중에 세 사람의 신녀와 농부를 보호하듯 원형으로 포진한 일행들은 전신으로 느껴지는 진동에 긴장한 눈으로 지면을 바라보았다.

"바로 밑이다!"

라일이 말과 함께 농부의 뒷덜미를 잡고 몸을 날리자 데미안도 재빨리 원미의 손을 잡고 허공으로 몸을 띄웠다. 라일이 원화를, 강찬휘가 원령을 잡고 몸을 날리는 사이 차이렌은 비행 마법을 사용해 허공으로 치솟았다.

퍽! 크르르르—!

지면이 약간 치솟는가 싶더니, 곧 거대한 무엇인가가 지면을 뚫고 모습을 드러냈다. 그 모습을 지켜보던 차이렌이 불신에 찬 표정으로 입을 열었다.

"역시 내 생각대로……."

거의 10미터 정도 모습을 드러낸 괴물체는 머리를 흔들며 데미안과 일행들을 노려보고 있었다. 나머지 일행들도 너무나 놀란 나머지 멍한 표정을 감추지 못했다.

제12장
센드 웜Sand Worm

"저, 저게 뭐죠?"

"어머나?!"

"대인, 저게 뭡니까?"

강찬휘의 질문에 데미안은 고개를 저었다. 자신으로서도 난생처음 보는 몬스터였다. 차이렌이 중얼거렸던 것을 기억해 낸 데미안은 그에게 물었다.

"차이렌은 저게 뭔 줄 알지? 어서 말해 봐."

"내 기억이 틀림없다면 저건 센드 웜Sand Worm이야."

"센드 웜? 인간들을 괴롭혔다는 전설로 전해지는 그 센드 웜 말이야?"

"그래."

"예전에 완전히 멸종되었다고 들었는데 어떻게……? 게다가 센드 웜은 모래 지대에서만 사는 거 아니었어?"

　데미안과 차이렌의 말을 옆에서 듣던 일행들은 일단 자신들의 무기를 뽑아 들었다. 뮤란 대륙의 말을 모르는 강찬휘나 다른 사람들은 영문을 몰라 어리둥절한 표정을 짓고 있었다.

　그런 사람들의 표정을 본 데미안은 잠시 고심을 하다가 강찬휘에게 센드 웜에 대해 자신이 아는 대로 설명했다. 데미안의 설명을 들은 강찬휘는 잠시 생각을 하다가 놀란 표정을 지었다.

　"그렇다면 저 괴물이 상고 시대에 살았다던 그 사룡(沙龍)이란 말입니까?"

　"사룡?"

　데미안의 반문에 세 신녀도 강찬휘를 바라보았다.

　"예. 이건 전설로만 전해지는 이야기입니다만 상고 시대, 그러니까 신과 악마가 인간과 지상의 모든 생명체를 지배하던 그 시절 살았다고 전해지는 괴물이 바로 저 사룡입니다."

　"그럼 저 괴물이 상고 시대부터 지금까지 살고 있었단 말입니까?"

　"글쎄요? 자세한 것을 알 수는 없지만 저 괴물이 사룡인 것만은 틀림없는 것 같습니다. 먹이를 낚아챌 때 내뿜는 흡혈색(吸血索)이나 몸에 돋아나 있는 돌기를 보면 확실합니다. 게다가 어디에도 눈을 찾아볼 수 없지 않습니까?"

　강찬휘의 말에 일행들이 고개를 돌리고 보니 확실히 그의 말대로였다.

　"조금 전 저 돌기가 저를 공격했고 아주 강력한 독액을 내뿜었는데 믿을 수 없게도 저의 호신강기가 간단히 뚫려 버렸습니다. 전설에서 말한 특징 그대로입니다."

　강찬휘의 말에 일행들은 더욱 긴장한 눈으로 센드 웜을 노려보았다.

"조심해라."

*　　　　*　　　　*

"빌어먹을……. 이젠 어떻게 해야 하는 거지?"

여자는 자신의 머리를 신경질적으로 긁어댔다.

이건 뭐가 잘못돼도 한참 잘못된 일이다. 어떻게 드래곤인 자신에게 감히 쥐새끼 따위가 대항할 수 있단 말인가? 물론 몸에 난 상처는 이미 치료를 한 후였지만 구겨진 자존심만은 도저히 치료가 불가능했다.

자신이 드래곤으로 태어난 후 도저히 어쩔 수 없다고 느낀 상대는 오직 골드 드래곤 카르메이안뿐이었다. 비슷한 또래의 어느 드래곤도 감히 자신의 상대라고 느껴본 적이 없었다. 물론 자신이 카르메이안만큼 나이를 먹었다면 카르메이안 역시 절대 자신의 상대가 될 수 없었을 거라고 생각했다.

그런데 그런 자신이, 아니, 그렇게 생각해 왔던 자신이 한낱 쥐들에게 이런 낭패를 볼 줄은 꿈에도 생각지 못했던 일이었다. 자신의 발톱 크기의 몇십 분의 일에 불과한 쥐들이 자신에게 대항을 하다니…… 이건 도저히 있을 수 없는 일이었다. 물론 대장 쥐의 모습이 이상하다는 것을 마브렌시아가 발견하지 못했을 리 없었다.

대체 무엇이 쥐들이 자신을 공격하도록 만든 것인지는 모르지만 그래도 감히 쥐새끼가 지상 최강의 생명체란 드래곤에게 덤벼들었다는 것 자체를 믿을 수 없었다. 그런 생각이 들자 더욱 화가 치밀었다.

여태껏 자신이 마음먹어 뜻을 이루지 못한 적은 별로 없었다. 하지만 신의 무기를 찾기 시작하면서부터는 계속해서 실패를 거듭할 뿐이었고, 그 이유가 자신이 만들어낸 드라시안 때문이라는 것을 알게 되자 그렇지 않아도 성미가 급한 마브렌시아로서는 도저히 참을 수 없었다.

한 가지 이상한 점은 원래 드라시안은 창조주인 드래곤의 시야에서 절대 벗어날 수 없다는 점이었다. 그럼에도 불구하고 데미안은 감쪽같이 마브렌시아의 시야에서 사라진 것이다. 물론 마브렌시아가 신의 무기를 찾는 것에만 신경을 쓴 탓도 있었다. 하지만 어느 순간부터 데미안의 존재감이 약해지더니 급기야는 완전히 사라진 것이다.

하지만 언제까지 이렇게 고민만 하고 있을 순 없는 일이었다. 게다가 고민을 한다는 것 자체가 마브렌시아에겐 전혀 어울리지 않는 일이었다.

자리에서 벌떡 일어선 마브렌시아는 동굴을 빠져나갔다. 따가운 햇살에 눈살을 찌푸린 마브렌시아는 천천히 스펠을 캐스팅했다.

"디텍트 아티펙트!"

마브렌시아의 눈에 붉은색의 마나가 어린다고 느끼는 순간 그녀는 주위 100킬로미터 안의 모든 신성물(神聖物)들을 살피고 있었다. 그러나 역시 신의 무기에 대한 기운은 전혀 느낄 수 없었다. 다시 한 번 스펠을 캐스팅했다.

"디텍트 드라시안!"

역시나 시야에 걸리는 것이 아무것도 없었다. 데미안의 존재가 마브렌시아의 시야에서 완전히 사라져 버린 것이다. 치밀어 오르는 분노를 참기에는 마브렌시아의 인내심이 너무 부족했다.

당장 어디로 가야 할지, 무엇을 해야 할지 전혀 결정을 내릴 수 없었다. 뮤란 대륙에 있을 땐 하지 못할 것이 없었고, 가지 못할 곳이 없었는데 이놈의 이스턴 대륙에서는 모든 것이 너무나 막막했다.

또 하나 마브렌시아의 기분을 더럽게 만드는 것이 있었다. 이스턴 대륙의 하늘을 뒤덮고 있는 묘한 기운. 물론 도착했을 때부터 느꼈던 것이지만 음습하고 칙칙한 기운이 그녀를 불쾌하게 만들었다.

자신과 동질인 것 같기는 했지만 훨씬 거대하고 거역할 수 없는 절대적인 힘이 이스턴 대륙의 하늘을 지배하고 있는 것을 느낀 것이다. 그 기운은 모든 드래곤의 지배자라고 할 수 있는 골드 드래곤 카르메이안에게서도 느낄 수 없었던 거대하고 절대적인 기운이었다.

어떻게 그런 기운이 이스턴 대륙을 뒤덮고 있는 건지는 모르지만 기분이 불쾌한 것만은 사실이었다. 문득 호기심이 생긴 마브렌시아는 즉시 스펠을 캐스팅했다.

"디텍트 낙쉬스 포스Detect Noxious Force—!"

마브렌시아는 몸속에 저장되어 있던 무한정의 마나를 끌어 올려 주위를 둘러보며 불쾌하게만 느껴졌던 기운을 찾았다. 워낙 넓은 지역에 퍼져 있어 어디에서부터 시작된 것인지 쉽게 찾을 수 없었다. 찬찬히 주위를 살피던 마브렌시아는 비교적 검고 칙칙하게 느껴지는 마나가 자욱하게 깔려 있는 곳을 곧 발견할 수 있었다. 마브렌시아는 지체없이 스펠을 캐스팅했다.

"매직 서클!"

곧 허공 중에 검붉은 원이 생겼고, 마브렌시아의 몸은 빠르게 원 안으로 사라졌다.

＊　　　　＊　　　　＊

라일의 외침에 일행들의 시선이 센드 웜에게 향했을 때 센드 웜의 입에서 흰 실 뭉치가 일행들을 향해 날아왔다. 일행들은 재빨리 주위로 퍼져 공격을 피했다.

차이렌이 세 신녀와 농부를 데리고 뒤로 대피하는 것을 본 데미안은 지체없이 레이피어를 뽑아 들고 센드 웜을 향해 달려들었다.

분명 센드 웜의 몸에선 눈처럼 생긴 것을 찾을 수 없었다. 그러나 믿을 수 없을 만큼 정확히 센드 웜은 데미안의 공격을 알아챘다. 그리고 데미안 쪽을 향한 돌기에서 짙푸른 색의 액체가 뿜어져 나왔다.

순간 데미안의 몸은 한 마리의 새처럼 허공으로 치솟았다. 헥터나 차이렌이 여태껏 보아왔던 모습과는 전혀 다른 모습이었다. 비행 마법을 사용한 것이 아님에도 불구하고 데미안은 새처럼 자유롭게 하늘을 날고 있는 것이었다.

일행들이 데미안의 모습을 보고 있을 때 데미안은 센드 웜 가까이에 다가갈 수 있었다. 데미안은 마나가 주입된 레이피어를 힘껏 휘둘렀다.

"블러드 서클Blood Circle!"

순간 데미안의 레이피어에서 크고 작은 삼십여 개의 붉은색 환(環)이 쏟아져 나왔다. 그리고는 제각기 다른 궤적을 그리며 센드 웜을 향해 날아갔다. 그러자 센드 웜의 몸에 난 돌기에서 푸른색 액체가 마구 뿜어져 붉은색 환들을 향해 날아갔다.

대부분의 공세는 그런 센드 웜의 공격에 가로막혀 사라졌지만 서너 개의 붉은 환은 빈틈을 찾아 센드 웜의 거대한 몸에 작렬했다.

서너 개의 돌기가 사정없이 잘려 나갔고, 그중 하나가 센드 웜의 몸에 커다란 상처를 냈다. 족히 2, 3미터는 될 만한 크기였다. 센드 웜의 몸을 박차고 뒤로 몸을 날린 데미안은 지면에 내려섰다.

이전의 데미안과는 전혀 다른 몸놀림에 라일은 데미안을 유심히 바라보았다.

뮤란 대륙에서 워프하기 전 데미안의 실력은 라일이 잘 알고 있었다. 당시 데미안이 소드 마스터 초급 정도의 실력을 가지고 있었다고는 하지만 월등한 공격 능력에 비해 수비 능력이 떨어지는 것만은 사실이었다. 물론 시간이 있을 때 데미안에게 부족한 수비력을 보완해 줄 생각이었다.

괴물 오징어와 싸울 땐 몰랐는데 지금 센드 웜을 상대하는 모습을 보니 그동안 무슨 일이 있었는지는 모르지만 실력이 월등히 급상승한 것을 느낄 수 있었다. 특히 괴물 오징어를 마지막에 공격했을 때 모습은 잊을 수가 없었다.

이전과 같이 이성을 잃어버린 상태가 아니면서도 본래 자신의 가진 잠재 능력을 발휘한 것이었다. 물론 블랙 드래곤 타이시아스를 상대했을 때만큼 엄청난 능력을 발휘한 것은 아니지만 평소 데미안의 능력보다는 훨씬 파괴적이고 강했던 것만은 사실이었다.

"저, 저걸 보세요."

원미가 가리킨 곳을 보니 조금 전 데미안에게 상처를 입었던 센드 웜의 상처가 확연히 눈으로 확인할 수 있을 정도로 빠르게 아물어가고 있었다. 그리고 잘려진 돌기도 어느새 원래의 모습을 되찾고 있었다. 그것이 본래의 능력인지, 아니면 악령의 지배를 받았기 때문인지는 모르지만 엄청난 재생 능력이라 하지 않을 수 없었다.

그 모습을 지켜보던 차이렌이 일행들에게 주의를 주었다.

"조심해. 저 센드 웜은 비록 눈은 없지만 진동에 민감하단 말이야. 생긴 모습 같지 않게 지면의 진동, 공기의 흐름으로 상대의 위치나 숫자, 그리고 크기를 알아낼 정도로 민감해. 그러니까 조심해야만 해."

"그리고 센드 웜의 가죽은 보통 질긴 것이 아닌 것 같아. 웬만하면 조금 전 공격에 치명상을 입었을 텐데 겨우 상처를 낸 것에 불과했어. 게다가 상처는 금방 재생되었고."

데미안의 말에 일행들은 긴장하고는 침을 삼켰다.

"게다가 저 사룡은 전체 크기가 십 장(十丈), 그러니까 30미터는 족히 되는 크깁니다. 또 어지간한 상처를 입혀서는 저 사룡을 죽일 수도 없습니다. 결국 조각을 내서 완전히 태워 버리지 않는다면 죽일 수 없다는 것을 명심하십시오."

강찬휘의 말에 일행들은 다시 고개를 돌려 사룡, 센드 웜을 노려보았다.

사룡은 조금 전 자신을 공격했던 적이 근처에 있다는 것을 알고 있었다. 하지만 전혀 움직이지 않자 그들이 어디에 있는지 전혀 짐작할 수 없었다.

사룡은 치밀어 오르는 분노를 참지 못하고 사방을 향해 독액을 마구 뿜어댔다. 물론 마구잡이로 쏟아대는 거라 정확하지는 않았지만 그래도 몇 줄기의 독액이 데미안 일행에게 날아왔다.

그것을 본 세 신녀는 재빨리 신성 주문을 영창해 보호막을 만들었다.

센드 웜은 자신이 쏘아댄 독액 가운데 일부가 지면에 떨어지지 않은 것을 감지했는지 데미안 일행 쪽을 향해 마구 독액을 쏘아댔다. 지금은 비록 센드 웜의 공격을 막아낼 수 있다고 하더라도 언제까지 이렇게 있을 수만은 없는 일이었다.

서로 눈짓을 주고받은 라일과 헥터, 강찬휘와 데미안은 재빨리 센드 웜의 사방에 늘어서서 공격할 준비를 했다. 특히 헥터는 등에 메고 있던 둥근 방패, 블레이즈를 왼팔에 든 채 오른손에는 커다란 바스타드 소드를 들고 있는 모습이 마치 레토리아 왕국의 국신(國神)인 타울의 모습을 보는 듯했다.

서로 눈짓을 주고받은 네 사람은 자신의 검에 몸속의 마나를 집어넣었다. 검이 붉고 푸른 기류에 휩싸이는 순간 라일과 강찬휘, 그리고 데미안의 몸이 빠른 속도로 허공을 향해 치솟았다. 그와 함께 헥터가 들고 있던 블레이즈에 적혀 있던 신성 주문 가운데 하나를 영창했다.

"크로스 포스 오브 소드!"

"천강연환참(天剛連環斬)—!"

"윌 오브 블러드!"

세 사람의 공격이 센드 웜의 거대한 몸에 작렬했다. 순간 센드 웜의 몸 곳곳에 커다란 상처가 생겼고, 또 시퍼런 체액이 사방으로 튀었다. 그 순간 미리 준비하고 있던 헥터는 블레이즈를 센드 웜을 향해 치켜들었다.

"익스플루젼 오브 솔라!"

헥터의 외침과 함께 블레이즈에선 눈이 아릴 정도의 섬광과 동시에 백열(白熱)된 광선이 센드 웜의 상처를 향해 뻗어 나갔다. 그리고 눈부신 광선은 상처 부위를 사정없이 태워 버렸다.

쿠우우우ㅡ!

족히 2, 3미터는 될 듯 보이는 센드 웜의 입에서 처절한 비명이 터져 나왔다. 그 모습을 조금 떨어진 곳에서 보고 있던 차이렌이 뮤렐에게 스펠을 캐스팅시켰다.

“파이어 애로우!”

순간 뮤렐의 몸 주위에 있던 이십여 발의 막대형의 불꽃이 일직선을 그리며 센드 웜을 향해 엄청난 속도로 날아갔다. 시퍼런 체액이 흘러나오는 상처로 날아든 불화살은 폭음과 함께 맹렬하게 상처를 태웠다.

온몸에 생긴 상처로 몸부림치던 센드 웜은 더 이상 참지 못하고 지상으로 그 육중한 몸을 드러냈다. 지상에 드러난 그 어마어마한 크기에 세 신녀는 질리지 않을 수 없었다.

라일과 강찬휘가 지면으로 내려서는 미묘한 진동을 감지한 센드 웜은 스스로 몸을 굴려 두 사람을 깔아뭉개려 했다.

“피하십시오!”

허공에 뜬 데미안의 외침에 라일과 강찬휘, 그리고 헥터가 지체없이 뒤로 몸을 날렸다. 미디아에 자신의 마나를 집중시킨 데미안은 지체없이 미디아를 휘둘렀다.

“헬 버스트!”

외침이 들리는 순간 센드 웜의 움직임이 한순간 멈춘 듯 느껴졌고, 그런 센드 웜의 몸 위로 눈에 보이지 않는 수백 수천 줄기의 칼날 같은 기운이 파고들었다.

퍼퍼퍼— 퍽—!

30미터에 달하는 센드 웜의 몸 곳곳에서 진청색의 체액이 마치 분수처럼 뿜어져 나왔다. 그와 함께 센드 웜의 몸이 주먹만한 크기로 조각난 채 사방으로 날아가기 시작했다.

자신의 발 앞에 떨어져 꿈틀거리는 센드 웜의 살덩어리를 멍한 눈으로 바라보던 원미는 살덩어리가 자신의 발을 건드리자 찢어지는 듯한 비명을 질렀다.

"꺄악!"

원미가 비명을 지르는 그사이에도 센드 웜의 몸은 자욱하게 일어난 흙먼지 속에서 조각난 채 사방으로 날아갔다.

불과 1분이라는 시간밖에 지나지 않았지만 센드 웜이 조각나는 모습을 지켜본 사람들이 느끼기에는 몇 시간 동안 계속되는 것처럼 느껴졌다.

센드 웜의 거대한 몸이 있던 곳에 남아 있는 건 시퍼런 체액과 주먹만한 크기로 잘려진 센드 웜의 살점뿐이었다.

천천히 지상으로 내려오는 데미안의 모습을 바라보는 세 여인의 얼굴에는 복잡한 빛이 어려 있었다. 그녀들은 데미안에게 감탄과 놀라움, 환상적인 아름다움과 공포에 가까운 두려움을 동시에 느꼈다.

일전 대왕 오징어와 혈전을 벌일 때에도 느꼈던 것이지만 공격할 때 데미안의 모습은 공포스럽기 이를 데 없었다. 세 여인은 자신의 몸이 언제부터인가 떨리고 있었다는 것을 그제야 깨달을 수 있었다.

물론 사람들을 공격한 괴물들을 해치운 데미안의 행동은 정당한 것이지만 괴물들을 공격할 때 마치 나무로 깎은 듯 무표정한 데미안의 모습은 왠지 소름 끼치게만 느껴졌다. 그래서인지 데미안을 바라보는 그녀들의 눈에는 엷은 두려움이 자리 잡고 있었다.

완전히 짓이겨진 샌드 웜의 잔해를 잠시 바라보던 데미안은 일행들에게 말을 건넸다.

"주위에 샌드 웜이 더 있는지 없는지 알 수 없는 것이 문제군요."

"설사 이 근처에 다른 샌드 웜이 있다 하더라도 더 이상 이곳에서 지체할 수만은 없는 일이다. 난 일전에 네가 말한 던전을 찾아보는 것이 더욱 중요한 일이라고 생각한다. 혹시 그 던전에 이스턴 대륙에 있다는 신의 봉인에 대한 단서가 있을지 모르는 일 아니냐?"

라일의 말에 데미안이나 다른 사람들은 고개를 끄덕였다. 자신들이 생각하기에도 원령 자매들이 말했던 동굴이 신인들의 던전이란 판단이 섰다.

"저분들이 가지고 계신 영혼의 구슬을 그곳에서 얻었다면 그곳이 신인들의 던전일 가능성이 크다고 판단됩니다. 그러니 지금은 무엇보다도 그곳에 도착하는 것이 우선입니다."

헥터의 말에 데미안은 고개를 끄덕였다.

"그럼 일단 이곳을 빨리 떠나는 것이 좋겠습니다. 그럼 세 분께 계속 길 안내를 부탁드리겠습니다."

"끝까지 대인을 모시겠습니다."

"감사합니다. 그럼 부탁드리겠습니다."

원령의 말에 데미안은 미소로 화답했다.

재빨리 마차에 오른 일행들은 곧 그 자리를 떠났다.

＊　　　　＊　　　　＊

"소장 위자헌, 한국의 왕자이신 단 왕자님을 만나 뵙게 되어 무상의 영광입니다."

"아닙니다. 태국에서 무명을 떨치고 계신 대장군을 이렇게 만나게 되어 반갑습니다."

두 사람 모두 태국 말로 대화를 나누고 있어 옆에 앉아 있던 데보라나 로빈은 한마디도 알아들을 수 없었다. 그렇지 않아도 데미안의 소식을 들을까 해서 들른 곳에서 한껏 예의를 차리며 대화를 나누는 두 사람의 모습을 보는 데보라의 눈빛이 고을 리 만무했다.

자신을 열심히 노려보는 데보라의 모습에 위자헌은 그녀의 신분이 궁금했다.

한국의 둘째 왕자인 단과 함께 나타난 것을 보면 그녀의 신분 역시 보통이 아니라는 것을 쉽게 짐작할 수 있었다. 하지만 그보다 위자헌의 관심을 끈 것은 그것이 아니었다.

보기 드문 보라색 머리카락이나 쳐다보기 낯 뜨거울 정도로 선정적인 옷차림, 기묘한 매력을 물씬 풍기는 미모, 셀 수 없을 정도로 많은 무기로 중무장한 모습.

그 모든 것이 흔히 볼 수 있는 모습은 아니었다.

"이봐, 어서 데미안이 어디 있는지 물어봐."

"알겠습니다, 데보라님."

대답을 한 단은 위자헌에게 데미안의 행방에 대해서 물어보았다.

데보라의 입에서 데미안의 이름이 거론되자 위자헌은 그녀가 데미안과 무슨 관계가 있다고 생각하고는 곧 데미안에 대해 자세하게 설명을 했다.

데보라는 데미안이 이미 몇 달 전에 대장군부를 떠났다는 말을 듣고는 어리둥절한 표정을 감추지 못했다. 자신과 로빈이 이스턴 대륙에 도착한 것이 겨우 한 달 보름 전의 일인데 어떻게 데미안은 벌써 5개월 전에 도착을 했다는 것인지 도저히 이해를 할 수 없었다. 하지만 지금 데보라에게 중요한 것은 그것이 아니었다.

"이봐, 지금 데미안 어디 있어? 어디 있냐고!"

급한 마음을 이기지 못하고 데보라가 자리에서 벌떡 일어나 소리를 지르자 위자헌은 어이가 없었다.

"어떻게 데미안 공을 찾아온 사람들은 이렇게 하나같이 예의를 모르는지 모르겠군."

"대장군의 말씀은 데미안이란 사내를 찾는 사람이 우리 말고 또 있단 말씀입니까?"

"예, 실은 며칠 전 새벽에……."

위자헌의 이야기를 들은 단은 자신이 들은 이야기를 데보라에게 해주었다. 곰곰이 생각하던 데보라는 아무래도 위자헌이 이야기하는 침입자가 레오 같다는 생각을 지울 수 없었다.

"혹시 그자가 짐승 가죽으로 만든 옷을 입고 있지 않았나 물어봐."

"짐승 가죽? 알겠습니다."

단은 위자헌에게 다시 물었고, 위자헌은 그날 새벽의 일을 떠올렸다. 확실히 단이 말한 대로였다. 그리고 레오가 이상한 모습으로 변한 것을 떠올렸다.

단은 위자헌의 대답을 데보라에게 이야기해 주었고, 데보라는 그 말을 듣고 새벽의 침입자가 레오가 틀림없다고 확신할 수 있었다.

아마 레오는 야생의 본능을 살려 데미안의 냄새를 맡아 이곳까지 온 모양이었다. 물론 인간들과 사는 법이 서투른 레오도 걱정이 되지 않는 것은 아니지만 지금은 한시라도 빨리 데미안의 행방을 찾는 것이 우선이었다.

데보라는 느긋한 자세로 앉아 대답하는 저 긴 수염 늙은이가 마음에 들지 않았다. 만약 말이 통했다면 엄청나게 욕설을 퍼부었을 것이고, 게다가 상대의 나이가 적었다면 아마 몇 번의 애정(?) 어린 손길이 그의 얼굴을 쓰다듬었을 것이다.

"빨리 데미안의 행방을 물어봐. 더 이상 저 늙은이를 상대했다간 참을 수 없을 것 같으니까."

"물어볼 테니 잠시만 참고 계십시오."

단은 어쩔 수 없다는 표정을 지었다.

어떻게 데보라의 급한 성격은 시간이 지날수록 더욱 급해지는 것만 같았다. 이대로 두었다간 데보라가 그냥 있을 것 같지 않아 위자헌에게 재빨리 입을 열었다.

"데미안 공은 지금 정주 현에서 상주(尙州) 현으로 향하고 있다는 보고를 받았습니다만 함께 오신 저 여인은 대체 정체가 뭡니까?"

"제가 알기로는 데미안이란 사람의 약혼녀라고 들었습니다만……."

"데미안 공의 약혼녀?"

자신이 알고 있던 차분한 성격의 대미안과는 달리 꽤나 성미 급해 보이는 데보라의 모습은 별로 어울려 보이지 않았다. 물론 환상적인 아름다움을 지닌 대미안에게 어울릴 만한 미모를 가진 것은 분명하지만, 과연 뛰어난 퇴마 능력을 가지고 있는 그에게 어울릴 만한, 상대일지 의심스러운 것은 사실이었다.

일단 생각을 접은 위자헌은 정자 아래를 향해 입을 열었다.

"황지충."

"부르셨습니까, 대장군."

"그대는 이분들을 상주 현으로 모시고 가라. 그리고 솜씨가 좋은 수하들을 뽑아 이분들의 경호에 만반의 준비를 하도록 하라."

"명심하겠습니다, 대장군."

황지충의 대답을 들은 위자헌은 다시 고개를 돌려 단에게 입을 열었다.

"황 장군이 여러분을 대미안 공이 계신 상주 현까지 안내를 할 겁니다."

"대장군의 호의에 다시 한 번 감사드립니다."

"별말씀을…… 무사히 대미안 공을 만나시길 빌겠습니다."

서로에게 인사와 답례를 하는 두 사람의 모습을 데보라는 못마땅한 눈으로 노려보았고, 그런 데보라를 로빈은 불안한 눈으로 바라보고 있었다.

그리고 어두운 나무 그림자 속에서 대화를 나누고 있는 사람들을 노려보는 한쌍의 눈이 있었다.

파닥파닥—!

어두운 밤하늘을 날아가는 기묘한 물체가 있었다.

박쥐의 날개에 전체적으로 가고일을 주먹만하게 축소시킨 듯한 모습을 한 그 물체는 어둠에 물든 태국의 수도, 봉안의 밤하늘을 날아 어느 저택으로 날아들었다.

왠지 칙칙함이 잔뜩 묻어 있는 집이었다. 날아온 물체는 열려 있는 창문을 통해 방 안으로 날아 들어갔다. 탁자 위에 내려앉은 물체는 조심스럽게 고개를 들었다. 두려움이 역력한 모습이었다.

"보고드릴 일이 있어 왔습니다."

"무슨 일이냐?"

"오늘 대장군부로 대미안이란 놈을 찾아온 인간들이 있었습니다."

"누구냐?"

입을 여는 것과 동시에 사내의 몸이 검은 연기로 변해 방 안으로 퍼졌다. 순간 검은 해일이 휩쓸고 지나가듯 거센 바람이 불어 방 안에 있던 모든 집기들이 사방으로 날아갔다.

그 모습에 탁자 위에 있던 생명체는 다리 사이로 머리를 조아리며 공포로 부들부들 떨었다.

"말해라!"

"다미안이란 녀석의 약혼녀라고 했습니다."

"약혼녀?"

사내의 몸에서 검은 연기가 거세게 뿜어져 나온 후 모습을 감추자, 몸서리처질 정도로 공포스런 청광(靑光)을 뿌리는 한 쌍의 눈만이 허공에 떠 있을 뿐이었다.

자신이 인간들 사이에 끼어서 생활한 지도 벌써 3년이 넘었다. 그동안 자신의 부하로 만든 인간들도 몇십 명이나 되지만 그는 결코 인간을 믿지 않았다.

인간이란 존재는 그저 그의 파괴 욕구를 충족시키는 존재에 지나지 않았고, 또 그에게 신선한 피와 공포를 제공하는 가축에 지나지 않았다.

그런 비천한 존재에 불과한 데미안이 자신의 시야에서 완전히 사라졌다. 대체 어떻게 자신의 시야에서 그렇게 사라질 수 있었는 지 그 이유는 알 수 없지만 이제야 데미안에 대한 단서가 생긴 것이다.

자신에게는 반드시 데미안을 죽여야만 할 이유가 있다. 단순히 태국 전역에 있는 마물이나 마수들을 데미안이 제거하기 때문이 아니었다. 얼마 후면 지상에 모습을 드러낼 마계(魔界) 군단 총사령관의 부관이자 아들인 지하르트를 위해서라도 데미안을 죽여야만 한다.

"약혼녀란 계집을 따라가 데미안의 위치를 확인해라. 그리고 그들을 죽여라."

"명심하겠습니다, 블랙 시니어님."

대답을 한 물체는 그대로 창문을 빠져나갔다.

그와 동시에 검은 연기가 빠르게 한곳으로 뭉치더니 곧 사람의 모습으로 변했다. 천천히 방을 오가던 사내는 무슨 생각이 들었는 지 서갑(書匣) 하나를 꺼내 들었다. 그리고는 그 속에서 커다란 수정 구슬을 꺼내 들었다.

전체적으로 검붉은 색을 가진 수정 구슬의 속에는 뜻을 알 수 없는 기묘한 글자와 무늬가 들어 있었고, 그것들은 마치 살아 있는 생명체처럼 계속해서 조금씩 움직이고 있었다.

사내는 수정 구슬을 든 채 바닥을 향해 가볍게 손을 뻗었다. 그러자 소리도 없이 바닥에 4미터 정도 됨직한 마법진이 나타났다. 그리고 다시 한 번 손을 흔들자 마법진을 이루고 있던 세 개의 원형 가운데 가장 바깥쪽에 위치한 원형의 마법진에 검은색 불길이 일제히 허공으로 치솟았다.

그 모습을 잠시 바라보던 사내가 수정 구슬을 든 손을 내밀자 수정 구슬은 천천히 허공을 날아 마법진의 중앙에 조용하게 내려앉았다. 그러자 무섭게 치솟았던 검은 불꽃이 잦아들었고, 방 안의 모든 빛이 사라지며 수정 구슬이 천천히 붉은빛을 뿌리기 시작했다.

무릎을 꿇은 사내는 천천히 머리를 조아렸다.

"어둠과 공포, 그리고 파멸의 실행자이신 라인볼트시여! 당신의 종 블랙 시니어가 명을 기다리옵니다. 제가 해야 할 일을 가르쳐 주십시오."

사내, 블랙 시니어의 말이 끝나고도 마법진에서는 한참 동안 아무런 변화도 일어나지 않았다. 그러나 블랙 시니어는 여전히 움직일 줄 몰랐다.

영원히 침묵 속에 싸여 있을 것 같았던 마법진에서 갑자기 변화가 생겼다. 난데없이 검은 연기가 솟아오른 것이다. 어둠 속에서 피어 오른 것이라 구별할 수 없을 것 같았지만 이상하게도 검은 연기가 피어 오르는 것을 확연하게 구별할 수 있었다.

블랙 시니어는 그러한 사실을 이미 알고 있는지 더욱 경건한 모습으로 머리를 조아렸다.

피어 오르던 검은 연기는 흩어지지 않고 허공에 뭉쳐지며 희미하게 하나의 영상을 투영했다. 그러나 끊임없이 흔들리는 연기 탓인지 영상은 명확하지 않았다. 하지만 그 영상을 보는 것만으로도 극한의 공포와 두려움을 느껴야만 했다.

"마계 군단의 총사령관이신 바알 각하의 명령을 전하겠다. 앞으로 99일 후 태양의 빛이 지상에서 사라질 때 그분의 아드님이시자 지상군을 다스릴 지하르트님께서 모습을 드러낼 것이다. 그동안 너는 그분을 영접할 만반의 준비를 마치도록 해라. 만약 조금의 소홀함이라도 있다면 너는 물론 너의 종족인 뱀파이어Vampire 모두가 바알님의 노여움을 받아 영원한 어둠 속에서 고통을 받게 될 것이다. 알겠느냐?”

“명… 명심하겠습니다.”

블랙 시니어가 떨리는 음성으로 대답하자 검은 연기는 다시 마법진으로 사라졌고, 수정 구슬에서 쏟아져 나오던 붉은빛이 조금씩 줄어들더니 1분도 안 돼 방은 다시 어둠 속에 싸였다. 그제야 자리에서 일어난 블랙 시니어가 수정 구슬을 향해 손을 뻗자 수정 구슬은 마치 살아 있는 생명체처럼 허공을 날아 그의 손에 사뿐하게 떨어졌다.

조심스럽게 서갑에 수정 구슬을 다시 집어넣은 블랙 시니어는 아직까지 어둠에 싸여 있는 밖을 내려다보았다.

비록 자신이 지상에 나온 마계 종족 가운데 가장 강한 뱀파이어 족(族)이라고는 하지만 마계 전체 서열에서 볼 때 그 지위는 보잘것없는 평민 수준에 불과하다는 것을 잘 알고 있다. 그런 상황에서 마계 군단의 총사령관인 바알의 아들 지하르트가 99일 후 있을 일식(日蝕) 때 등장을 한다면 자신은 목숨을 걸고 그가 흡족함을 느낄 수 있도록 모든 것을 조치해야 한다는 것을 그는 잘 알고 있었다. 만약 그러지 못한다면 그 후에 발생할 일은 자신의 실질적인 주인이라고 할 수 있는 라인볼트의 말대로였다.

자신이 조금이라도 지하르트의 기분을 상하게 한다면 단순히 자신의 목숨을 잃는 것으로 끝나는 것이 아니었다. 자신의 실수로 인해 종족 전체가 완전히 말살될 수도 있다는 것이 단순한 협박만은 아니라는 것을 모를 정도로 어리석지는 않았다. 아니, 어리석었다면 자신이 이번 일에 선발되지도 못했을 것이다.

지금 상황에서 가장 신경에 거슬리는 것은 퇴마사(退魔士)라고 거들먹거리며 지상으로 나온 마계의 동족들을 없애고 다니는 인간들이었다. 또 그것도 문제였지만 비슷한 시기에 지상으로 나온 다른 마족(魔族)들도 문제였다.

다른 나라는 어떤지 모르겠지만 태국에 파견된 마족 가운데 그래도 리더 격이라고 할 수 있는 자신과 켈크로스, 그리고 캐피널은 서로의 성격이 판이하게 달랐다. 그렇기에 지상으로 나온 지난 3년 동안 처음 만났을 때를 제외하고는 그 후로 단 한 번도 만난 적이 없었다.

켈크로스는 단독으로 행동하기를 좋아했고, 캐피널은 동족인 쥐들을 긁어모아 인간들을 습격하기를 즐겼다. 인간들이 공포로 신음하며 비명을 지르는 모습을 지켜보는 것도 기분 좋은 일이기는 하지만 무엇보다 중요한 것은 자신들의 정체를 드러내지 않고, 자신들 이후에 올 마계 군단이 지상을 정복할 수 있는 만반의 준비를 하는 것이었다.

자신은 태국의 황궁에 몰래 잠입하는 데 성공했지만 켈크로스는 잘난 척하며 다니다가 강찬휘란 인간에게 쓴맛을 봤다는 소문을 들었다. 당시에는 물론 고소하다는 생각을 했었지만 역시 켈크로스는 자신과 같은 마족이라는 생각에 그에게 전문을 띄운 적이 있었다. 그러나 켈크로스는 자신의 충고와 제안에는 아랑곳하지 않다가 결국 얼마 전 인간들의 손에 의해 목숨을 잃었다는 보고를 받았다.

켈크로스를 해치울 수 있는 인간이 있다는 사실도 놀랍기는 했지만 블랙 시니어가 처음 느낀 감정은 위기감이었다. 해서 캐피널에게 연락을 취했지만 캐피널은 그런 자신의 제안을 거들떠보지도 않았다.

우자헌에게 보고된 데미안의 활약상이 다음날이면 황제에게 보고되었기에 그 자신도 데미안의 놀라운 능력을 잘 알고 있었다.

데미안에 대해서 감시의 눈길을 붙이지 못한 자신의 실수를 인정하기는 했지만 캐피널의 존재가 사라진 것과는 연관성을 찾기 힘들었다. 항상 신경 쓰고 있던 캐피널의 영적인 반응이 사라졌을 때는 데미안이 정주에서 대왕 오징어와 혈전을 치르고 있을 때였다. 대체 무엇이 캐피널의 존재를 지상에서 사라지게 한 것인지는 모르지만 대단한 위기 상황이라고 하지 않을 수 없었다.

지금 자신에게는 지하르트가 지상에 모습을 드러내기 전 반드시 데미안과 캐피널을 공격한 존재를 죽여야만 하는 과제가 생긴 것이다. 방심하다가 놓친 데미안의 소재 파악은 그의 약혼녀가 등장함으로써 실마리를 찾을 수 있었지만 캐피널을 살해한 존재에 대해서는 막막한 상태였다.

이제 남은 시간은 99일.

수단과 방법을 가리지 말고 적의 흔적을 찾아야만 했다. 조금 전 부하인 데빌Devil에게 데미안을 죽이란 명령을 내리긴 했지만 그가 이기리란 생각은 꿈에도 하지 않았다.

그럼에도 불구하고 그런 명령을 내린 것은 자신과 엇비슷한 능력을 가진 켈크로스를 해치웠다는 사실 때문이었다. 상대인 데미안이 어떤 능력을 가지고 있는 것인지 알아내야만 자신에게 조금이라도 유리하기 때문이었다. 그렇게 해서 실수없이 한 번에 모든 것을 끝내야만 한다. 단 한 번에.

그런 생각을 하는 동안 주위는 더욱 어두워져 갔다.

제13장
레오와의 만남

따스한 햇빛을 받으며 한가롭게 한 대의 마차가 숲 사이로 난 길을 따라 이동하고 있었다. 간간이 불어오는 바람에 날리던 머리를 쓸어 올린 헥터는 지난 몇 달 만에 느껴보는 평화스러운 풍경에 느긋한 심정으로 말을 몰고 있었다.

데미안과 함께 왕립 아카데미를 떠나면서부터 시작된 여행은 그야말로 파란만장하다는 말밖에 더 이상 설명할 수 있는 단어가 없었다.

오크들과 혈전을 벌인 것부터 시작해 갖가지 일들을 겪었다. 물론 그러면서 데미안의 마법과 검술 실력을 급격히 늘어 지금은 감히 자신으로서는 짐작할 수도 없는 경지에 이른 것이다. 다른 사람은 그것이 데미안의 몸속에 숨어 있던 마브렌시아의 힘 때문이라고 생각할지는 모르지만 헥터의 생각은 달랐다.

싸일렉스에 있었을 때 그렇게 게으르고 도망 다니기 바빴던 데미안이 왕립 아카데미에서 얼마나 노력을 했는지 옆에서 보아 잘 알고 있기 때문이었다. 왕립 아카데미에서 육체적인 성숙을 이루었다면, 여행을 시작하면서는 정신적인 성숙을 이룬 것 같았다.

특히 라페이시스 교단의 보물인 치유의 구슬을 얻을 당시 신관이었던 프레드릭과의 만남이 즉흥적이고 고집스러웠던 데미안을 정신적으로 성숙하게 만든 계기가 되었다는 생각이 들었다. 그후로 시간이 있을 때마다 데미안이 뭔가를 곰곰이 생각하는 모습을 여러 번 봐왔었다.

이제 데미안을 제외한 다른 일행들은 자신들이 이루고 싶었고 해야만 했던 일들을 모두 마친 상태였다. 데보라는 아마조네스들이 잃어버렸던 순결의 검을 찾았고, 그로 인해 라일은 언제든 원할 때 죽을 수 있었다. 게다가 자신은 잃었던 나라를 되찾았고, 뮤렐은 자신의 마을을 습격했던 몬스터와 그것을 명령했던 블랙 드래곤 타이시아스까지 죽여 복수를 할 수 있었다.

비록 목숨을 잃긴 했지만 카프도 원했던 복수를 할 수 있었고, 로빈은 세상과 사람을 구한다는 사제로서의 의무를 충실하게 이행하고 있었다. 다만 레오가 원하는 것이 무엇인지 모를 뿐이었다.

그렇게 따지고 보면 할 일이 남은 사람은 데미안뿐이었다. 비록 데미안이 겉으로 드러내지는 않았지만 지금 그의 심정이 어떨지는 충분히 이해가 갔다.

만약 신의 봉인을 찾아 원래대로 되돌리는 일만 아니라면 벌써 마브렌시아나 카르메이안을 찾아 나설 것이 분명했다. 지금 느끼는 헥터의 심정으로는 자신들이 이런 임무를 맡았다는 것을 차라리 다행이라고 생각하고 있었다.

"이봐, 헥터!"

"예?"

"무슨 생각을 그렇게 해?"

차이렌의 말에 헥터는 상념에서 깨어났다.

"뭐라고 하셨습니까?"

"아까부터 멍한 얼굴을 해서는 무슨 생각을 그렇게 하는 거냐고."

"앞으로의 일을 생각하고 있었습니다. 과연 저희들이 파괴된 봉인을 원래대로 되돌릴 수 있을까요?"

"글쎄… 그거야 두고 봐야 할 문제지."

차이렌의 목소리에는 왠지 자신감이 없었다. 잠시 말이 없던 그는 곧 말을 이었다.

"다만 느낌으로 이번에 가는 트로니우스의 던전에 우리가 앞으로 해야 될 일에 대한 단서가 있을 것 같아. 게다가 아직 여행이 끝나지 않은 것 같다는 생각이 든단 말이야."

차이렌의 묘한 말에 헥터는 왠지 불길한 생각이 들었다. 그는 애써 그런 생각을 떨쳐 버리려고 머리를 몇 번 흔들었다. 제때 이발을 하지 않아서인지 길게 자란 머리가 사방으로 흩날렸다.

순간 헥터는 자신이 등에 메고 있던 방패 블레이즈가 미세하게 진동하는 것을 느꼈다. 재빨리 자신의 바스타드 소드를 뽑아 든 헥터는 유심히 주위를 살폈다. 차이렌 역시 무엇을 느꼈는지 나직하게 스펠을 캐스팅했다.

그러는 사이에도 마차는 숲 사이로 난 길을 따라 한가롭게 앞을 향해 달리고 있었다. 마차 안에 있던 데미안도 뭔가를 느꼈는지 창문 밖으로 머리를 내밀고는 헥터에게 질문했다.

"헥터, 헥터도 느꼈어?"

"예, 데미안님. 하지만 보이는 것이 없군요. 느낌상으로는 아주 가까운 곳에서 우리를 노리는 것 같은데……"

"나도 그렇게 느꼈는데……"

말꼬리를 흐린 데미안은 주위를 둘러보았다. 길 양편엔 수목들이 빽빽하게 들어서 있었고, 불어오는 바람에 가볍게 잎사귀들이 흔들리고 있었다. 어디를 봐도 이상한 점은 보이지 않았다. 하지만 전해지는 느낌으로는 틀림없이 뭔가가 시작되려고 하고 있었다.

마차를 세운 일행들은 마차에서 내려 둥글게 원형으로 늘어서서는 주위를 살폈다. 영혼의 구슬을 앞으로 내민 원령은 조용히 눈을 감았다. 그리고 입을 열었다.

"어둡고 사악한 힘에 의해 조종되는 뭔가가 우리를 포위한 채 다가오고 있어요."

"다가오는 것들이 뭔지 알 수 있겠습니까?"

"자, 잘은 모르겠어요. 생명이 없는 것도 있고, 생명을 가진 것도 있어요. 하, 하지만 그들의 숫자가 너무나 많아요."

원령의 음성은 무슨 이유에서인지 떨리고 있었다. 원령의 말을 들은 일행들은 긴장한 채 주위를 둘러보았지만 어디에도 적의 모습은 보이지 않았다.

일행들이 극도로 긴장하고 있을 때 드디어 나무 사이로 뭔가의 모습이 보였다. 흐느적거리며 걸음을 옮기고 있는 괴상한 물체의 모습이 보이기 시작하면서 일행들은 도저히 숨을 쉴 수 없게 만드는 악취에 시달려야 했다.

한마디로 시체가 썩으면서 나는 지독한 악취였다.

일행들 가운데 가장 먼저 다가오는 것들을 발견한 건 원미였다. 원미는 그것들을 보는 순간 비명을 지르며 고개를 돌려 버렸다.

"꺄악! 좀비Zombi예요!"

원미의 비명에 일행들도 고개를 들고 상대를 확인하고 보니 그녀의 말대로 좀비가 확실했다. 그들 대부분이 썩어버린 살과 진물, 그리고 허옇게 뼈가 드러난 모습으로 서 있었다. 특히 짓물러 버려 구멍이 드러난 그들의 얼굴은 혐오스럽기 이를 데 없었다. 일행들은 그 모습에 10년 전에 먹었던 음식이 용솟음치는 것을 억지로 참아야만 했다.

게다가 좀비들의 숫자가 너무 많았다. 그들뿐만이 아니라 나무 위에 이상한 몰골을 하고 있는 사람들이 잔뜩 앉아 있었다. 그들의 모습을 발견한 헥터가 일행들에게 주의를 주었다.

"나무 위에 흡혈귀가 있습니다. 모두들 조심하십시오."

헥터의 말에 일행들은 나무 위를 살폈고, 수많은 사람들이 나뭇가지에 옹기종기 앉아 있는 것이 보였다. 그러나 겉으로 보기에 그들의 모습은 너무나 멀쩡해 보였다.

헥터는 라일과 차이렌을 제외한 사람들이 의아스럽게 생각을 하자 흡혈귀의 특징을 말해 주었다.

"모두들, 저들의 입을 자세히 살펴보십시오."

헥터의 말에 일행들의 눈은 자연스럽게 그들의 입으로 눈길이 쏠렸고, 그제야 이상한 점을 발견할 수 있었다. 그들의 입이 비상식적으로 큰 것을 발견한 것이다. 또 그저 큰 것이 아니라 귀밑까지 길게 찢어져 있어 혐오스럽기 그지없었다. 또한 그들이 입을 열 때마다 보이는 날카로운 이빨은 공포스럽기 이를 데 없었다.

"대체 이 많은 괴물들이 어디서 다 온 거지?"

차이렌은 기가 막힌다는 듯 고개를 저었다. 그러나 강찬휘가 보기에 그의 얼굴에 두려움이나 긴장감은 전혀 찾아볼 수 없었다.

그렇기는 다른 사람들 역시 마찬가지였다. 하지만 세 신녀의 얼굴이 창백하게 변한 것을 보면 어지간히 놀란 것 같았다.

좀비들은 일행들과 10미터 정도 거리를 두고 걸음을 멈췄다. 그런 그들의 모습이 이상했는지 데미안이 입을 열었다.

"대체 저것들이 누굴 기다리는데 저렇게 건들거리는 거지?"

아닌 게 아니라 데미안의 말처럼 그들은 가만히 서 있는 것이 아니라 제자리에서 조금씩 몸을 움직이고 있었다. 하지만 더 이상 접근하지 않는 것이 데미안의 말대로 누군가를 기다리는 듯 보였다.

"네놈들이 켈크로스와 옴바루니를 해치운 녀석들이냐?"

어느 틈에 나타났는지 10미터 상공에 괴상한 모습을 한 생명체가 모습을 드러냈다.

하반신은 말의 모습이었지만 상반신은 벌거벗은 남자의 몸이었다. 게다가 엉덩이엔 말꼬리 대신 전갈의 꼬리가 붙어 있었다. 소의 얼굴이 전면에, 오른쪽엔 독수리의 얼굴이, 왼쪽엔 사자의 얼굴이, 그리고 뒤엔 고양이의 얼굴이 붙어 있었다.

일행들은 난생처음 보는 괴상한 모습에 할 말을 잃었다.

"네놈들이 감히 나 테라토스의 말을 우습게 여기다니… 도저히 용서할 수 없다. 저놈들을 죽여라!"

테라토스의 명령이 떨어지자 그때까지 건들거리던 좀비들이 일행들을 향해 다가왔다. 그러나 그보다 먼저 나무 위에 있던 흡혈귀들이 일제히 일행들을 덮쳐 왔다.

재빨리 로빈과 세 신녀들을 중심에 둔 채 다섯 명의 사내들이 흡혈귀들을 맞이했다.

가장 먼저 공격한 사람은 차이렌이었다. 미리 캐스팅해 두었던 스펠을 힘차게 외쳤다.

"프리징 애로우!"

외침과 동시에 10여 발의 얼음 화살이 흡혈귀들을 향해 날아갔고, 흡혈귀들은 얼음 화살에 적중되는 순간 얼음 덩이로 변해 지면으로 떨어져 산산조각이 났다. 하지만 그들에게 덤벼드는 흡혈귀들은 수십 마리가 넘었다.

들고 있던 레이피어에 마나를 주입한 데미안은 날아오는 흡혈귀들을 향해 힘차게 휘둘렀다.

"윌 오브 블러드!"

그러자 주먹만한 핏빛 원 서른여섯 개가 흡혈귀들의 머리를 향해 복잡한 곡선을 그리며 날아갔다. 비록 서너 마리가 피하기는 했지간 대부분 흡혈귀들의 머리는 허공에서 그대로 폭발해 완전히 날아가 버렸다.

"크로스 포스 오브 소드!"

라일은 더욱 간단히 처리했다. 롱 소드에 마나를 주입하고 흡혈귀들을 향해 휘두르자 신월(新月) 모양을 한 푸른색의 마나가 롱 소드의 궤적을 따라 생겼다. 그리고 그 마나 덩이는 그대로 흡혈귀들을 향해 날아갔다. 20여 마리의 흡혈귀들은 미처 피할 사이도 없이 허공에서 두 쪽으로 잘려 지면으로 떨어져 지면을 붉게 물들였다.

헥터 역시 흡혈귀들을 향해 검기를 발출했고, 그 검기에 맞은 흡혈귀들은 전신이 짓이겨진 채 날아가 버렸다. 강찬휘도 손을 놓고 있지는 않았다.

"천강분영!"

강찬휘가 휘두른 천우신검에서 서른여섯 줄기의 경기가 매서운 속도로 흡혈귀들을 덮쳤다. 공중에 떠 있던 흡혈귀들은 미처 피하고 말고 할 사이도 없이 전신이 꿰뚫린 채 목숨을 잃었다.

설명은 길었지만 가장 처음 공격했던 차이렌과 가장 나중에 공격한 강찬휘와의 차이는 겨우 눈 한 번 깜빡일 차이밖에는 없었다. 그러나 그 짧은 시간에 데미안 일행을 공격하려던 90여 마리의 흡혈귀 중 살아남은 흡혈귀는 단 한 마리도 없었다.

숨죽인 채 지켜보고 있던 원령 자매는 일행들의 눈부신 반격에 할 말을 잃었다. 어찌 생각해 보면 무모(?)하게 공격을 한 흡혈귀들이 불쌍할 지경이었다.

허공에서 오만한 자세로 그 모습을 보고 있던 테라토스는 흡혈귀들이 단 한 번의 공격도 해보기 전에 몰살을 당하자 눈이 튀어나올 정도로 놀랐다. 비록 흡혈귀들이 무적은 아닐지라도 그들을 해치우는 것이 그리 쉬운 일은 아니었다. 하지만 데미안 일행은 너무도 간단히 해치워 버린 것이다.

자신이 비록 마계에서 태어나 살아온 세월은 4, 500년밖에 되지 않는다 하더라도 이렇게 황당한 일은 처음 경험해 보았다. 흡혈귀들을 이렇게 간단히 전멸시킬 정도라면 비록 좀비들의 숫자가 많다고 하더라도 데미안 일행에게는 별다른 타격을 입힐 수 없을 것이 분명했다.

처음 데미안들에게 보호받고 있는 세 신녀를 공격하려던 테라토스는 곧 그녀들의 전신에 아주 불쾌하고 지저분한 신의 기운이 어려 있다는 것을 발견했다.

다시 눈을 돌린 테라토스는 조금 전 자신의 부하를 잔인하게 짓이겼던 헥터를 목표로 삼고는 들고 있던 스피어에 자신의 마력을 불어넣었다. 그러자 창을 휘감은 검은 기운이 곧 검은 불꽃으로 변했다.

"죽어라!"

몸을 힘껏 뒤로 젖힌 테라토스는 헥터를 향해 힘껏 스피어를 던졌다.

좀비들에게 신경을 쓰고 있던 헥터는 검은 불꽃에 휩싸인 무엇인가가 자신에게 날아드는 것을 발견하고는 그 자리에서 피하려 했다. 하지만 자신 뒤에 원령 자매가 있다는 것을 깨닫고는 재빨리 자신의 방패를 꺼내 들고 방어 주문을 영창했다.

"디바인 실드!"

쾅! 휘리리릭—!

요란한 폭음과 함께 공기가 맹렬한 회전을 일으키며 허공으로 치솟았고, 주위의 모든 것이 휘말려 빨려 들어갔다.

자신의 공격이 성공하리라는 것을 의심치 않았던 테라토스는 잠시 후 흙먼지 속에서 멀쩡한 모습으로 자신을 노려보고 있는 헥터의 모습에 망연자실했다. 이건 말도 안 되는 상황이었다. 어떻게 감히 인간 따위가 자신의 공격을 막을 수 있단 말인가?

어이없다는 표정으로 헥터를 바라보던 테라토스는 그제야 헥터의 가슴 앞에 눈부신 광채를 뿜어내고 있는 방패를 발견했다. 불쾌한 기운이 서린 그 방패는 신의 축복을 받은 물건이 분명했다.

그 방패를 보자 테라토스는 얼마 전 방심하다가 당했던 뼈아픈 기억이 되살아났다.

만약 자신의 몸이 악의 기운[惡靈]의 집합체가 아니라 마수나 마물처럼 일정한 형태를 가지고 있었다면 아마 그 자리에서 꼼짝없이 죽임을 당했을 것이다. 그런데 이 자리에서 다시 신의 손길이 닿아 있는 물건을 대하게 되다니 재수가 없어도 너무 없었다.

그동안 단 한 번의 실패도 몰랐던 자신이 연이어 실패를 하다니… 게다가 이번에 만난 인간들은 저번에 만났던 꼬마 사제나 보라색 머릿결을 가진 여자보다도 오히려 더 강해 보였다.

테라토스가 그런 생각을 하고 있을 때 무엇인가가 숲에서 뛰어나와 데미안 일행을 향해 달려가는 것을 발견했다. 그 속도가 얼마나 빠른지 그저 뿌연 그림자가 움직이는 듯했다.

놀라기는 데미안 일행도 마찬가지였다.

헥터가 테라토스의 공격을 막아내 잠시 안심하고 있는 사이 갑자기 숲에서 무엇인가가 뛰쳐나와 데미안을 향해 달려들었기에 일행들은 모두 깜짝 놀랐다. 특히 데미안 곁에 있던 강찬휘가 검을 휘둘러 상대를 공격하려 하였지만 이미 상대는 데미안의 가슴을 파고들었다.

"데미안!"

"넌?"

그제야 일행들은 데미안의 목에 팔을 감은 채 그의 가슴에 얼굴을 마구 비비고 있는 한 여자의 모습을 발견할 수 있었다. 헥터나 차이렌도 처음에는 잔뜩 긴장해 상대를 공격하려고 했지만 곧 상대의 모습을 확인하고는 반색했다.

"레오님!"

"레오? 너, 어떻게……?"

레오였다.

그, 아니, 그녀의 모습은 뮤란 대륙에서 출발할 때와 달라진 것이 없었다. 모든 사람들의 시선이 자신에게 쏠리든 말든 레오는 데미안의 목에 감은 팔을 풀 줄 몰랐다. 그리고 믿을 수 없게도 그녀의 눈에는 눈물이 가득했다.

처음엔 놀랐던 데미안도 곧 레오의 팔을 풀려다가 그녀의 눈물을 발견하고는 도저히 그럴 수 없었다. 말도 통하지 않는 레오가 어떻게 자신을 찾았는지는 모르지만 묻지 않아도 그녀가 얼마나 고생을 했을지 충분히 짐작이 갔다.

"레오, 고생했지?"

"레오 데미안 찾아 계속 달렸다."

"계속? 어디서부터?"

"모른다. 열흘 밤하고 여섯 밤 동안 계속 달렸다."

"뭐? 16일 동안? 한 번도 안 자고?"

레오의 대답에 데미안은 자신도 모르게 그녀에게 반문했다.

"레오 안 잤다."

그 대답에 데미안은 자신도 모르게 그녀를 와락 끌어안았다. 대체 지금 자신이 느끼는 감정을 뭐라고 표현해야 좋을지 몰랐다. 고마우면서도 미안하고, 기쁘면서도 가슴 한구석이 아려오는 이 감정.

그 모습을 지켜보던 원령 자매나 강찬휘는 얼굴이 저절로 붉어졌지만 헥터나 차이렌, 라일은 자신도 모르게 고개를 끄덕였다. 그들도 레오가 어떤 방법으로 데미안을 찾았는지는 모르지만 그녀에게 있어서 데미안이 어떤 존재라는 것을 알 수 있었기에 데미안의 지금 감정을 충분히 짐작할 수 있었다.

잠시 소강 상태가 이어지고 있을 때를 놓칠 테라토스가 아니었다. 즉시 자신의 마력을 뽑아내 만든 세 개의 창으로 데미안 일행을 공격했다.

"도두 죽어라! 다크 스피어Dark Spear!"

날카로운 파공성을 내며 날아오는 검은 창을 가장 먼저 발견한 사람은 헥터와 세 신녀였다. 그들은 거의 동시에 일행 전체를 보호막으로 보호했다.

쾅쾅쾅─!

귀청을 찢을 듯한 폭음이 들렸다. 그와 동시에 일행들은 자신들의 온몸이 극심하게 흔들리며 가슴이 답답함을 느꼈다. 충격파가 예상외로 크자 데미안은 레오를 보호하기 위해 그녀를 끌어안으려고 했지만 이미 레오는 그의 품에 없었다. 당황해 주위를 살피던 데미안의 눈에 테라토스를 향해 달려가는 레오의 뒷모습이 보였다.

엄청난 속도로 테라토스를 향해 달려가던 레오는 그대로 지면을 박찼고, 직각으로 치솟는 레오의 몸은 이미 호인(虎人)으로 변신을 마친 후였다.

마치 화살처럼 허공으로 치솟은 레오는 테라토스의 가슴을 향해 사정없이 손을 휘둘렀다. 대거와 같은 레오의 손톱은 테라토스의 가슴에 깊은 네 줄기 상처를 냈다.

너무나 빠른 레오의 공격에 테라토스는 속수무책으로 당할 수밖에 없었다. 천천히 고개를 숙여 자신의 가슴을 본 테라토스의 눈은 불신의 기색이 완연했다. 설마 레오가 자신의 몸에 상처를 낼 능력이 있을 줄은 상상도 못했다.

공격을 마친 레오는 데미안 곁으로 이내 돌아갔고, 테라토스의 찢겨진 가슴의 상처에서는 조금씩 검은색 연기가 흘러나오고 있었다. 상처가 생긴 것에 대한 분노보다는 데미안 일행을 계속 상대했다간 또다시 당할지 모른다는 생각이 먼저 들었다.

데미안 일행을 없애야 한다는 생각이야 머리 속에 있었지만 그의 몸은 반대로 뒷걸음질치고 있었다. 그런 자신의 행동이 공포에 기인한 것이란 걸 깨달은 테라토스는 잠시 망설였다. 하지만 곧 결정을 내렸다.

신경질나고 짜증나는 일이지만 결정을 내린 이상 이 자리에 더 있을 수가 없었다. 천천히 뒤로 물러서는 척하다가는 곧바로 몸을 돌려 빠르게 도망쳤다.

"블레스트 애로우Blast Arrow—!"

"타링 빔!"

헥터보다 레오의 공격이 더 빨랐다.

눈에 보이지 않는 수백 줄기의 송곳 같은 바람이 테라토스를 덮쳤다. 블레스트 애로우가 작렬한 그의 전신에서 검은 연기가 피어 오르는가 싶더니 곧 이어 블레이즈에서 쏟아진 성광(聖光)이 테라토스의 전신을 감쌌다.

"크아아악—!"

처절한 비명과 함께 테라토스의 모습은 허공에서 사라졌다. 그 모습을 발견한 원령 자매는 그제야 안도의 숨을 쉴 수 있었다. 그러다 이상한 점을 발견했다.

데미안과 그 동료들이 불신의 빛이 가득한 얼굴로 레오란 여인을 뚫어지게 쳐다보고 있는 것을 발견한 것이다. 저들은 대체 무슨 이유로 저 여인을 저렇게—어떻게 된 일인지는 모르지만 레오는 남자로 바뀌어 있었다—놀란 얼굴로 바라보는 것인지 원령 자매는 이유를 알 수 없었다.

"레오, 그 파륜느를 이용한 공격 주문을 알고 있었어?"

"아니, 몰라."

"방금 공격했잖아."

데미안의 말에 레오는 고개를 갸웃거리며 자신의 손을 쳐다봤다. 그의 오른손에는 1미터 20센티미터는 족히 되어 보이는 활이 들려 있었다. 일자형으로 생긴 60센티미터쯤 되어 보이는 중앙 부분과 30센티미터쯤으로 보이는 완만하게 휘어진 두 개의 양쪽 끝의 모습이 활처럼 보이긴 했다. 하지만 그뿐이었다. 어디에도 활줄은 보이지 않았다.

그럼에도 불구하고 분명 테라토스를 향해 수백 줄기의 마나로 이루어진 화살이 날아간 것을 데미안은 분명히 보았다. 만약 다른 사람이 파륜느의 주인이라면 조금 전의 공격이 이해가 가지만 레오가 한 것이라면 믿기 힘든 일이었다.

동료들과 일상적인 대화도 겨우 하는 레오가 어떻게 파륜느의 공격 주문을 익힌 것인지 영문을 알 수 없었다. 게다가 레오의 대답도 예상을 벗어나 있었다.

"난 모른다."

"방금 네가 공격했잖아. 기억나는 것 없어?"

"기억 안 난다."

너무도 당당하게 '내가 한 짓이 아니다'란 표정을 짓고 있는 레오의 얼굴을 본 데미안은 갑자기 힘이 빠지는 기분이 들었다. 자신이 한 행동을 기억 못하는 레오의 모습에 다른 사람도 마찬가지 기분이 드는 모양이었다.

"참! 좀비들은?"

황급히 고개를 돌리는 데미안의 눈에 하나도 남김없이 쓰러져 있는 시체 더미가 보였다.

"너희들이 그 악령을 없애는 순간 모두 쓰러져 버렸다."

라일의 대답에 원령이 보충 설명을 했다.

"저들을 조종하던 힘의 원천이 되는 악령이 소멸되었기 때문에

저들도 좀비 상태에서 벗어난 것이고, 결국 저런 상태가 된 거예
요."

"흐음, 냄새가 고약하군. 어서 떠나지."

아닌 게 아니라 차이렌의 말대로 그들에게서 풍겨져 나오는 냄
새가 너무나 지독해 머리가 어지러울 지경이었다. 그러나 엉뚱한
곳에서 문제가 발생했다.

마차에 탈 수 있는 인원은 원래 네 명과 마부, 이렇게 총 다섯
명이 정원이었다. 그러나 갑자기 늘어난 인원 때문에 어쩔 수 없
이 여섯 명이 안에, 그리고 나머지 두 명이 마부석에 타고 이곳까
지 왔었다. 그런데 지금 다시 한 명이 늘어난 것이다.

헥터가 그 걱정을 하고 있을 때 원령 자매는 길 양쪽에 쌓여 있
는 시신들에게 성수를 뿌리며 더 이상 좀비가 되지 않도록 일일
이 라페이시스의 축복을 내리기 시작했다. 그 작업은 상당한 시간
동안 계속되었고, 그사이 레오는 여인의 몸으로 변한 상태에서 데
미안의 품에 안긴 채 정신없이 자고 있었다.

너무도 피곤한 모습으로 자는 레오의 모습에 데미안은 그녀를
깨울 수가 없었다. 데미안이 머리를 쓰다듬어 줄 때마다 레오는
더욱 데미안의 품으로 파고들었다. 결국 원령 자매가 작업을 마치
고 돌아왔을 때 자연스럽게 강찬휘가 마차의 지붕 위로 올라가야
했다.

물론 데미안은 자신이 올라가겠다고 했지만 레오가 그의 품을
떠나려 하지 않아 어쩔 수 없었다. 한 가지 다행인 점은 그들의
목적지가 도시가 아닌 산이었기에 하루 정도만 참으면 된다는 것
이었다.

다음날 오후 마차가 멈춘 곳은 갈림길 앞에서였다.

앞에 보이는 거대한 산의 좌우로 이어진 갈림길에서 마차에서 내린 일행은 원령의 설명을 들었다.

"여러분이 보실 때 왼쪽에 보이는 길은 상주로 향하는 길이고, 오른쪽 길은 완주(琬州)로 가는 길입니다. 지금부터 가야 할 곳은 바로 저곳이에요."

당연히 눈앞에 까마득하게 보이는 산이 목적지일 것이라고 생각했던 일행들은 원령이 뜻밖에 오른쪽 길을 가리키자 의구심을 감추지 못했다.

"여러분은 제가 왜 이곳에서 마차를 멈추게 했는지 이상한 생각이 드실 겁니다. 하지만 저희들의 고향인 천계리(千溪里)로 가는 길은 이 길뿐입니다. 워낙 길이 험하기 때문에 더 이상은 마차를 이용할 수 없습니다."

"거리는 얼마나 됩니까?"

강찬휘의 질문에 석양 탓인지는 모르지만 원령의 얼굴이 미미하게 변했다.

"상당히 험한 산길이기 때문에 꼬박 열흘 정도는 가야 할 겁니다."

"날씨가 따스해 노숙하는 데는 문제가 없겠지만 식량이 부족하지 않을지 모르겠군요."

"부족한 식량은 사냥으로 충당하면 되잖아?"

강찬휘의 말에 차이렌이 퉁명스럽게 대꾸를 했다.

"식량은 이미 충분히 준비를 했습니다."

"역시 헥터야. 언제 준비를 했어?"

"혹시나 하는 생각에 준비를 했습니다."

레오를 마차 안에 누이고 나온 데미안의 반색에 헥터는 담담히 대꾸를 했다.

"아니에요. 저분께서 일전에 제 고향에 대해 물으신 적이 있으셨어요. 그래서 제가 말씀을 드렸더니 저분께서 혼자 준비를 하신 거예요."

원령의 말에 헥터를 아는 사람들은 자신도 모르게 고개를 끄덕였다. 언제나 그랬다. 일행들에게 필요한 것이 있으면 한발 먼저 준비를 했고, 항상 궂은 일은 도맡아서 하는 그였다. 특히 그런 헥터의 모습을 가장 오래 보아온 데미안으로서는 그저 고마울 따름이었다.

"어떻게 하시겠습니까? 오늘은 이곳에서 쉬고 내일 아침 일찍 출발을 하실 것인지, 아니면 지금 바로 출발을 하실 것인지 결정을 내려……."

원령은 데미안이나 다른 사람들이 자신의 말에는 아랑곳하지 않고 긴장한 모습으로 다른 쪽을 바라보고 있는 것을 발견하고는 말꼬리를 흐렸다. 그리고 고개를 돌려 자신들이 달려온 길을 바라보았다.

상당히 멀리 떨어진 곳에서 한 대의 마차가 흙먼지를 일으키며 맹렬한 속도로 다가오는 것이 보였다. 금방이라도 부서질 듯 달려오는 마차의 마부석에는 한 사람이 앉아 있었고, 또 한 사람은 마차의 지붕 위에 서 있었다.

처음 2킬로미터 정도 떨어져 있던 마차는 빠른 속도로 일행들과의 거리를 좁혔다. 그리고 그제야 그들이 무엇인가에 쫓기고 있다는 것을 발견할 수 있었다. 흙먼지 사이로 거대한 물체가 마차의 뒤를 바짝 뒤쫓고 있는 것이 보였다. 그렇지만 쫓고 있는 것이 무엇인지는 알 수 없었다.

그들과의 거리가 1킬로미터로 좁혀들자 갑자기 데미안이 미디아를 뽑아 든 채 쏜살같이 달려나갔다. 영문도 모르고 일행들은 각자 자신의 무기를 뽑아 든 채 데미안의 뒤를 따랐다. 마차와의 거리가 좁혀들자 일행들은 왜 데미안이 달려나간 것인지 알 수 있었다.

점심 식사 후 잠시 휴식을 취하고 있을 때였다.

포만감을 느끼면서 황지충은 될 수 있으면 빠른 시간 안에 데미안을 만났으면 좋겠다는 생각을 하고 있었다. 그러면서도 깊은 생각에 빠져 있는 데보라의 모습을 힐끔거렸다. 설마 약관에 불과한 데미안에게 벌써 약혼녀가 있을 줄은 몰랐다.

처음 중무장한 데보라의 모습을 보았을 때 제대로 걸을 수나 있을까 우려를 감추지 못했다. 그러나 그녀는 그런 황지충의 걱정을 간단히 종식시켰고, 무엇보다 황지충을 감탄시킨 것은 그녀의 미모였다.

중성적인 매력을 가지고 있는 데보라의 모습에 처음 황지충은 상당한 미모를 가진 여인이라는 생각을 했었다. 하지만 첫 번째의 느낌보다는 두 번째 보았을 때가 훨씬 아름답게 보였고, 두 번째 보았을 때보다는 세 번째 보았을 때 훨씬 환상적인 아름다움을 가졌다는 느낌을 주었다.

그 미모만 가지고도 충분히 데미안의 약혼녀가 될 수 있다고 생각했다. 게다가 동행하고 있는 사람이 북쪽의 강국(强國)이라는 한국의 왕자가 아닌가?

알면 알수록 데미안이 더욱 신비스럽게만 느껴졌다.

그대였다.

"크아악!"

"괴물이다. 피해라!"

"피해… 으악!"

비명 소리에 황지충은 재빨리 자신의 언월도(偃月刀)를 들고 마차를 지키고 있던 부하들이 있는 곳으로 달려갔다. 하지만 곧 발걸음을 멈춰야만 했다. 그리고 그의 입에서는 본인도 모르는 새 말이 흘러나왔다.

"대, 대체 저… 저게 뭐지?"

그곳에는 엄청난 몸집의 괴수(怪獸)가 마차 주위에서 쉬고 있던 병사들을 공격하고 있었다. 그 괴물이라는 것의 모습은 사자를 닮아 있었다. 하지만 커도 너무 컸다.

어깨까지의 높이가 무려 5미터에 달했고, 그 몸을 받치고 있는 네 개의 다리는 아름드리 거목을 연상케 했다. 그 다리에 부딪친 병사들은 마치 조약돌처럼 너무도 간단히 날아갔다. 하지만 더욱 사람들의 눈길을 끄는 것은 괴물의 머리였다. 괴수의 몸통에서 이어져 있는 것은 뱀과 비슷하게 생긴 짐승의 머리였다.

그것도 하나가 아니라 두 개의 머리가 달려 있었다.

하나는 붉은색을 띠고 있었고, 또 하나는 흰색을 띠고 있었다. 그리고 그들의 입이 벌어질 때마다 주위는 불타고 얼어붙었다.

"뭐 해! 정신 차려!"

데보라의 외침에—그게 무슨 뜻인지는 모르지만—정신을 차린 황지충은 재빨리 단과 로빈, 그리고 데보라와 수국을 마차에 타게 했다. 그리고는 마부석에 올라 힘껏 채찍질을 했다. 고통을 이기지 못한 말들은 앞을 향해 힘껏 달리기 시작했다.

　지금 수하들이 괴수의 공격을 받고 있다는 사실을 모를 그가 아니었지만 지금 자신은 마차 안에 있는 네 사람을 보호해야만 할 책임과 의무가 있기 때문에 이를 악물 수밖에 없었다. 달리는 말에 채찍질을 하는 황지충의 눈에 엷은 습막이 어렸다.

　달리기 시작한 마차는 곧 탄력을 받아 엄청난 속도로 달려나갔다. 한참을 달린 황지충은 그리 크지는 않지만 일정한 충격이 전해지는 것을 느꼈다. 처음에는 마차가 달리며 생기는 진동으로만 생각을 했는데 일반적인 느낌과 달라 자신도 모르게 뒤를 돌아보았다.

　지금 황지충이 느끼고 있는 진동의 원인 제공자는 두 개의 머리를 가진 괴수였다. 거대한 몸매를 가진 것과는 상관없이 날렵한 모습으로 마차의 뒤를 쫓고 있었다. 괴수의 몸이 지면을 박찰 때마다 일정하게 진동이 발생했는데 괴수의 덩치를 생각해 보면 거의 없는 거나 마찬가지였다.

　마차의 창으로 쫓아오는 괴수를 보고 있던 데보라는 날렵하게 마차의 지붕으로 올라갔다. 그리고는 자신의 컴포짓 보에 화살을 먹이고는 괴수를 겨누었다.

　극심하게 진동하는 마차의 지붕에 올라간 사람이라고는 믿을 수 없을 만큼 안정된 모습으로 화살의 끝을 괴수에게 겨눈 그녀는 가볍게 손을 놓았다.

　화살은 일직선을 그리며 괴수를 향해 날아갔지만 괴수는 자신을 향해 날아오는 화살을 미처 발견하지 못했는지 여전히 마차의 뒤를 쫓고 있었다. 화살은 정확히 괴수의 가슴에 적중을 했지만 맥없이 허공으로 퉁겨져 버렸다.

　심상치 않게 생긴 괴수의 모습에 데보라도 자신이 쏜 화살에 큰 희망을 걸지는 않았지만 직접 자신의 눈으로 확인하니 어떻게 괴수를 상대해야 좋을지 몰랐다.

데보라가 잠시 고민하는 사이 괴수의 두 머리 중 붉은색을 띤 쪽의 머리가 마차를 향해 크게 입을 벌렸다. 그러자 시뻘건 불길이 일직선으로 마차를 향해 날아들었다.

"아쿠아 실드!"

아로네아의 끝이 날아오는 불길로 향하자 푸르스름한 색을 띤 커다란 보호막이 생겼다. 시뻘건 불길은 데보라가 친 보호막을 뚫지 못하고 공기 중으로 흩어졌다. 첫 번째 대결은 그렇게 무승부를 기록했다.

네 마리의 말은 자신들 뒤에서 쫓아오는 괴수의 존재를 느낀 것인지 그야말로 필사적으로 달렸다. 그래서인지 조금씩 괴수와의 격차를 벌리고 있었다. 잠시의 시간이 지나자 괴수와 마차의 간격은 800미터까지 차이가 벌어졌다.

괴수와 조금씩 멀어지는 것에 안심하던 데보라는 괴수의 움직임이 조금 이상하다는 것을 곧 발견했다. 괴수의 등에서 무엇인가가 솟아오르는 것이 보였다. 잠깐 사이에 7미터까지 솟아오른 그것은 곧 양쪽으로 갈라져 괴수의 몸 양쪽에 위치했다. 20미터는 족히 돼 보이는 날개였다.

단 몇 번의 날갯짓으로 다시 괴수와 마차와의 간격은 급격히 좁혀들기 시작했다. 그 모습에 데보라는 아로네아를 움켜쥐고는 마차 안의 로빈에게 주의를 주었다.

"로빈, 우리 뒤를 쫓아오는 저 괴물이 보통 괴물은 아닌가 봐. 조심해!"

"예, 데보라님."

대답을 한 로빈은 즉시 정신을 집중하고는 나직하게 신성 주문을 영창했다.

"세상에 존재하는 모든 더러움과 악한 것을 다스리는 라페이시스여! 당신의 종을 위협하는 악으로부터 구하소서! 디텍트 프롬 데빌 파워Detect From Devil Power!"

로빈의 외침과 거의 동시에 치유의 구슬에서 푸른빛이 품어져 나와 그들이 타고 있는 마차 전체를 휘감았다. 데보라는 마차가 신성력에 의해 보호되고 있다는 것을 깨닫고는 지체없이 괴수를 향해 아로네아를 겨누었다.

"아쿠아 임펄스!"

날카로운 데보라의 외침과 동시에 아로네아의 끝에서는 푸른색의 번개가 괴수를 향해 날아갔다. 뜻하지 않은 공격이기 때문이었을까? 푸른색의 번개는 괴수가 미처 피할 시간도 주지 않은 채 붉은색의 머리에 작렬했다.

괴수의 붉은색 머리에서 섬광이 터져 나오는 것을 본 데미안은 자신의 공격이 성공했다는 것을 확인하고는 환호를 터뜨리려 했다. 하지만 괴수의 머리는 둘이었다.

자신이 공격받았다는 것에 무척이나 분노한 또 하나의 머리가 데보라가 탄 마차를 향해 입을 벌렸다. 그러자 세상의 모든 것을 얼려 버리려는 듯 헤아릴 수 없이 많은 얼음 조각들이 마차를 향해 쏟아졌다.

그 모습에 데보라는 지체없이 보호막을 만들었다. 대부분의 얼음 조각들은 데보라가 만든 보호막에 가로막혔지만 그들 가운데 몇 개의 얼음 조각이 보호막을 뚫고 들어왔다.

"헉!"

기겁을 한 데보라는 재빨리 몸을 숙여 얼음 조각을 피했다. 그리고 깨진 보호막을 통해 마차에도 몇 개의 얼음 조각이 부딪쳤지만 로빈의 보호막을 뚫지는 못했다.

그렇게 데보라와 괴수의 공방전이 계속되었는데 시간이 지나면 지날수록 불리한 것은 데보라 일행이었다.

이미 그런 추격전이 1시간 가까이 되자 마차를 끌던 말들이 지쳐 거품을 물기 시작한 것이다. 물론 아직까지는 말들의 속도가 줄어들지는 않았지만 다른 조치가 없다면 곧 말들이 쓰러질 것은 불문가지였다.

황지충이 당황하고 있을 때 또 다른 문제가 그를 덮쳤다. 갑자기 자신이 탄 마차를 향해 달려드는 몇 사람의 모습을 발견한 것이다.

그들이 누구인지, 왜 자신들의 마차를 향해 달려드는 것인지 확인할 수 없었지만 일단은 마차 안에 타고 있는 사람을 보호하는 것이 우선이었다.

"비켜라! 그렇지 않으면 목숨을……"

황지충의 말은 더 이상 이어질 수 없었다.

마차를 향해 달려오는 사람들 가운데 가장 앞에 달려오는 붉은 머리 사내의 모습이 눈에 익었다. 그를 발견함과 동시에 황지충은 자신도 모르게 말고삐와 함께 마부석에 붙어 있는 제동 장치를 힘껏 잡아챘다.

끼끼끼끽!

마차는 요란스런 소리를 내며 미끄러져 갔고, 아무런 준비도 하지 못하고 있던 데보라는 마차가 갑자기 멈춰 버리자 그 반동을 견디지 못하고 허공으로 튕겨져 나갔다.

"뭐, 뭐야?"

허공에서 몸을 틀어 중심을 잡으려던 데보라의 눈에 붉은 머릿결을 휘날리며 자신에게 달려오는 누군가가 보였다. 그 순간 데보라는 갑자기 가슴이 답답해지며 모든 것이 뿌옇게 보였다. 그리고 자신도 모르는 사이 그를 향해 팔을 뻗었다.

"데, 데……."

"조심해, 데보라."

데보라의 몸이 지상에서 2미터 정도 남았을 때 그녀의 가녀린(?) 몸을 낚아채는 사내가 있었다. 뿌옇게 흐려진 눈을 몇 번 깜빡이자 상대의 모습이 분명하게 보였다.

역시 데미안이었다.

"데미안……."

데보라는 그대로 데미안의 목에 팔을 걸고는 미친 듯이 키스를 퍼부었다. 갑작스런 데보라의 행동에 데미안은 그저 멍하니 그녀의 행동을 두고 볼 뿐이었다.

그러는 사이 일행들이 다가왔고, 마차를 호위한 그들과 괴수와의 대치 상태가 잠시 이어졌다. 그제야 데미안의 목에서 팔을 푼 데보라는 주위로 눈을 돌렸다.

"라일님, 헥터, 차이렌……. 역시 레오는 찾지 못한 거야?"

"레오? 레오는 지금 마차에서……."

"레오 여기 있다."

어느 틈에 나타났을까? 데미안의 곁에 조금은 뿌루퉁한 얼굴로 레오가 서 있었다.

"모두 무사했구나."

"여러분을 다시 만나 뵙게 되어 정말 반가워요."

마차에서 내린 로빈의 인사말에 데미안은 이스턴 대륙에 도착한 지 무려 5개월 만에 만나게 된 일행들을 바라보고 있었다.

"우선 저 녀석부터 처리하고 쉬도록 하자."

어둠이 내리기 시작했기 때문일까? 라일의 음성에 기묘한 힘이 실려 있었다. 라일의 말에 일행들은 일제히 괴수를 향해 자신의 무기를 잡았다.

가장 먼저 공격을 시작한 것은 레오였다.

"블레스트 애로우!"

"블러드 서클!"

"홀리 마인Holy Mine!"

"웨이브 어택!"

처음 레오의 공격에 괴수는 공중에서 멈칫했고, 데미안의 공격이 괴수의 날개를 잘라 버렸다. 이어서 날아온 헥터의 공격이 괴수에게 부상을 입혔다면 괴수를 소멸시킨 것은 데보라였다.

허공으로 치솟았던 수십 줄기의 푸른 물줄기가 쓰러져 있는 괴수에게 쏟아지며 꼼짝 못하게 만들었고, 괴수를 향해 몸을 날린 데보라는 아로네아를 들어 괴수의 가슴을 향해 힘껏 찔렀다. 지금까지 자신들을 고생시킨 괴수의 최후치고는 너무도 간단한 결말이었다. 하지만 그것이 데미안과 그 일행들이 가진 가공할 능력 때문이라는 것을 모를 황지충이 아니었다.

괴수가 완전히 소멸한 것을 발견하고서야 나머지 일행들은 겨우 안도의 한숨을 쉴 수 있었다.

조금 넓은 풀밭에 둘러앉은 일행들은 잠시 어색한 시간을 가졌다. 데미안이 먼저 데보라 일행들에게 강찬휘와 세 신녀를 소개했다. 데보라도 데미안 일행에게 단과 수국, 그리고 황지충을 소개

했다.

데보라와 나타난 사내가 멀리 한국의 왕자라는 것을 알게 된 강찬휘나 세 신녀는 놀란 눈으로 그를 바라보았다. 물론 왕족을 직접 보는 것도 처음이지만 그 상대가 멀리 한국의 왕자라는 것도 그들에겐 상당히 놀라운 일이었다.

그런 반면 단의 놀라움도 상당했다.

비록 왕국의 경계가 있다고는 하지만 천우신검 강찬휘에 대한 명성을 자신도 익히 들어 잘 알고 있었다. 게다가 놀라운 퇴마 능력을 가진 세 신녀의 이름도 오래전 무극의신 총단을 통해 들었기에 잘 알고 있었다.

서로 통성명을 하며 인사를 나누는 동안 데보라와 데미안은 한시도 떨어지지 않은 채 서로의 손을 꼭 잡고 있었다. 비록 몇 마디 대화를 나누지는 않았지만 데보라의 마음 어디에도 자신이 들어갈 곳이 없다는 것을 직접 확인하는 순간이었다.

그 쓸쓸한 마음을 어찌 말로 표현할 수 있겠는가?

단의 눈은 여전히 데보라에게서 조금도 떨어지지 않았다. 그런 단의 모습을 발견한 데미안이 단에게 다가왔다.

한 번도 자신의 얼굴에 대해서 실망을 느껴보지 못한 단이었지만 역시 데미안에 비해서 떨어지는 것을 자인해야만 했다. 또 자신에게는 없는 놀라운 무공으로 괴수를 물리치는 모습도 분명히 확인했다.

한 번도 남에게 스스로가 뒤진다는 생각을 해보지 못했던 단으로서는 데미안의 존재가 세상에 존재한다는 것 자체가 이해가 되지 않았다.

다가온 데미안은 단을 향해 포권지례를 했다.

“데보라와 로빈을 보호해 주셨다고 들었습니다. 두 사람을 대신해 진심으로 감사를 드립니다.”

갑작스런 데미안의 인사에 단도 황급히 자리에서 일어나 답례를 했다.

“아닙니다. 두 분 덕택으로 저희 나라는 많은 도움을 받았습니다. 오히려 감사를 드려야 할 사람은 접니다.”

두 사람이 인사를 주고받는 사이 로빈과 수국, 그리고 원화와 원미가 저녁 준비를 했다. 헥터와 강찬휘는 주위를 둘러보기 위해 자리를 떠났고, 황지충은 요리에 필요한 나무를 주우러 숲으로 향했다.

간단하게 요기를 마친 일행들은 일찍 잠자리에 들었다. 하지만 잠들지 못하는 사람이 꽤 있었다.

가장 먼저 자리에서 일어난 사람은 뮤렐이었다. 그는 불침번을 서고 있던 헥터에게 다가가 입을 열었다.

“저어, 헥터님.”

“므슨 일이오?”

“저에게 검을 쓰는 법을 가르쳐 주지 않으시겠습니까?”

“검을 쓰는 법? 갑자기 그게 무슨 말이오?”

헥터의 반문에 뮤렐이 그의 맞은편에 앉았다. 잠시 머뭇거리던 뮤렐이 입을 열었다.

“이런 말씀을 드리면 이상하겠지만 차이렌님께서 좀 불안해하시는 것 같습니다.”

“차이렌님이 불안을 느끼시다니, 그게 무슨 말이오?”

“제가 생각하기에 차이렌님께서는 앞으로 좀 더 강한 악령이나 악마를 만나게 되었을 때의 상황을 걱정하시는 것 같습니다.”

헥터는 뮤렐의 말을 쉽게 이해할 수 없었다.

"마법이라는 것은 대자연에 퍼져 있는 마나를 일정한 규칙에 의해서 사용하는 방법을 가리키는 말입니다. 하지만 그렇지 않은 종족도 있지 않습니까."

"드래곤을 말하는 것이오?"

"그렇습니다. 드래곤도 드래곤이지만 그보다는 악마를 가리키는 말입니다. 드래곤에게 마법을 가르친 존재가 바로 악마니까요."

"그 이야기는 일전에 차이렌님에게 들은 기억이 있소."

헥터의 대답에 뮤렐은 머리를 긁적였다.

"하지만 제 생각은 조금 다릅니다. 6싸이클의 마법사이신 차이렌님이 당하실 상대라면 설사 몇 개의 주문을 알고 있다고 하더라도 제가 감히 상대가 될 리 있겠습니까?"

"그래서 검술을 익히겠단 말이오?"

"그런 이유도 있지만 저에겐 불의 검 누바케인이 있지 않습니까? 레드 드래곤 마브렌시아가 그토록 탐을 내던 신의 무기를 가지고 있으면서도 사용할 줄 모른다는 것은 너무 안타까운 일이 아닙니까? 그토록 원했던 복수도 데미안님의 도움으로 해결할 수 있었습니다. 이젠 제가 데미안님을 돕고 싶습니다. 도와주십시오."

뮤렐의 말에 헥터는 고심하지 않을 수 없었다.

말이 좋아 검술을 가르치는 것이지, 그것이 하루이틀 만에 될 일이 아니라는 것을 누구보다도 잘 알고 있기 때문이었다. 자신만 해도 그렇다. 누구보다 검에 소질이 있다고 자부하지만 거의 20년 가까이 검술을 연마해서야 지금의 자신이 있는 게 아닌가.

헥터도 사용을 해보고 느낀 것이었지만 신의 무기를 사용하려면 상당한 마나의 소모를 감수해야만 한다. 블레이즈에 적혀 있는 공격 주문 가운데 최강의 공격 주문은 과연 자신의 마나로 펼칠 수 있을까 하는 의구심마저 들 정도였다. 그런데 변변한 수련조차 하지 않은 뮤렐이 이제서부터 검술을 익혀 누바케인을 사용한다는 것은 불가능한 일이었다.

헥터는 자신의 생각을 그에게 말해 주었다. 찬찬히 헥터의 설명을 들은 뮤렐은 잠시 고심하더니 곧 다시 입을 열었다.

"헥터님께서 우려하시는 것이 무엇인지 잘 알겠습니다. 제가 검술 수련을 한 적이 없어 마나를 축적시키지는 못했지만 누바케인을 사용할 방법이 있을 것도 같습니다. 가장 기본적인 훈련이라도 좋으니 가르쳐 주시겠습니까?"

뮤렐이 계속해서 부탁하자 헥터는 어쩔 수 없이 고개를 끄덕였다. 헥터가 승낙을 하자 뮤렐은 당장 누바케인을 들고 왔다. 그 모습에 가볍게 한숨을 쉰 헥터는 먼저 뮤렐의 자세부터 교정해 주었다.

"우선 다리는 어깨 넓이로 벌리고, 검은 두 손으로 잡되 약지를 제외한 나머지 네 손가락으로 잡으시오. 검은 가슴 높이로 치켜들고 시선은 전방을 보시오. 이 자세가 기본자세요. 이 자세에서 공격과 방어가 이루어지니까 절대로 잊지 말도록 하시오."

"알겠습니다."

"내가 가장 기본적인 공격과 방어를 시범 보일 테니까 잘 보시오."

말을 마친 헥터는 자신의 바스타드 소드를 들고는 간단한 공격과 방어를 선보였다. 헥터도 여행을 하는 동안 꾸준히 실력이 늘어 거의 소드 마스터에 준하는 실력을 가지고 있었다. 가볍게 움직이는 듯 보였지만 바스타드 소드가 움직일 때마다 공기가 무섭게 파동 치는 것을 쉽게 느낄 수 있었다.

헥터의 움직임을 열심히 바라보던 뮤렐은 그의 움직임을 기억하기에 여념없었다. 한동안 움직이던 헥터가 천천히 검을 거두며 입을 열었다.

"지금까지 내가 보인 것이 검술에서 가장 기본적인 움직임이오. 이른바 사람들이 이야기하는 검술이라는 것은 내가 방금 시범을 보인 공격과 수비를 조합한 것이오. 다시 한 번 말하면 기본자세와 기본적인 움직임을 끝없이 연습하는 것만이 검술을 익히는 기본이오."

헥터의 말에 뮤렐은 고개를 끄덕였다. 누바케인을 검집째 들고는 기본적인 자세를 취했다. 그리고 깊게 숨을 들이킨 뒤 자세를 고정시켰다.

잠시 그 모습을 바라보던 헥터는 다시 모닥불로 눈길을 돌렸고, 잠시 후 자신 뒤의 불침번인 강찬휘를 깨웠다. 그리고 마지막 불침번인 데미안이 일어났을 때에도 뮤렐은 계속해서 기본자세를 잡고 있었다.

쭈욱~

제14장
트로니우스의 던전

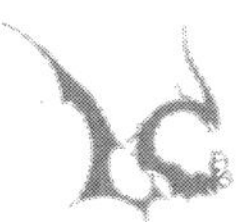

이른 아침 데미안은 일행을 깨웠고, 자리에서 일어난 일행은 깨자마자 식사 준비부터 서둘렀다.

데미안은 식사를 하면서 고민에 빠지지 않을 수 없었다.

만약 자신들 일행뿐이라면 다소 길이 험해도 빠른 시간 내에 목적지에 도착할 수 있지만, 지금 이 인원들 가지고는 도저히 불가능한 일이었다. 새로 일행이 된 사람들 가운데 강찬휘를 제외하고는 무공을 익히지 않거나, 설사 익혔다 하더라도 그 수준이 너무 낮아 도움이 안 되는 사람들뿐이었다.

한시라도 빨리 원령이 말한 곳에 가고 싶은 생각이야 굴뚝같았지만 현재 이 인원으로는 불가능한 일이기에 포기할 수밖에 없었다. 던전으로 가는 도중에 부디 별다른 일이 발생하지 않기만 바라며 데미안은 식사를 마쳤다.

일단 원령 자매가 앞장을 섰고, 그 뒤에 강찬휘가 그녀들을 보호하며 뒤따랐다. 헥터가 로빈과 수국의 안전을 책임졌고, 데미안이 단과 황지충을 보호하며 뒤따라갔다. 레오와 데보라, 라일과 차이렌이 일행의 후미를 맡았다. 한 가지 평소와 달랐던 것은 뮤렐이 마법을 사용하지 않은 채 일행들을 따르고 있다는 점이었다.

워낙 나무가 빽빽하게 자라고 있어 올라가는 것도 쉽지 않았다. 게다가 곳곳이 언덕이었고, 언덕의 경사가 워낙 심해 이동 속도는 더욱 처졌다.

특히 로빈이나 수국은 산길을 다녀본 경험이 거의 없기에 출발한 지 얼마 되지 않아 금방 지치고 말았다. 또 뒤에서 따라오던 뮤렐도 온몸이 땀으로 젖은 채 숨을 몰아쉬었지만 쉴 새 없이 다리를 움직이고 있었다.

출발한 지 5시간이 지났지만 그들은 겨우 8킬로미터를 전진했을 뿐이었다. 물론 길도 없고 경사까지 진 언덕을 오르는 일이 쉬운 일은 아니었지만, 조급한 심정인 데미안이 생각하기엔 전진 속도가 너무 늦었다.

결국 그날 저녁 늦게서야 겨우 야영할 장소를 찾을 수 있었다. 세 신녀와 로빈, 수국, 뮤렐은 녹초가 되어서 그 자리에 쓰러지고 말았다. 그리고 단과 황지충도 비록 말은 하지 않았지만 지친 표정이 역력했다.

지쳐 쓰러진 사람이 여덟 명에 달하자 어쩔 수 없이 나머지 사람들이 식사와 야영 준비를 해야 했다. 데미안과 데보라가 땔감을 주우러 가자 레오가 그들의 뒤를 따라갔고, 강찬휘와 라일이 주위를 살피러 갔고, 헥터는 미리 준비한 식량으로 음식 만들 준비를 했다.

간단한 요기를 한 일행들은 누가 먼저랄 것도 없이 일제히 잠자리어 들었다. 먼저 불침번을 선 데미안이 타오르는 모닥불을 쳐다보고 있을 때 누군가가 자리에서 일어나는 것이 보였다.

"피곤할 텐데 왜 자지 않고 일어나?"

"너무 피곤하니까 잠도 안 오는군요. 잠시만 연습하다가 자겠습니다."

뮤렐은 누바케인을 들고 공터로 갔다. 그리고는 검을 뽑지 않고 서서히 가슴까지 쳐들었다. 어제저녁 헥터가 보여주었던 동작을 천천히 떠올리며 따라하기 시작했다.

내려치고, 올려치고, 좌로 휘두르고, 우로 휘두르고…….

데미안이 볼 때 뮤렐의 자세는 엉성하기 이를 데 없었다. 그러나 그가 왜 이렇게 늦은 시간 누바케인을 휘두르는지 그 이유를 알기 대문에 아무런 말도 할 수 없었다.

"뮤렐, 힘으로 누바케인을 휘두르지 말고 몸과 팔의 회전을 이용해 봐."

데미안의 말에 뮤렐은 다시 누바케인을 휘두르기 시작했다. 처음 어색한 움직임을 보이던 뮤렐은 몇 번인가 더 누바케인을 휘두르다가 그 자리에 힘없이 주저앉았다.

가쁜 숨을 몰아쉬는 뮤렐의 옷은 땀으로 흠뻑 젖어 몸에 찰싹 달라붙어 있었다. 그 모습을 바라보던 데미안은 가슴이 아파왔다.

끊임없이 동료들에게 부담을 주는 자신이 너무나 한심해 보였다. 과거엔 능력이 부족했기 때문에 동료들의 도움을 받아야 했지만 지금은 달랐다. 한데 소드 마스터 중급에 이르는 검술 실력을 가지고 있고, 6싸이클에 마법까지 익히고 있는 지금까지 동료들이 자신을 돕기 위해 고생하고 있다는 생각 때문에 괴로운 생각이 머리 속을 떠나지 않았다.

데미안이 그런 생각을 하고 있을 때 그의 어깨를 감싸는 손이 있었다. 그리고 그 손은 다시 치렁치렁한 그의 머리칼을 어루만졌다. 데보라였다.

"데미안, 괴로워하지 마. 여기 있는 사람들은 다 네 동료들이잖아. 모두들 스스로 원해서 널 돕는 거야. 그리고 그보다 네가 먼저 모두를 도와주었잖아."

데보라가 하고자 하는 말이 무엇인지 데미안도 잘 알고 있었다. 하지만 알고 있는 것과 느끼고 있는 것과는 엄연하게 차이가 있었다.

이성과 감정의 대립.

지금 데미안은 그것을 느끼고 있었다.

"그러니까 너무 미안해하지 말고, 또 괴로워하지도 마. 우린 모두 동료잖아."

"그렇지만… 그렇지만……."

데미안은 말을 이을 수 없었다. 그사이 온몸을 땀으로 범벅을 한 뮤렐이 힘겹게 일어나 부들부들 떨리는 다리로 억지로 발걸음을 옮겨 자신의 잠자리로 왔다. 길게 몇 번인가 호흡을 하고는 입을 열었다.

"휴우, 제가 검술을 배우려는 것은 물론 데미안님의 일을 도와드리려는 생각도 있지만, 제 자신이 소중히 여기는 것을 지킬 수 있는 힘을 키우고 싶기 때문입니다."

"뮤렐, 그렇지만……."

"데미안님, 그런 표정 짓지 마십시오. 데미안님은 우리 파티의 리더가 아니십니까? 예전에 처음 만났을 때처럼 당당한 모습을 보여주십시오."

말없이 뮤렐의 얼굴을 바라보던 데미안은 고개를 끄덕였다.

"알았어, 뮤렐. 그렇게 할게."

"참! 뮤렐이 다음 불침번이지?"

"예, 데보라님."

"그럼 부탁해. 난 지금부터 데미안이랑 데이트할 거니까."

"지금 말입니까?"

"그래. 달빛도 좋고, 별빛도 좋고, 그리고 시원한 바람도 불고…
좋잖아."

데보라의 말에 뮤렐은 그녀의 얼굴을 물끄러미 바라보았다. 확
실히 처음 만났을 때와는 확연하게 달라졌다. 물론 지금도 웬만한
남자보다 훨씬 씩씩하기는 하지만, 예전에 비하면 새색시(?) 같을
정도로 변한 건 사실이었다.

가만히 생각을 하고 보니 데보라가 데미안과 단둘이 있는 모습
을 본 적이 없었던 것 같았다.

던전을 찾아다니고, 신의 무기를 찾고, 드래곤이나 몬스터와 혈
전을 벌이고, 전쟁을 치르느라 두 사람만의 시간이 없었다는 것을
알기에 기꺼이 고개를 끄덕였다.

"알겠습니다, 데보라님."

"고마워. 그리고 수고해."

"즐거운(?) 시간 되십시오."

"두슨 소릴 하는 거야!"

얼굴이 벌겋게 변한 데미안은 데보라의 손에 이끌려 사라졌고,
잠시 숨을 고른 뮤렐은 다시 누바케인을 들고 공터로 향했다.

"별빛이 참 곱다, 그지?"

난데없는 데보라의 이상한 대사에 데미안은 한동안 아무 말도 못하고 그녀의 얼굴을 바라보았다. 그런 데미안의 행동에 데보라는 얼굴을 붉히며 입을 열었다.

"내가 아름답게 생긴 건 사실이지만 그렇게 뚫어지게 보면 부끄럽잖아."

데미안의 얼굴은 더욱 황당하게 변했다.

"데, 데보라, 오늘 그렇게 많이 피곤했어?"

"무슨 소리야?"

"그렇지 않고서야 데보라의 입에서 별빛이 곱다라는 그런 소리가 어떻게……?"

예전의 데보라 같았으면 당장 길길이 날뛸 테지만 웬일인지 데보라는 그저 다시 고개를 들고 밤하늘을 바라볼 뿐이었다.

구름 한 점 없는 밤하늘은 당장이라도 수천 수만 개가 넘는 별들을 지상으로 쏟아낼 듯 선명하게 보였다.

"그리고 보니까 나도 데미안을 만나 참 많이 변한 것 같아. 예전엔 남자를 무조건 무시하고 시비라도 걸어 두들겨 팰 생각밖에 안 했었는데……. 난 어려서부터 남자는 무조건 여자의 적이라고 교육을 받고 자랐거든. 그래서 부족의 여자들이 남자를 사귄다는 소리만 들으면 어떻게든 그 남자를 찾아내 다시는 찾아오지 못하도록 어디 한군데를 부러뜨려 놓았었지. 그랬던 내가 데미안을 사랑하게 될 줄이야… 꿈에도 생각 못했던 일이야."

"날 사랑한 걸 후회 안 해?"

데미안의 반문에 데보라는 손을 뻗어 데미안의 얼굴을 자신에게로 돌렸다. 그리고 데미안의 눈을 바라보며 나직하지만 분명한 음성으로 대답했다.

"데미안을 만나 사랑을 느낀 후 단 한 번도 그런 생각을 해본 적이 없어. 내 말을 믿을 수 없어?"

"아, 아니야. 내 말은 그런 것이 아니라 난 데보라에게 과분한 사랑을 받았지만 내가 해줄 수 있는 것이 아무것도 없는 것 같아서."

"바보. 난 네 곁에 있을 수 있는 것만으로도 충분히 행복해. 그러니까 그런 생각을 할 필요도 없고, 또 하지도 마. 오히려 내가 데미안에게 과연 도움이 될 수 있을까 불안하단 말이야."

데보라의 그 말에 데미안은 손을 들어 그녀의 뺨을 어루만졌다. 그리고는 조심스럽게 끌어당겼다.

데미안이 자신의 얼굴을 당긴다는 것을 느끼는 순간 데보라는 저절로 눈이 감기며 심장이 두근거리기 시작했다. 이윽고 따스하고 말랑말랑한 데미안의 입술과 마주치는 순간 데보라는 자신의 심장이 터지는 것이 아닌가 하는 생각이 들었다.

얼마만큼 오랜 시간이 지났는지 알 도리가 없었다. 그러나 눈을 떴을 때 부드러운 눈빛을 한 데미안이 자신을 바라보고 있다는 것에 무한한 행복을 느꼈다.

그러면서도 왠지 부끄러운 생각이 들어 데미안의 얼굴을 똑바로 볼 수 없었다. 급히 고개를 숙여 데미안의 품에 고개를 묻으려는 순간 이상한 기척이 근방에서 느껴졌다.

황급히 주위를 살핀 데미안과 데보라의 눈에 쪼그려 앉은 채 연신 고개를 갸웃거리는 레오의 모습이 보였다.

"레, 레오, 왜 안 자고……"

"둘, 뭐 해?"

"그, 그냥 잠이 안 와서……"

저절로 목소리가 떨려 나왔다.

"누가 커?"

"크다니 뭐가?"

"입."

레오의 대답에 데미안과 데보라의 얼굴은 벌겋게 변했다. 데미안이 변명할 말을 궁리하느라 여념이 없을 때 데보라가 레오에게 입을 열었다.

"왜, 레오도 해보고 싶어?"

데보라의 말에 레오가 잠시 생각에 빠졌을 때 데미안은 당황해 어쩔 줄 몰라 했다.

"데보라, 대체 어떻게 하려고 그러는 거야?"

"내가 하는 걸 두고 봐."

"레오 하고 싶다."

레오의 말에 데보라는 레오를 데미안의 앞으로 데리고 왔다. 그리고는 레오의 귀에 뭐라고 소곤댔다. 그러자 레오는 눈을 감은 채 가만히 서 있었다.

"뭐 해? 빨리 레오에게 키스를 해줘야지."

"뭐라고?"

"나도 그렇지만 레오도 데미안을 위해서라면 자신의 목숨까지 걸 거야. 그런 상대에게 키스 정도는 해줄 수도 있는 거 아니야?"

데보라의 반문에 데미안은 아무 말도 할 수 없었다.

확실히 데보라의 말대로였다. 자신이 레오에게 무엇인가를 부탁했을 때 그녀가 단 한 번이라도 왜 자기가 그 일을 해야 되는지 물은 적이 없었다. 그저 자신이 그 일을 하게 되어 기쁘다는 표정을 지을 뿐이었다.

그래서 그런 그녀에게 항상 고마움과 죄책감을 느끼고 있었다. 물론 데보라에게 느끼는 고마움과 죄책감과는 다른 의미지만 말이다.

레오를 볼 때마다 느끼는 감정이지만 레오는 그야말로 티끌 하나 묻지 않은 하얀 종이 같다는 느낌이 들었다. 그리고 자신은 그런 그녀를 오염시키는 존재로밖에 느껴지지 않았다.

눈을 감고 있는 레오가 조금씩 떨고 있는 모습이 보였다. 그녀는 왜 떠는 것일까? 그리고 그런 그녀를 바라보는 자신의 가슴은 왜 이리 안타깝고, 미안하고, 고마움을 느끼는 것일까?

조용히 손을 든 데미안은 떨고 있는 레오의 뺨을 만졌다. 그리고는 고개를 숙여 부드럽게 키스를 했다.

꿈틀하며 팽팽하게 긴장했던 레오의 몸이 갑자기 힘이 빠진 듯 그 자리에 주저앉으려 했다. 재빨리 레오의 허리를 껴안은 데미안은 조금은 걱정스러운 듯 그녀의 얼굴을 바라보았다.

"레오, 괜찮아?"

사크르 얼굴을 붉히던 그녀는 그저 작게 고개를 끄덕였다. 조심스럽게 자리에 앉은 데미안은 그녀와 데보라의 어깨를 안은 채 밤하늘을 바라보았다.

그날 저녁 데미안은 실로 오랜만에 평온한 기분을 느끼며 숙면을 취할 수 있었다.

데미안 일행이 그나마 인간들이 만든 길로 보이는 것을 만난 것은 출발한 지 3일째 되던 날이었다. 비록 입을 열지는 않았지만 일행들 가운데 상당수가 기뻐했다.

특히 묵묵히 일행을 따라오기는 했지만 지친 표정이 역력하던 수국은 상당히 기뻐했다. 물론 매일 저녁마다 로빈과 뮤렐이 번갈아 회복 마법을 펼쳐 그녀의 피로를 풀어주기는 했지만 그녀의 체력 손실까지 막아주지는 못했다.

까칠해진 그녀의 얼굴을 볼 때마다 로빈은 미안했지만 수국은 그때마다 당연히 자신이 원해서 따라온 것이니 미안하다는 생각은 갖지 말라고 말하곤 했다.

일행들이 원령 자매가 말한 곳에 도착한 것은 출발한 지 보름 만이었다.

일행들이 흙먼지를 잔뜩 뒤집어쓴 채 마을에 들어선 것은 땅거미가 막 지기 시작했을 때였다.

삼십여 채의 집들이 옹기종기 모여 있는 전형적인 시골 마을이었다. 저녁때가 되었기 때문일까? 몇몇 집의 굴뚝에서는 하얀 연기가 피어 오르고 있었다.

"여기가 세 분의 고향입니까?"

"예. 저희는 여기서 태어나 12살이 되기 전까지 여기서 살았어요. 그러다가 저희 스승님이신 여화님을 만나 무극의신께 의탁하게 되었어요."

"그러셨군요."

함께 고생을 했기 때문일까?

다른 사람들이 보기에도 강찬휘와 원령의 사이가 보통은 넘는 것처럼 보였다. 하지만 당사자들은 그런 사실을 깨닫지 못하는지 정답게 대화를 나누며 마을로 들어섰다.

때마침 집에서 나오던 한 중년 사내가 일행의 모습을 발견하고는 흠칫 놀라는 표정을 지었다.

자신들의 마을이 워낙 궁벽한 곳이라 일 년 내내 자신들의 마을을 지나는 사람을 한 번도 본 적이 없는 경우가 허다했기 때문이었다. 그런데 갑자기 십여 명의 사람들이 찾아오다니… 그가 긴장하는 것도 당연한 일이었다.

"아저씨, 저예요. 떡갈나무 집 원령이라고요."

원령이 손을 흔들며 다가오자 처음 어리둥절한 표정을 짓던 사내는 곧 반색하며 그녀를 맞았다. 가까이 다가온 원령을 아래위로 훑어보던 사내는 도저히 믿을 수 없다는 표정이 역력했다.

"네가 정말 10여 년 전 여길 떠났던 원령이란 말이냐? 그리고 저애들이… 원화와 원미였던가? 네 동생들이고?"

"예. 이리 와서 어서 인사드리도록 해. 아버지와 가장 친하셨던 대우 아저씨야."

"안녕하세요, 아저씨."

"안녕하세요."

"너희들이 그 무식한 털보의 딸이란 말이냐? 정말 아름답게 잘 자랐구나. 참, 여보!"

사내가 큰 소리를 지르자 집에서 건장한 체격의 여자가 나왔다. 앞치마를 두르고 있는 것으로 보아 식사 준비를 하고 있었던 모양이었다.

"왜 소리를 지르고 난리예요? 지금 저녁 준비하느라 정신없는 거 몰라요? 애들이나 좀 봐주면 어때서!"

"이봐, 바가지는 나중에 긁고 당신, 이애들이 누군지 알겠어?"

사내의 말에 그제야 남편 앞에 세 여인이 서 있는 모습이 보였다. 나이로 보아 남편이 숨겨놓은 여자는 아닌 것 같고… 그렇다면?

"누구야, 이애들은? 언제 바람을 펴 이만한 딸이 있냐고! 그것도 하나도 아니고 셋씩이나! 도저히 용서할 수 없어. 오늘 너 죽고 나 죽자!"

주위를 둘러보던 여인의 눈에 장작을 패던 도끼가 눈에 들어왔고, 여인은 지체없이 도끼를 뽑아 들었다. 그리고는 머리 위로 치켜들고 남편을 향해 달려들었다.

"안녕하세요, 아주머니."

"흥! 내가 너에게 인사를 받을 줄 알고… 그보다 이 인간을 먼저 죽여놓고……."

"아줌마, 저 모르시겠어요? 저 원령이에요, 떡갈나무 집에 살았던."

"떡갈나무 집에 살던 원령이란 년을 내가 알게 뭐야? 이 인간, 거기 안 서?!"

고래고래 소리를 지르던 여인은 갑자기 발걸음을 멈췄다. 그리고는 휙 소리가 들릴 정도로 고개를 돌려 원령의 얼굴을 유심히 살폈다. 도끼를 내려놓은 여인은 천천히 그녀에게 다가와 얼굴의 이모저모를 꼼꼼히 살폈다.

"네가 원령이라고? 떡갈나무 집에 살았던? 그리고 저 아이들이 네 동생들?"

"예. 그동안 안녕하셨어요."

차분한 음성으로 대꾸하는 원령의 대답에 여인은 와락 원령을 끌어안았다. 가냘픈 체구인 원령은 살투성이인 여인의 몸에 파묻혀 버렸다. 질식사할 뻔한 그녀를 구한 것은 도끼를 머리로 막을 뻔했던 대우였다.

"지금 뭐 하는 거야? 기껏 고향 찾아 돌아온 아이를 죽일 참

이야!"

남편의 호통에 여인은 찔끔하며 원령을 얼른 놓아주었다. 새빨 갛게 얼굴이 변한 원령은 몇 번 콜록거리고는 그들에게 입을 열었다.

"아저씨, 저희 부모님은 계속 그 집에서 살고 계시지요?"

"그거야 그렇다마는……."

"와요? 무슨 일이 있나요?"

"실은 네 아버지가 사냥을 나갔다가 절벽에서 떨어져 심하게 다쳤거든. 너도 알다시피 이런 산중에 무슨 약이 있겠니? 응급 처치는 했지만……."

그의 말이 끝나기도 전 원령과 두 동생은 자신들이 살았던 집을 향해 달려가고 있었다. 일행들은 서로의 얼굴을 잠시 쳐다보다가 곧 원령 자매의 뒤를 따랐다.

일행들의 뒷모습을 쳐다보던 대우가 한마디 했다.

"웬 여자가 저렇게 많지? 저 녀석들, 도시에 가더니 결혼을 하고 왔나? 당신이 보기에도 그렇지?"

"그러게나 말이에요. 부부가 단체로 여행 온 건가?"

쾅!

요란한 소리와 함께 문이 왈칵 열렸다.

잠시 두리번거리던 원령의 눈에 초췌한 모습으로 식사 준비를 하고 있는 중년 여인이 보였다. 얼굴 표정이 어두운 것이 걱정거리가 있는 듯 보였다.

여인을 발견하는 순간 원령의 눈에는 눈물이 고였다. 고향을 떠난 후 한시도 잊어본 적이 없는 여인이었다. 바로 그녀가 자신을 낳아준 어머니이기에.

"어, 엄마!"

원령의 떨리는 음성에 중년 여인은 깜짝 놀라며 고개를 돌렸다. 그런 그녀의 눈에도 벌써 눈물이 고여 있었다.

"서, 설마……"

"저예요. 령이라고요. 절 벌써 잊어버리셨어요?"

울먹이는 원령을 본 중년 여인은 말문이 막힌 듯 아무런 말도 하지 못했다. 그러나 그녀의 몸은 벌써 원령을 끌어안고 있었다. 끊임없이 그녀의 머리를 쓰다듬던 여인은 그제야 말문이 터진 듯 나직하게 중얼거렸다.

"내가 널 어떻게 잊겠니. 설사 내가 지옥에 떨어진다 하더라도 널 잊지 못할 거다."

"엄마!"

"엄마, 저희들도 왔어요."

곧 이어 들이닥친 원화와 원미의 모습에 여인은 넓게 팔을 벌렸다. 비록 중년 여인은 이미 장성한 딸들보다 오히려 작았지만 그녀에게서 느껴지는 사랑만은 감히 딸들이 쫓아올 수 없었다.

"참! 아버지가 다치셨다면서요?"

"그래. 한 달 전쯤에 산에 사냥을 하러 갔다가 절벽에서 떨어져 심하게 다치셨단다. 많이 편찮으셔."

"잠깐 아버지께 인사부터 드릴게요."

"그렇게 하렴."

침실로 향한 원령 자매는 처참한 모습으로 누워 있는 아버지의 모습을 발견하는 순간 눈물부터 쏟았다.

머리에 온통 감싸고 있는 붕대는 스며 나온 피로 물들어 있었고, 팔과 다리에는 부목이 대어져 있었다. 붕대가 감겨져 있지 않은 곳이 단 한 군데도 없었다.

지금 중년 사내의 모습을 보고 살아 있다고 할 수도 없지만 오히려 저만한 부상을 입고 아직까지 살아 있다는 것이 신기할 정도였다.

"아버지, 저희가 왔어요."

"아빠!"

"흑흑흑~ 아빠, 눈 좀 떠봐. 응? 흑흑흑."

딸들의 간절한 부름을 듣지 못했는지 중년 사내는 여전히 눈을 감고 있었다.

정신을 차린 원령이 찬찬히 자신의 기로 중년 사내의 상태를 확인했다. 그리고는 오열을 감추지 못했다. 비록 소리 내어 울지는 않았지만 계속해 눈물을 흘리는 원령의 모습에 원화나 원미는 불안함을 감추지 못했다.

중년 사내, 원성은 지금 목뼈를 제외한 모든 뼈가 부러지거나 금이 간 상태였다. 그 상태로 살아 있다는 것이 기적 같은 일이지만 문제는 머리에 난 상처였다. 깨어진 머리뼈의 일부가 뇌에 박혀 있는 상태였고, 어느 부분인지는 모르지만 혈관이 터진 듯 계속해서 피가 흘러나오고 있었다.

확실히 지금까지 살아 있다는 것이 기적이었다. 지금 원령은 어떻게 해야 자신의 아버지를 구할 수 있을지 도저히 그 방법을 알 수 없었다. 그녀가 어쩔 줄 몰라 하는 모습을 뒤따라와 지켜보던 일행은 로빈에게 눈길을 주었다.

잠시 고개를 끄덕인 로빈은 치유의 구슬을 이용해 중년 사내의 상태를 확인했다. 잠시 놀란 표정을 짓던 로빈은 곧 치료에 들어갔다.

수술 도구를 챙기는 모습을 본 데보라는 고개를 돌리며 중년 여인에게 말을 건넸다.

"뜨거운 물과 깨끗한 붕대가 필요한데 준비를 해주시겠습니까?"

"예, 곧 준비를 할게요."

"그리고 당신들도 아마 안 보는 것이 좋을 거야."

"아니에요. 전 남아서 돕겠어요."

굳은 표정으로 대꾸하는 원령의 말에 데보라는 고개를 돌렸다.

"그러고 싶다면 그렇게 해. 하지만……."

데보라는 곧 말꼬리를 흐리고 침실을 빠져나갔다. 나머지 사람들은 데보라의 말을 이해하지 못해 어리둥절한 표정을 감추지 못했다.

경건하게 기도를 마친 로빈이 일어서자 수국이 재빨리 그의 소매를 걸어 움직이기 쉽도록 도와주었다. 뜨거운 물이 준비되었다는 중년 여인의 말에 로빈은 재빨리 중년 사내의 몸에 있던 붕대와 부목을 제거했다.

그의 몸을 가리고 있던 것을 제거하자 처참한 그의 모습이 드러났다. 어디 한 곳도 성한 곳이 없었다. 로빈은 치유의 구슬을 앞으로 내밀고 힘차게 외쳤다.

"디씬펙션(소독)! 나르코티즘(마취)!"

부드러운 푸른색이 중년 사내의 몸을 감쌌다가 사라지자 로빈은 먼저 머리부터 살피기 시작했다. 상처가 머리카락에 가려 보이지 않자 일단 상처 부위의 머리카락부터 잘라냈다. 상처를 확인하자 지체없이 머리 부분에 칼을 댔다. 그리고는 조금의 망설임도 없이 머리 가죽을 잘라냈다.

분수처럼 뿜어져 나온 피를 보고 원미는 기절을 해버렸고, 원화는 눈물을 흘리며 고개를 돌려 그 자리를 떠나 버리고 말았다. 하지만 원령은 눈물을 감추지 못하면서도 끝까지 그 모습을 지켜보고 있었다.

로빈은 아주 조심스런 손길로 조각난 머리뼈를 제거했고, 출혈을 일으키고 있는 혈관을 찾았다. 너무나 가는 혈관이었기에 치유의 구슬을 이용했다.

"봉합!"

푸른색의 기류가 상처에 닿자 찢겨진 혈관은 곧 아물어갔다. 그 모습을 본 로빈은 다시 조각난 머리뼈를 맞춰 조심스럽게 사내의 머리에 갖다 대었다. 그리고는 다시 치유의 구슬을 앞으로 내밀었다.

"결합!"

뼈가 서로 붙어가는 것을 확인한 로빈이 손을 내밀자 수국은 미리 준비하고 있던 바늘과 실을 준비해 주었다. 바늘을 받아 든 로빈은 익숙하고 꼼꼼한 솜씨로 재빨리 상처를 봉합했다. 그리고는 다시 치유의 구슬로 상처를 감쌌다.

데미안 일행은 그런 로빈의 수술 장면을 놀라움을 감추지 못한 표정으로 지켜보고 있었다.

마치 수십 년 동안 이러한 일을 한 것처럼 로빈의 손은 거침없이, 그리고 정확하게 움직이고 있었다. 어긋난 뼈를 제대로 맞추고, 찢겨진 피부를 꿰매고, 끊어진 혈관을 놀라운 속도로 연결시켰다.

옆에서 로빈을 돕고 있는 수국의 손놀림도 마치 수십 년 동안

해온 것처럼 능숙했다. 로빈이 말도 없이 손을 내밀 때마다 그가 필요로 하는 수술 도구를 정확하게 집어주었고, 상처를 꿰맬 때마다 상처에서 흘러나온 피를 닦아주었다.

두 사람이 놀라운 조화를 이루는 가운데 수술은 빠른 시간 안에 완전히 끝나 있었다. 마지막으로 수국이 뜨거운 물로 온몸의 상처를 깨끗이 하자 로빈은 치유의 구슬을 앞으로 내밀고는 신성 주문을 영창했다.

"큐어!"

중년 사내의 몸이 푸른색으로 물드는 것을 보고서야 로빈은 그 자리에 털썩 주저앉았다. 푸른색 기류가 중년 사내의 몸으로 스며들자 수국은 들고 있던 붕대로 팔과 다리, 그리고 머리를 감싸주었다.

곧 이어 깨끗한 시트로 갈아놓은 침대로 환자를 옮겨놓는 것으로 치료는 완전히 끝이 났다. 로빈과 수국은 상당히 피곤한 모습으로 앉아 있었고, 그때까지도 일행들은 로빈의 놀라운 솜씨에 정신을 차리지 못했다.

"한 열흘쯤 지나면 자리에서 일어날 수 있을 거예요."

"열흘?"

원령의 반문에 로빈은 고개를 끄덕였다. 하지만 아버지의 상태를 직접 확인한 원령으로서는 그의 말을 도저히 믿을 수 없었다.

로빈이 비록 수술에 성공했다고는 하지만 자신의 아버지가 열흘 후에 일어난다는 말은 불가능한 일이었다. 자신이 지난 10여 년 동안 익혀온 지식으로는 설사 수술이 성공적으로 끝났다고 하더라도 최소한 반년은 누워 있어야만 할 중상이었다.

물론 로빈이 치유의 구슬을 이용했다고는 하지만 그렇게 극심

했던 상처가 열흘 후에 완치된다는 것은 말도 안 되는 소리라고
생각했다.

하지만 불신의 빛이 가득한 얼굴로 잠들어 있는 아버지를 바라
보던 원령은 조금 전처럼 불규칙한 숨소리가 아니라 나직하지만
편안해진 아버지의 숨소리에 로빈의 말을 믿을 수밖에 없었다.

지쳐 있는 로빈과 수국에게 치유 마법을 걸어준 뮤렐은 누바케
인을 들고 밖으로 나갔다. 그리고는 누바케인을 휘두르기 시작했
다.

정신을 차린 원령의 안내로 각자 방이 정해진 일행들은 일단
식사 전까지 휴식을 취했다. 잠시 후 일행들은 원령의 어머니가
차려준 저녁 식사를 마치고 각자의 방에서 내일 있을 던전 탐험
을 대비해 휴식을 취했다.

다음날 일행들은 일찍 출발할 준비를 했다.

최소한의 식량을 지닌 채 단과 황지충, 그리고 원화와 원미, 수
국은 남아서 일행들을 기다리기로 했다. 원령 역시 동굴의 입구까
지만 일행들을 안내하고 돌아오기로 했다.

처음에 사람들의 반대가 없었던 것은 아니지만 데미안이 워낙
강력하게 주장을 했기에 다른 사람은 말도 꺼낼 수 없을 정도였
다. 엄청난 괴물과 위험한 장치 때문에 다른 사람의 생명까지 돌
볼 시간이 없다는 것이 가장 큰 이유였다.

각자 자신의 짐을 챙긴 데미안 일행은 원령의 안내를 받으며
집을 떠났다. 원령이 동생들과 발견했다는 동굴은 그녀들의 집에
서 그리 멀지 않은 곳에 있었다.

원령을 따라간 지 30여 분 정도가 지났을 때 데미안 일행은 그

리 크지 않은 동굴을 발견할 수 있었다. 던전이란 말을 처음 들은 강찬휘는 대체 데미안 일행이 찾는 것이 무엇인지 몰라 상당히 궁금하게 생각을 했었다.

높이가 2미터 50센티미터에 폭은 4미터 정도 되는 동굴이었다. 사람들의 출입이 없었기 때문인지 그들이 접근을 하자 수많은 박쥐 떼들이 동굴로부터 쏟아져 나왔다. 잠시 박쥐들이 모두 빠져나오기를 기다린 일행들은 원령과 작별 인사를 하고 조심스럽게 동굴 안으로 진입했다.

동굴 안은 전진하면 할수록 넓어져 일행들이 모두 나란히 서서 진입해도 상관이 없을 정도로 컸다. 하지만 그렇게 3킬로미터쯤 전진을 하자 동굴은 커다란 암석으로 가로막혀 있었다. 다른 길은 없는가 조사를 해보았지만 다른 길은 보이지 않았다.

혹시나 하는 생각에 암석을 두들겨 보았지만 암석이 엄청난 크기와 두께를 가졌다는 것을 확인했을 뿐이었다. 일행들은 잠시 의견을 나누었다. 결론은 쉽게 내려졌다.

자신들의 앞길을 가로막은 암석을 파괴하기로 결정을 내린 것이다. 하지만 충격으로 인해 동굴이 무너지는 것을 우려해 데미안과 차이렌이 마법을 이용해 녹이기로 했다.

천천히 스펠을 캐스팅한 데미안은 신중한 자세로 암석을 향해 손을 내밀었다.

"픽싱 타킷 멜트Fixing Target Melt—!"

데미안의 손에서 엄청난 열기를 가진 하얀색 광선이 암석을 향해 날아갔다. 요란한 소리가 날 것 같았던 광선은 그저 조용히 암석을 달굴 뿐이었다.

시간이 30분 정도가 지나자 데미안의 손에서 뻗어 나가던 광선이 조금씩 희미해지기 시작했다. 그 모습을 본 차이렌이 재빨리 스펠을 캐스팅했다.

"파이어 드릴Fire Drill—!"

무서운 속도로 회전하며 날아간 불꽃은 데미안의 멜트 주문으로 벌겋게 달아오른 암석을 파고들었다. 다시 30분 정도의 시간이 지나자 구멍이 뚫리기 시작했고, 두 사람이 힘을 합치자 곧 한 사람이 허리를 숙여 겨우 통과할 수 있는 구멍을 뚫는 데 성공했다.

구멍이 뚫린 것을 확인하고서야 두 사람은 땅에 털썩 주저앉아 숨을 몰아쉬었다.

"젠장! 시작부터 사람 힘 빠지게 만드는군. 그냥 부숴 버렸으면 속 편했을 텐데."

"그렇게 깔려 죽고 싶으면 너 혼자 해."

두 사람이 짧은 휴식을 취하는 동안 로빈이 치유의 구슬이 가진 힘으로 서서히 암석을 식혔다. 암석이 식은 것을 확인한 일행들은 조심스럽게 암석을 통과했다. 통로는 거의 10여 미터 가까이나 있었고, 끝 부분은 아직 완전히 식지 않았는지 뜨거움을 느낄 수 있었다.

"라이트!"

뮤렐의 시동어와 함께 동굴 안이 밝아졌다. 그제야 일행들은 자신들이 지하로 향하는 계단의 맨 윗부분에 서 있는 것을 확인할 수 있었다. 지름이 족히 80미터는 되어 보이는 동혈(洞穴)이 수직으로 나 있고, 계단은 동혈의 외벽에 나선형으로 나 있는 것이 마치 지옥으로 가는 길 같았다.

호흡을 가다듬은 일행들은 천천히 아래로 내려갔다. 뮤렐과 헥터가 선두에, 강찬휘와 데보라, 레오가 가운데, 그리고 라일과 데미안이 후미를 맡았다.

데미안과 뮤렐은 모두 세 개의 라이트를 만들었지만, 반대 편 계단은 보이지도 않았고 동혈의 바닥은 더 더욱 보이지 않았다.

일행들이 위태스러워 보이는 계단을 걸어 내려온 지 벌써 1시간 가까이 되었다. 그러나 지하로 향하는 계단은 끝없이 이어져 있었다.

몇 번이나 동혈의 지하를 향해 파이어 볼을 날렸지만 동혈이 깊은 탓인지, 아니면 마나의 흐름을 방해하는 무엇이 있는 탓인지 파이어 볼은 맥없이 사라졌다.

데미안 일행이 그렇게 계단을 따라 지하로 내려간 지 3시간이 경과했을 때 문제가 발생했다. 갑자기 계단이 끊겨져 버린 것이다.

선두에 선 뮤렐은 차이렌의 지시에 따라 계단과 벽을 주의 깊게 살폈다. 하지만 별다른 점은 보이지 않았다. 뮤렐이 실망하고 있을 때 헥터가 자신들의 머리 위를 가리켰다. 헥터가 가리키는 곳에는 주먹만한 돌이 튀어나와 있었다.

"저거다!"

뮤렐의 입에서 차이렌의 음성이 튀어나왔다. 헥터가 자신의 바스타드 소드로 그것을 누르려 하자 그가 주의를 줬다.

"내 생각에 그 돌이 여기 있는 비밀의 문을 여는 열쇠 같아. 하지만 함정일 수도 있으니까 조심하라고."

"알겠습니다."

대답을 한 헥터는 허리에 차고 있던 대거를 꺼내 들었고, 일행들은 다시 몇 계단 뒤로 이동을 했다. 호흡을 가다듬은 헥터는 조심스럽게 바스타드 소드로 튀어나온 돌을 눌렀다.

쾅! 콰르르르—

　요란한 소리와 함께 조금 전 일행들이 서 있던 계단이 그대로 무너져 내렸다. 당황한 헥터는 황급히 들고 있던 대거에 마나를 집어넣고는 힘껏 벽면을 찔렀다.

　벽면에 대롱대롱 매달려 있던 헥터는 일행들이 모두 무사하다는 것을 확인하고는 다시 벽면으로 눈길을 돌렸다. 그의 눈길이 닿는 곳에는 가로 3미터, 세로 3미터쯤 되는 인공적인 동굴이 모습을 드러냈다.

　동굴은 헥터에서 2미터쯤 위에, 일행들에게선 8미터쯤 되는 거리에 있었다. 재빨리 바스타드 소드를 등에 멘 헥터는 다시 한 자루의 대거를 뽑아 번갈아 벽면을 찍으며 올라갔다. 올라가서 일행들을 보니 강찬휘가 서너 자루의 단검을 뽑아 드는 모습이 보였다.

　"차앗!"

　날카로운 기합 소리와 함께 단검은 완만한 곡선을 그리며 벽면에 나란히 틀어박혔다. 손잡이 부분만 남기고 벽면에 박힌 단검을 본 강찬휘는 심호흡을 한 다음 몸을 날렸다. 짧게 도약을 한 강찬휘는 단검의 손잡이를 밟은 다음 헥터가 있는 동굴의 입구로 내려섰다. 깨끗한 몸놀림이었다.

　다음 레오가 눈부신 몸놀림으로 동굴에 도착을 했고, 데미안은 데보라를, 뮤렐은 로빈을 안고 비행 마법을 써 동굴에 도착을 했다. 마지막 남은 라일은 단 한 번의 도약으로 동굴에 올라섰다.

　동굴 안은 지독한 어둠에 싸여 있었고, 상당히 오랜 시간 아무도 찾지 않았는지 바닥에는 수 센티미터는 족히 되어 보이는 먼지가 쌓여 있었다. 일행들은 바짝 긴장한 채 전진했고, 어느새 동굴은 높이 8미터, 폭은 6미터로 커져 있었다.

조금씩 인공적인 면이 사라진다고 느낄 때 그들은 사방에 종유석과 석순이 늘어서 있는 천연 동굴에 발을 딛고 있었다. 차갑고 음습한 지하 특유의 공기가 일행들의 기분을 불쾌하게 만들었다.

걸음을 멈추고 주위를 둘러보던 일행들의 눈에 조금 이상해 보이는 석조물이 눈에 띄었다.

전체적인 모습은 날개가 없는 드래곤의 모습이었다. 크기는 약 3미터 50센티미터 정도였고 직립을 한 상태였다. 일행들을 노려보는 모습이나 금방이라도 공격할 듯 잔뜩 웅크린 모습에서 왠지 살기가 느껴졌다. 게다가 붉은 돌을 써서 그런지 으스스한 모습이었다.

"저건 렙타일맨Reptile-Man이잖아?"

"혈파(血爬)?"

차이렌과 강찬휘의 입에서 거의 동시에 경악성이 터져 나왔다. 영문을 모르는 일행들은 두 사람을 바라보았다.

"렙타일맨이란 것이 뭐야?"

"말 그대로야. 파충류 인간을 말하는 것인데, 문제는 이게 왜 여기에 있느냐 거지."

"파충류 인간? 난 난생처음 들어보는데?"

"일종의 수인족이라고 볼 수 있지. 과거 신이 악마와 싸울 때 신의 편에 섰던 종족이야. 하지만 악마의 저주를 받아 몰살됐다고 알고 있었는데, 여기서 볼 줄은 상상도 못했어."

"제가 알고 있는 것과는 조금 다르군요."

강찬휘의 말에 일행들의 눈이 다시 그에게 쏠렸다.

"이곳에서는 혈파라고 부르고 있습니다. 잔인하기 이를 데 없는 성격에, 무리 지어 인간들을 습격하기를 즐겼다고 전해집니다. 그 악행이 너무 심해 어느 날 신의 저주를 받아 멸종됐다고 전해집니다. 워낙 오래전의 일이라 지금은 기억하는 사람도 거의 없습니다."

"이봐, 기분 나쁘니까 빨리 여길 나가자고."

데보라의 얼굴에는 기분 나쁜 표정이 역력했다.

일행들은 곳곳에 서 있는 혈파들을 살피며 전진했다. 그들의 눈에 뜨인 혈파의 수는 십여 개에 불과했다. 하지만 얼마나 세밀하게 조각이 되어 있는지 금방이라도 어둠 속에서 일행들을 덮칠 것만 같았다.

그들이 석조물들의 중앙을 막 지날 때였다. 로빈이 불안한 얼굴로 입을 열었다.

"이, 이상해요. 여기 저희들 말고 또 다른 사람들이 있나 봐요."

"므슨 소리야?"

"치유의 구슬에 우리를 제외한 다른 생명이 감지되고 있어요. 그것도 하나둘이 아니에요."

"재수없는 소리 하지 마. 있는 것이라고는 저 빌어먹을 도마뱀 석상뿐인데 그럼 저게 살아 있다는……."

로빈의 말에 퉁명스럽게 대꾸를 하던 데보라의 눈이 갑자기 휘둥그레졌다. 그녀가 바라보고 있는 석조물의 눈에서 희미하지만 붉은빛이 어리기 시작하는 것을 발견했기 때문이었다.

"즈심해. 스톤 골렘Stone Golem이야!"

그녀의 말이 끝나기 무섭게 사방에 있던 혈파의 석조물들이 일제히 움직이기 시작했다. 그 모습에 일행들은 제각기 자신들의 무기를 꺼내 들고는 둥글게 모여들었다.

비록 라이트 마법 때문에 어둡지는 않다고 하지만 언제까지 라이트 마법을 펼칠 수는 없는 일이었다. 데미안은 재빨리 시동어를 외쳤다.

“퍼머넌트 러스터!”

엄청나게 밝은 빛 하나가 동굴 안을 대낮처럼 만들었다. 사방에 늘어서 있는 종유석과 석순 사이에서 걸어나오는 혈파의 수는 모두 사십여 개. 하지만 얼마나 많은 혈파의 스톤 골렘이 숨어 있는지 알 도리가 없었다.

자신을 향해 달려드는 혈파를 향해 달려든 데보라는 브로드 소드를 힘껏 휘둘러 혈파의 목을 단숨에 베어버리려 했다.

챙!

불똥과 함께 데보라의 브로드 소드는 맥없이 퉁겨졌다. 충격이 적지 않았는지 데보라는 인상을 쓰며 다시 일행들에게 돌아왔다.

데보라의 공격에 아무런 타격도 입지 않았는지 일정한 보폭으로 다가오는 혈파를 보며 이번엔 데미안이 나섰다.

왼손에 매직 미사일의 스펠을 캐스팅하고, 오른손으로는 미디아에 마나를 잔뜩 주입했다. 그리고는 쏜살같이 혈파를 향해 달려들었다.

데미안의 모습을 발견한 혈파는 날카로운 발톱을 가진 팔을 힘껏 휘둘렀다. 2미터는 될 듯 보이는 혈파의 팔이 자신에게 날아오는 것을 발견한 데미안은 재빨리 왼손을 뻗었다.

“매직 미사일!”

순간 두 발의 매직 미사일이 혈파의 가슴 한복판으로 날아갔고, 가슴에 심한 충격을 받은 혈파는 잠시 중심을 잃고 비틀거렸다. 그 틈을 놓치지 않고 달려든 데미안은 혈파의 목을 향해 사정없이 미디아를 휘둘렀다.

'퍽' 하는 소리와 함께 혈파의 머리가 잘려 뒤로 날아갔다. 그 모습을 확인한 데미안은 재빨리 자신의 자리로 돌아왔다. 하지만 일행들의 표정이 이상하게 변한 것을 보고 고개를 돌렸다. 그런 데미안은 잘려졌던 혈파의 머리가 허공을 날아 다시 몸뚱이와 결합을 하는 것을 발견하고는 어이가 없었다.

"그런 식으로는 골렘을 파괴할 수 없어. 지금 골렘을 움직이고 있는 마법사나 마법의 매개물을 찾아야 해."

차이렌의 말에 일행들은 주위를 둘러보았지만 혈파의 골렘을 제외하곤 아무도 발견할 수 없었다. 데미안은 이전 드미트리우스의 신전에서 만난 적이 있던 스켈레톤처럼 이들을 움직이게 만드는 마법의 매개물이 어디에 있는 것은 아닌지 주위를 둘러보았지만 찾을 수 없었다.

쿵— 쿵— 쿵—!

묵직하게 지면을 울리며 다가서는 혈파의 스톤 골렘들을 바라보는 일행의 얼굴에는 긴장이 감돌았다.

제15장
과거, 현재, 그리고 미래…….

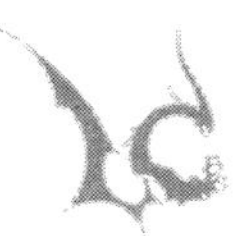

　각자 자신의 무기에 마나를 주입한 일행들은 혈파의 움직임을 주시했다. 지면을 울리며 일행들에게 다가온 골렘들은 일행들을 사정없이 공격했다.

　골렘 중 하나가 헥터를 향해 달려들었다. 두 손으로 바스타드 소드를 힘껏 움켜쥔 헥터는 자세를 낮추고는 골렘의 다리를 향해 사정없이 검을 휘둘렀다.

　헥터의 바스타드 소드에 부딪친 골렘의 다리는 산산조각이 났고, 앞으로 쓰러진 골렘의 머리를 향해 헥터는 힘껏 바스타드 소드를 찔렀다. 마나에 휩싸인 바스타드 소드는 자루까지 파고들었고, 헥터가 검을 휘젓는 순간 골렘의 머리는 박살이 난 채 사방으로 날아갔다.

　다른 사람들도 헥터와 거의 비슷한 상황이었다.

　각자 자신에게 달려드는 골렘을 파괴시켰다. 하지만 산산조각났던 골렘의 조각들은 다시 날아가 결합을 했고, 순식간에 원래의 모습으로 되돌아갔다.

몇 번을 반복해도 결과는 마찬가지였다. 거의 1시간 동안 골렘들과 대결을 벌였지만 조금의 소득도 얻지 못했다. 그렇다고 방어를 소홀히 할 수도 없는 일이었다.

차이렌의 마법은 그저 골렘들의 발걸음을 잠시 주춤하게 만들 뿐이었다. 지금 상황에서 골렘들에게 타격을 줄 수 있는 것은 물리적인 힘뿐인 것 같았다.

차이렌은 그 사실에 자존심이 상한 듯 또 한 번 스펠을 캐스팅했다. 그러자 차이렌을 중심으로 엄청난 마나가 소용돌이치며 몰려들었다.

"매직 미사일 맥스Magic Missile Max—!"

허공에 거대한 매직 미사일이 나타났다. 그리고 차이렌의 손짓에 따라 일행들에게 달려드는 골렘들 가운데 하나를 향해 날아갔다.

쾅!

섬광과 함께 골렘이 날아갔다. 쓰러진 골렘의 가슴은 뻥 뚫려 있었고, 골렘과 조금 떨어진 곳에 푸른 구슬이 박살이 난 채 떨어져 있었다. 그리고 쓰러진 골렘은 더 이상 움직일 줄 몰랐다.

그 모습을 본 일행들은 눈빛을 반짝였다. 설마 골렘을 움직이게 하는 마법의 매개물이 골렘의 가슴에 숨겨져 있을 줄은 상상도 못했던 것이다.

하나의 매개물로 대략 서너 개에서 많게는 이십여 개의 골렘을 움직이게 만드는 것이 일반적이었다. 그에 비하면 이 방법은 마나의 낭비가 너무 심하지만 골렘을 독자적으로 움직이는 것이 가능하기에 좀 더 효율적으로 적을 상대할 수 있다는 장점이 있었다.

골렘의 약점을 안 일행들의 움직임은 더욱 빨라졌다. 라일과 데미안, 그리고 헥터와 강찬휘는 검기를 이용해 골렘의 심장을 파괴했고, 레오와 데보라는 자신들이 가지고 있는 신의 무기를 이용해 골렘의 심장을 파괴했다.

그렇게 일행들을 괴롭혔던 골렘들은 10여 분이 지나자 완전히 파괴된 모습으로 사방에 널려 있었다. 데보라는 그 모습이 지긋지긋한지 황급히 그 자리를 떠났다. 그리고 일행들도 그 뒤를 따랐다.

일행들이 떠나고 잠깐의 시간이 지나자 파괴되었던 골렘의 심장이 빛을 뿌리며 스스로 복구를 시작했다. 심장이 원상태로 돌아오자 사방에 널려 있던 골렘의 조각들이 날아와 다시 혈파의 모습을 만들어갔다.

완전히 모습을 되찾은 골렘의 눈에서 서서히 붉은빛이 사라졌고, 골렘은 다시 어둠에 싸인 채 석상으로 변했다.

일행들이 통로를 따라 전진한 지도 벌써 2시간이 지났다.

통로의 곳곳에 설치된 덫과 함정 때문에 일행들은 몇 번이나 위험한 상황에 빠졌지만 다행히도 큰 부상 없이 통로를 지날 수 있었다.

잠시 휴식을 취하는 동안 일행들은 간단히 요기를 마쳤다. 일행들은 점점 위험해지는 상황을 떠올리며 또 어떤 위험이 자신들을 기다리고 있을지에 대해 생각하고 있었다. 하지만 이곳에 대한 아무런 정보가 없기에 직접 부딪치며 확인하는 수밖에 없었다.

다시 걸음을 옮긴 일행들을 맞이한 것은 세 개의 갈림길이었다.

갈림길 앞에서 일행들은 잠시 망설였다. 위험을 감수하더라도 인원을 나누어 세 곳 모두를 확인해야 하는지, 아니면 시간이 걸리더라도 일행 모두가 같이 행동을 할 것인지 결정을 내려야 했다.

심각한 논의를 한 결과 일단 일행들을 셋으로 나누어 세 곳 모두를 조사하기로 했다. 그리고 혹시 있을지 모를 사태에 대비하기 위해 일단 1시간 후에 이곳에 다시 모이기로 했다.

데미안과 데보라와 레오가 좌측 길을, 라일과 차이렌이 중간을, 그리고 헥터와 강찬휘와 로빈이 우측 길을 택해 통로를 향해 천천히 발걸음을 옮겼다.

데미안과 데보라와 레오가 통로에 들어선 지도 벌써 상당한 시간이 지났지만 아무것도 발견하지 못했다. 이미 통로로 들어선 지도 30분 정도가 되었기에 데미안은 발길을 돌리려 했다. 다른 동료들이 무엇인가 발견하기를 기대하며…….

데미안이 발걸음을 멈추자 데보라와 레오도 발걸음을 멈추었다. 세 사람의 머리 위에서 빛나는 광원(光源)에 의해 길게 드리워진 자신들의 그림자를 잠시 보던 데미안이 돌아서려 했을 때였다.

"그림자 이상하다."

"뭐?"

데미안의 반문에 레오가 앞을 가리켰다. 퍼머넌트 러스터에 의해 생긴 그림자가 길게 늘어서 통로의 어둠과 이어져 있었다.

"대체 뭐가 이상하다는 거야?"

"그림자 어둠에 먹혔다."

레오의 말에 데미안은 피식 웃음을 짓고는 돌아서려 했다. 그런

데 그때 레오의 말처럼 확실히 이상한 점을 발견했다. 길게 늘어
선 그림자가 어느 정도의 거리를 경계로 어둠과 섞여 있는 것을
발견한 것이었다.

데미안이 다가서자 퍼머넌트 러스터도 함께 따라왔지만 이제까
지와는 달리 동굴의 어둠은 조금도 걷히지 않았다. 마치 인위적으
로 어둠의 장막이 드리워진 듯 통로는 조금도 밝아지지 않았다.

그 모습에 데미안은 천천히 손을 뻗어보았다. 손에 걸리는 것은
아무것도 없었지만 그의 손은 보이지 않는 장막으로 사라져 마치
팔이 잘린 듯 보였다. 하지만 아무런 느낌도, 통증도 느낄 수 없었
다. 다시 데미안은 팔을 거두었고, 거두어들인 팔에는 아무 이상도
없었다.

데보라와 레오도 신기한 듯 몇 번 반복해 같은 동작을 해보았
지만 그녀들 역시 무사했다. 지금 이 상태에서 돌아갈 것인가, 아
니면 계속해 전진을 할 것인가가 문제였다.

“이 앞에 무엇이 있는지 궁금하지 않아, 데보라?”

“나도 궁금하기는 한데 왠지 찜찜한 생각이 든단 말이야.”

“그럼 다 같이 들어가 보는 것이 좋을까?”

데미안이 고심하는 이유는 왠지 저 어둠 속에서 무엇인가가 자
신을 부르고 있다는 느낌 때문이었다. 이대로 발걸음을 돌리면 반
드시 후회할 것 같은, 아니, 돌릴 수 없게 만드는 그 무엇이 있었
다.

하지만 그의 고심은 간단하게 해결(?)되었다. 그가 잠시 생각에
빠져 있는 동안 레오가 그냥 어둠 속으로 들어가 버린 것이다.

“레오, 위험해!”

데보라가 외쳤지만 이미 레오는 사라지고 없었다. 이젠 방법이

없었다. 데보라의 손을 잡은 데미안은 재빨리 레오의 뒤를 따라 들어갔다.

순간 짙은 어둠이 밀려들어 잠시 동안 정신을 차릴 수 없었다. 게다가 일단 펼치기만 하면 주위의 마나를 빨아들여 영구적인 빛이 나는 퍼머넌트 러스터의 마법조차 이 어둠 속에서는 소용없는지 단 한 점의 빛도 찾아볼 수 없었다.

조금씩 전진을 했지만 자신이 지면을 밟고 있다는 감각은 그 어디에서도 느낄 수 없었다. 데보라도 긴장을 했는지 손이 촉촉하게 젖어 있었다.

얼마나 걸음을 옮겼을까?

데미안의 눈에 몸을 잔뜩 웅크린 채 걸음을 옮기고 있는 레오의 모습이 보였다. 빛도 없는데 어떻게 그녀의 모습을 발견할 수 있었는지 그 이유를 알 순 없지만 분명 레오의 모습을 볼 수 있었다.

"레오, 그 자리에 있어!"

데미안은 큰 소리로 외쳤지만 레오는 듣지 못했는지 여전히 앞으로 걸음을 옮기고 있었다.

마음이 다급해진 데미안은 데보라의 팔을 끌어당겨 그녀를 등에 업었다. 그리고는 레오를 향해 달려가기 시작했다.

갑자기 업힌 데보라는 영문을 몰랐지만 데미안의 목에 팔을 두른 채 그의 어깨에 얼굴을 기댔다.

분명히 레오의 모습을 육안으로 식별할 수 있는 거리였는데 그녀와의 거리는 좀처럼 좁혀지지 않았다. 급한 마음에 비행 마법의 스펠을 캐스팅하던 데미안은 뜻밖의 사실을 알아냈다.

현재 자신이 있는 이 공간에는 한 점의 마나도 존재하지 않는다는 사실이었다. 게다가 자신이 업고 있는 데보라와도 대화가 되지 않는 것을 보면 공기도 없는 것 같았다. 하지만 공기가 없다면 어째서 자신이나 데보라, 그리고 레오가 호흡하는 데 아무런 불편도 느끼지 않는 것인지 그것도 이해할 수 없었다.

걸음을 옮기던 레오의 발걸음이 갑자기 멈추어졌다. 그와 동시에 그녀의 몸에 황금색의 털이 돋고 손톱이 자라는 것을 보니 그녀를 위협하는 무엇인가가 나타난 모양이었다.

데미안이 그녀의 곁에 도착해 그녀의 어깨를 껴안자 무서운 속도로 돌아서 데미안의 심장을 향해 그녀의 손톱이 날아들었다.

물론 그녀의 공격을 막아내지 못할 데미안이 아니었다. 데미안은 그녀의 손목을 잡아 자신의 뺨에 갖다 대었다.

비록 음성을 전달할 수는 없지만 냄새 하나로 자신을 찾아온 레오의 야성적인 감각이라면 틀림없이 자신을 알아볼 것이라는 생각이 들었기 때문이었다.

잠시 멈칫하던 레오의 손은 조심스럽게 데미안의 얼굴을 어루만졌다. 그리고는 그의 가슴으로 뛰어들었다.

짙은 어둠 속에 서 있는 세 사람은 현재 자신들이 있는 곳이 어디인지 전혀 짐작할 수 없었다. 세 사람이 초조함을 이기지 못하고 있을 때 희미한 빛을 뿌리는 무엇이 자신들에게 다가오는 것을 발견했다.

그것은 거울이었다. 아니, 단순한 거울이 아니라 어마어마하게 거대한 거울이었다. 가로가 100미터, 세로가 200미터는 족히 될 듯 보이는 거대한 거울이었다.

어둠 속이지만 눈이 아릴 정도로 황금색을 뿌리며 거대한 거울은 미끄러지듯 그들 앞으로 다가와서는 멈춰 섰다.

데미안은 갑자기 거울이 나타나자 어리둥절한 표정을 짓지 않을 수 없었다. 세 사람이 의아심을 버리지 못하고 있을 때 거울의 표면에 희미한 영상이 맺히기 시작했다.

무엇인가가 소용돌이치고 있었다.

중앙은 밝은 색을 띠고 있었고, 외곽으로 나갈수록 어두워지고 있었다. 무서운 기세로 소용돌이치고 있던 그것은 마치 생명체가 호흡을 하듯이 빛과 어둠을 번갈아 뿌리고 있었다.

깜빡이는 주기가 짧아진다고 느끼는 순간 그것은 엄청난 섬광과 함께 폭발을 일으켰다.

데미안과 두 여자는 자신도 모르게 눈을 감았고, 눈이 아릴 듯한 섬광은 한동안 계속되었다.

잠시 후 다시 눈을 뜬 데미안은 거대한 바다 위에 밝음과 어둠이 흩어지고 모이기를 반복해 거대한 대륙을 만드는 것을 발견했다.

거대한 대륙은 마치 숨을 쉬듯 수축과 팽창을 반복했다. 그리고 조금씩 수축을 하더니 거대한 두 개의 대륙으로 변했다.

그 모습을 발견한 데미안은 자신도 모르게 중얼거렸다.

"저, 저건 뮤란 대륙과 이스턴 대륙?"

데미안이 왕립 아카데미 시절 도서관에서 발견한 지도의 모습과 똑같았다. 그러는 사이에도 거울엔 계속 영상이 비춰지고 있었다.

천공에서 수백 수천 줄기의 빛이 지상을 비추었고, 그 빛이 비추어진 대지에는 각기 다른 모습을 한 생명체가 모습을 드러냈다. 천공의 빛은 계속해서 대지를 비추었고, 그때마다 갖가지 생명체가 생겨났다.

그중에는 엘프의 모습도 보였고, 드래곤의 모습도 보였으며, 또한 인간의 모습도 보였다.

한동안 평화스럽게 살아가는 모습을 보여주던 영상이 바뀐 것은 잠시 후였다. 같은 수였던 인간들의 비율이 급격히 늘어나기 시작한 것이었다. 그러나 인간들은 다른 생명체보다 약했다.

엘프보다 지혜롭지 못했고, 오크보다 수가 적었다. 또한 드래곤보다 약했다. 자신들을 지킬 아무런 힘도 없던 인간들이 다른 생명체보다 뛰어난 것은 단결력뿐이었다.

얼다 후 그런 인간들을 이끄는 존재가 나타났는데 이들이 바로 신인(神人)들이었다.

그들은 인간들을 하나로 뭉치게 했고, 그들에게 스스로를 지킬 힘을 주었으며, 또 신들의 말을 전달했다. 그들이 나타나고서야 인간들은 겨우 하나의 종족으로 뮤란 대륙에서 살아갈 수 있었다.

한동안 평화롭던 인간들에게 이상이 생겼다.

대륙의 양쪽에 위치했던 밝음과 어둠이 뭉쳐지더니 수백 수천 개의 새로운 생명체를 탄생시킨 것이다. 그들은 지상의 어느 생명체보다 밝았고, 또한 어두웠다.

처음 그것들은 대치 상태를 이룬 채 지상의 생명체들을 주시하기만 했다. 처음 지상의 생명체에게 접근한 것은 어둠이 탄생시킨 생명체였다.

그들은 자신들이 가진 막강한 마력을 이용해 지상의 생명체에게 엄청난 힘을 주었다. 그리고 충성을 강요했다.

그들은 또 인간들에게도 접근했다. 그리고 그들에게도 자신에게 충성을 맹세한다면 엄청난 힘을 주겠다고 유혹했다.

처음엔 상당수의 인간들이 그들에게 충성을 맹세하고 곧 이어 상상할 수도 없는 엄청난 힘을 얻었다. 하지만 그들은 자신이 가진 힘을 제대로 써보기도 전에 신인이란 존재에 의해 철저히 무너져야만 했다.

신인들은 어둠의 생명체를 악마라고 불렀고, 밝음의 생명체를 신이라 불렀다. 그리고 인간들에게 악마를 멀리하라는 주의를 주었다.

일단락될 것 같았던 사태는 그 일을 빌미로 해 신과 악마가 대륙의 생명체들에게 직접 개입하는 사태를 불러일으켰다. 신과 악마의 싸움이 장기화되자 신인들이 신들을 돕기 시작했다. 비록 그들이 가진 힘이 얼마 되지 않는다고는 하지만 하급 악마들은 충분히 막아낼 수 있는 신성력을 가지고 있었다.

신이 자신의 자식이라고 할 수 있는 신인들의 도움을 받자 악마들은 자신에게 충성을 맹세한 생명체들을 자신들의 싸움에 끌어들였다.

그렇게 뮤란 대륙과 이스턴 대륙은 전화(戰禍)에 휩싸였다. 하루도 대지에 선혈이 뿌려지지 않은 날이 없었다. 수없이 많은 신과 악마들이 서로에게 소멸당했다.

처음 신과 악마의 혈전에 참가하지 않았던 인간들은 자신들을 습격하는 악마들의 추종 세력에 의해 어쩔 수 없이 신들의 편에 서야 했다. 그러나 그들의 힘은 보잘것없었고, 그런 인간들에게 신인들은 자신들의 힘과 능력을 이용해 메탈 시터, 즉 골리앗을 만들어 자신들을 돕도록 했다.

악마들은 자신의 마법을 드래곤에게 가르쳐 주어 드래곤들로 하여금 자신들을 도와 신인과 인간들을 상대하게 하였다. 그리하여 전쟁은 더욱 치열한 양상을 띠게 되었다.

　장장 2천 년 동안 계속된 혈전으로 뮤란 대륙과 이스턴 대륙은 황폐해져 갔고, 생명체들의 수도 급격히 줄어드는 모습이 영상에 분명하게 드러났다.

　데미안은 직접 루벤트 제국과의 전쟁에 참전하기도 해 비참한 모습을 여러 번 보았지만 지금 자신이 보고 있는 처참한 영상에는 비교조차 할 수 없었다.

　신인과 인간들을 향해 마법과 브레스를 무자비하게 쏟아내는 악마와 드래곤들, 또 신성력과 골리앗으로 대항하는 신인과 인간들.

　팽팽하던 신과 악마의 대전은 드래곤의 숫자가 급격하게 줄어들면서 균형이 깨졌다. 신과 신인, 그리고 인간들은 악마들과 그들의 추종 세력을 뮤란 대륙에서 이스턴 대륙으로 몰아내는 데 성공했다.

　신들은 최후의 힘을 모아 이스턴 대륙에 위치한 차원의 문을 열었고, 악마들을 모두 다른 차원으로 보내고 차원의 문을 봉인하는 데 성공한다. 그리고 이스턴 대륙을 신의 무기를 증폭시킨 마법진을 이용해 뮤란 대륙에서 완전히 떼어놓는 데 성공했다.

　그렇지만 신과 신인, 인간들의 피해는 상상을 초월할 정도였다. 신들의 숫자도 급격히 줄어들었고, 소멸되지 않은 신들도 쇠약해질 대로 쇠약해져 더 이상 지상에 남아 있을 수 없게 되었다.

　지상을 떠난 신들은 천공에 머물고 있던 밝음 속으로 가버렸고, 신인들은 살아남은 인간들을 끌어 모아 하나의 나라를 세웠으니 그것이 바로 최초의 국가인 뮤란 제국이었다.

　살아남은 인간들은 자신의 생존을 위해 들을 개간했고, 산에 화전(火田)을 일구었으며, 동물들을 사냥하기 시작했다. 인간들은 도시를 만들고, 나라를 만들어 뮤란 대륙 전체에 빠르게 퍼져 갔다.

뮤란 대륙에 인간보다 강한 생명체가 없었던 것은 아니지만 그때마다 인간들은 단합해 공동의 적을 물리쳐 갔다.

거의 비슷한 비율로 존재하던 생명체들 가운데 상당수가 인간에게 유해한 존재로 낙인찍혔고, 그들 대부분이 인간들의 공격을 받아 멸종하고 말았다.

어쩔 수 없이 엘프들은 숲으로 숨게 되었고, 오크들은 황무지로 쫓겨났다. 지상 최강의 생명체라는 드래곤들 역시 신성력과 골리앗을 앞세운 신인과 인간들에 의해 비참하게 사냥당해야만 했다.

인간들에게 쫓기는 드래곤들의 영상이 한동안 보였다.

데미안이 비록 카르메이안이나 마브렌시아에게 복수를 하겠다는 생각은 가지고 있었지만, 지금 자신의 눈에 보이는 영상은 오히려 드래곤들에게 동정심이 생길 정도로 비참한 드래곤의 모습과 이기적인 인간들의 모습이었다.

드래곤들은 자신들의 새끼, 알과 헤츨링들을 도주시키기 위해 인간들의 공격을 막아냈다. 그 가운데 유독 데미안의 눈길을 끄는 존재가 있었다.

황금색의 머릿결을 가진 청년이었는데, 자신들 일족을 공격하는 인간들을 노려보며 주먹을 움켜쥐고 있었다. 치미는 분노를 참지 못해 얼굴까지 붉어진 것이 웬만한 일엔 감정 표현을 하지 않는다고 알려진 드래곤의 모습과는 달라 보였다.

금발 청년이 뭐라고 외치고 있었는데 직접 귀를 통해 들린 것은 아니지만 그의 사념(思念)이 머리 속을 울렸다.

"…나 카르메이안이 맹세하건대 신과 신을 따르는 모든 종족들과 우리 종족을 핍박했던 모든 생명체들에게 반드시 복수를 하고 말 것이다!
그날이 오면 지상의 모든 생명체를 모조리 죽여 버리겠다! 기억하라, 나
카르메이안의 맹세를……!"

얼마나 처절한 외침이었는지 그의 사념이 전해지는 순간 온몸
에 소름이 오싹 돋을 지경이었다. 설마 금발 머리가 자신의 아버
지라고 알고 있는 카르메이안일 줄은 상상도 못했다. 그런 카르메
이안을 바라보는 데미안의 시선은 희미하게 떨리고 있었다. 설마
에인션트 드래곤인 카르메이안에게 저런 처절한 과거가 있었으리
라고는 생각도 못해봤다.

영상은 빠르게 다음 장면을 보여주고 있었다.

인간을 제외한 모든 종족을 몬스터로 규정한 인간들은 거의 모
든 종족들을 인간들이 사는 땅에서 쫓아내는 데 성공했다. 그리고
인간들은 대륙 전체에 퍼져 갔고, 계속해 자신들의 종족을 늘려갔
다. 약 천 년 정도의 시간이 지났을 때 인간들은 신인마저 인간들
의 사회에서 쫓아내기 위해 그들을 공격했다.

분노한 신인들은 막강한 신성력으로 인간들을 공격했고, 인간들
은 무수한 골리앗을 동원해 대항했다.

처음엔 많은 인간들이 죽어갔지만 살아남은 신인들의 수에 비
해 인간들의 수가 월등히 많았기에 신인들로서도 어쩔 수 없었다.
게다가 인간들에게는 자신들이 만들어준 수천 대의 골리앗이 있
었다.

뮤란 대륙 최초의 제국인 뮤란 제국.

광활한 대지 위에 세워졌던 아름다운 신의 도시 메탈리언의 하
늘에 검붉은 불길이 치솟았을 때 신인들이 분루(忿淚)를 흘리며

메탈리언을 떠나는 모습이 보였다.

그 다음 장면은 과거 드미트리우스가 전해준 말과 거의 비슷했다.

자신들을 다스리던 신인마저 쫓아버린 인간들은 그때부터 뮤란 대륙 곳곳에 흩어져 저마다 경계선을 긋고 나라를 세우기 시작했다.

인간들의 탐욕은 끝이 없는지 조금이라도 더 많은 땅을 차지하기 위해 동족을 죽였고, 자신에게 도움이 된다면 몬스터마저 끌어들여 다른 나라를 침공했다.

수없이 많은 나라가 건국했고, 또 수없이 많은 나라들이 멸망해 갔다.

뮤란 대륙이 몇 번이나 인간들의 피로 젖는 장면을 데미안과 두 여인은 말없이 계속 지켜봤다.

언제까지나 계속될 것 같았던 장면이 점점 어두워지더니 주위는 다시 어둠에 싸였다. 그리고 바닥에 밝은 선 하나가 모습을 드러냈다.

갑작스런 변화에 데미안은 잠시 망설이다 두 여인의 손을 잡고는 선을 따라 걸음을 옮겼다. 한참 동안 걸음을 옮기던 데미안은 갑자기 공간이 이상하게 뒤틀린다는 느낌을 받았다. 그리고는 갑자기 주위가 환해졌다.

데미안과 두 여인은 몇 번이나 눈을 깜빡이고서야 겨우 원래의 시력을 되찾을 수 있었다.

"데미안님!"

"어, 헥터? 차이렌?"

"대체 어떻게 된 일이야?"

　방금 데보라가 한 말은 데미안이 하고 싶은 말이었다. 어찌 된 일인지는 모르겠지만 데미안 일행들은 거의 비슷한 시간에 만나게 된 것이었다.

　그들이 지금 모여 있는 곳은 아무런 장식도 없는 작은 방 안이었다.

　일단 둥글게 앉은 일행들의 표정은 왠지 굳어 있었다. 일행들이 입을 열지 않자 데미안은 하는 수 없이 자신이 먼저 입을 열었다.

　"제가 데보라와 레오와 함께 발견한 것은 칠흑처럼 어두운 공간이었습니다. 빛도 없고 마법도 통하지 않는 이상한 어둠 속에서 거대한 황금 거울이 저희에게 다가왔습니다."

　"그럼 데미안님도 그 거울에 비친 영상을 보셨습니까?"

　로빈의 질문에 데미안은 자신도 모르게 고개를 끄덕였고, 그 모습을 본 차이렌은 자신의 머리를 긁적였다.

　"그러니까 뭐야, 그럼 모두 같은 것을 본 건가?"

　"그럼 여러분들께서도 그 끔찍한 걸 모두 보셨단 말씀이신가요?"

　"그래. 정말 다시는 보고 싶지 않을 정도로 끔찍한 광경이었어. 설마 인간들이 그렇게 비겁하고, 잔인하고, 교활할 줄은 상상도 못했어."

　데보라가 로빈의 말에 고개를 끄덕이며 동조하자 오히려 다른 사람들의 얼굴이 이상하게 변했다.

　"전 몬스터와 악마들을 말씀드린 건데요?"

　"뭐? 무슨 소리야? 인간들이 다른 종족들을 무자비하게 쫓아내고 뮤란 대륙을 차지했잖아."

　"예? 전 악마들이 몬스터를 끌어들여 인간을 습격하는 것을 말씀드린 건데요?"

"잠깐! 우린 뮤란 대륙과 이스턴 대륙이 만들어져 신과 악마의 전쟁 이후 인간들이 뮤란 대륙을 지배하는 것을 보았어. 다른 사람들도 같은 걸 본 게 아니야?"

"우린 차원의 문을 깨고 나오려는 악마와 인간들을 습격하는 마물들의 모습을 보았어. 뮤란 대륙 곳곳에서 일어나는 피비린내 나는 모습을 수도 없이 봤다고."

데미안과 차이렌의 말에 헥터가 대꾸를 했다.

"저희가 본 것은 다릅니다. 뮤란 대륙 전체가 악마와 몬스터들의 습격을 받아 곳곳이 폐허로 변하는 모습을 똑똑히 보았습니다."

"뭐야? 그럼 모두 다른 걸 본 거잖아. 대체 그게 무슨 의미가 있는 거지?"

데보라가 의문을 제기하자 대부분의 사람들은 고개를 끄덕이며 동조의 뜻을 나타냈다. 하지만 로빈과 차이렌만은 심각하게 생각에 빠진 모습이었다.

"혹시?"

"어? 너도?"

거의 동시에 입을 연 두 사람은 혹시 자신의 생각이 맞을지 모른다고 생각했다.

먼저 입을 연 사람은 차이렌이었다.

"잠깐 내 말을 들어봐. 내가 생각하기엔 우리가 보았던 세 가지 영상이 혹시 뮤란 대륙의 과거와 현재, 그리고 미래의 모습을 보여준 것이 아닐까 하는데……."

"저 역시 그렇게 생각합니다. 데미안님이 보신 것은 뮤란 대륙이 어떻게 만들어졌고, 신과 악마의 전쟁이 어떤 결과를 낳았고, 인간들이 어떻게 뮤란 대륙에 살게 되었는지를 보여준 것이라 생각합니다. 그리고 라일님과 차이렌님은 현재 뮤란 대륙에서 벌어지고 있는 일을 보여준 것이고, 마지막으로 제가 본 것은 뮤란 대륙에서 앞으로 일어날 미래의 일을 영상으로 보여준 것 같아요."

로빈의 말에 사람들의 얼굴에는 불신의 기색이 완연했다. 하지만 차이렌의 한마디에 사람들은 수긍할 수밖에 없었다.

"너희들은 여기가 예언의 신인 트로니우스를 따르는 신인이 세운 던전이라는 것을 잊어버린 거야? 그리고 트로니우스께서는 예언의 신이기도 하지만 기록과 역사의 신이기도 하단 말이야. 그러니 그분께서 우리에게 뮤란 대륙의 과거와 현재, 그리고 미래를 보여준 것에는 나름대로의 이유가 있을 거란 생각 안 들어?"

사람들이 자신에게 주목하자 차이렌은 말을 이었다.

"그리고 방금 뮤렐이 나에게 한 말인데, 우리가 해야 할 일을 트로니우스께서 가르쳐 주신 것이 아닌가 하는 생각이 들어. 다른 사람들은 어떻게 생각해?"

"저도 차이렌님의 말씀에 동감합니다. 데미안님, 보신 영상 중에 특이한 점을 느끼신 부분이 없으십니까?"

로빈의 질문에 데미안은 곰곰이 생각해 보았다. 하지만 특이하다고 느낀 점은 별로 없었다. 생각에 빠진 데미안의 어깨를 건드린 사람은 데보라였다.

"아까 마지막 부분에 그 금발 머리 있었잖아. 왜, 인간들에게 드래곤들이 공격받았을 때 말이야. 기억 안 나?"

"드래곤이 인간들에게 공격을 받다니, 그게 무슨 말이냐?"

오랜만에 라일이 입을 열었다.

　"인간들이 신인들에게 물려받은 골리앗을 이용해 인간들의 삶을 위협하는 드래곤들을 사냥하는 영상이 잠시 나왔었습니다. 당시의 드래곤들은 브레스를 제외하고는 마법 실력도 시원치 않았고, 또 에인션트 드래곤들의 대부분은 전쟁에서 죽었기에 인간, 아니, 골리앗의 파괴적인 힘을 막기에는 역부족이었습니다. 그런 드래곤 가운데 하나가 인간들에게 복수를 맹세하는 장면이 있었습니다."

　"드래곤이 복수를? 금발 머리라면 혹시……?"

　"골드 드래곤 카르메이안이었습니다. 지상의 모든 생명체들에게 복수를 하겠다고 맹세하는 장면을 보았습니다."

　"그게 골드 드래곤 카르메이안이었다고?"

　데보라의 반문에 데미안은 고개를 끄덕였다. 그 말을 들은 차이렌이 라일에게 질문했다.

　"라일님, 아까 우리가 본 장면 가운데 등장했던 골드 드래곤이 혹시 카르메이안이 아니었을까요?"

　"휴우~ 아무래도 그럴 가능성이 클 것 같네."

　왠지 라일이 길게 한숨을 쉬었다. 궁금한 얼굴로 바라보는 일행들을 향해 차이렌이 설명을 했다.

　"조금 전 우리가 본 영상 중에는 여러 마리의 드래곤들이 모여 있는 장면이 있었거든. 무슨 일 때문인지 짐작을 못했었는데 데미안의 말을 듣고 나니 짐작이 가는군. 아마도 카르메이안은 자신들의 복수를 하기 위해 신의 봉인을 파괴하도록 음모를 꾸몄고, 그 계획의 일환으로 드래곤들을 불러 모은 것 같아. 맞아, 흐흐흐, 그러니까 여태까지 이상하게 생각되었던 카르메이안의 행동이 모두 이해가 가는군."

차이렌의 음산한 웃음에 사람들의 얼굴은 더욱 어리둥절해져 갔다.

"흐흐흐, 이건 내 생각인데… 아마 거의 틀림이 없을 거야. 먼저 카르메이안, 아니, 드래곤들은 신과 반대 편에 서서 악마들을 도왔지. 하지만 조금 전 데미안이 말한 대로 초기의 드래곤들은 거의 마법을 사용하지 못했으니 더욱 피해가 컸을 거야. 비록 악마들에게 마력을 받아 마법을 익혔다고는 하지만 신인들이 가지고 있는 신성력에 비하면 형편없었을 테니까. 그런데 전쟁 후 이번에는 인간들에게 사냥을 당하는 신세가 된 거야. 과연 지상 최강의 생명체라고 불리는 드래곤들에게는 치욕스런 일이 아닐 수 없었을 테지. 골드 드래곤 카르메이안은 그래서 복수를 결심한 거야."

수통의 물로 목을 축인 차이렌이 다시 말을 이었다.

"아마 카르메이안은 오랜 시간 동안 치밀한 계획을 세웠을 거야. 아마도 그가 세운 계획은 이스턴 대륙에 봉인되었다고 알려진 악마를 이용하는 것이었을 거란 생각이 들어. 그래서 지상에 남겨진 신의 무기를 찾았을 것이고, 여섯 개의 신물 가운데 하나인 신기루의 반지, 쿠로얀을 발견하게 되었을 거야."

"카르메이안이 쿠로얀을 발견했다고? 레드 드래곤 마브렌시아가 발견한 것이 아니고?"

데보라의 질문에 차이렌은 간단히 고개를 흔들었다.

"카르메이안과 마브렌시아가 데미안을 낳아 내기를 할 때 카르메이안이 걸었던 조건을 기억 못해? 내가 생각하기에 신의 무기가 있었던 곳에 있는 마법진의 규모나 위력으로 보아 설사 카르메이안이 제아무리 골드 드래곤이라고 하더라도 쉽게 쿠로얀을 얻을 수는 없었을 정도로 막강한 것이었어. 마법진을 파괴하는 것은 수백 년, 어쩌면 수천 년이 걸렸을지도 모르는 일이지. 어쨌든 카르메이안은 마브렌시아에게 신의 무기를 거론하며 자신의 계획에 끌어들였겠지. 결국 데미안은 태어났고, 마브렌시아의 음모—이미 다 알고 있는 계획을 음모라고 할 수 있을지는 모르지만—대로 결국 내기에서 마브렌시아가 승리해 신기루의 반지인 쿠로얀을 차지하게 되었을 거야. 계속해도 될까?"

갑자기 차이렌이 데미안에게 질문을 던졌다. 데미안이 고개를 끄덕이자 말을 이었다.

"언젠가 만났던 화이트 드래곤 카이시아네스가 했던 말 기억나? 자신은 왜 카르메이안이 모든 사실을 알면서도 내기에서 마브렌시아에게 졌는지 모르겠다고 한 말 말이야. 나는 그것이 카르메이안의 음모였다고 생각해. 마브렌시아에게 신의 무기가 실제로 존재한다는 것을 알려주어 그녀가 계속해 신의 무기를 찾도록 만들고, 실제로는 우리가 신의 무기를 차지할 수 있도록 뒤에서 도와주었다고 말이야."

"카르메이안이 우리를 도와주었다고? 그가 왜 우리를 도왔다는 거지? 그 말은 도저히 믿을 수 없어."

데보라의 말에 다른 사람들도 동감을 표시했다. 아무리 생각해도 카르메이안이 자신들을 도와주어야 할 이유가 없기 때문이었다.

"네로브의 도움으로 찾은 미디아나 아마조네스 부족에서 전해지던 아로네아를 제외하고 파륜느나 블레이즈, 누바케인을 찾는 것이 너무 쉬웠다고 생각하지 않아? 게다가 누가 계획이라도 한 듯 헥터와 레오, 그리고 뮤렐 녀석이 차례로 신의 무기를 차지했잖아."

"하지만 레오는 페트리앙스의 대지에서 파륜느를 찾은 것이고, 뮤렐은 활화산 속에서 누바케인을 차지한 거잖아. 게다가 헥터는 타울의 신전에서 블레이즈를 찾았잖아. 그것까지 카르메이안이 계획했다는 거야?"

"잠깐. 다른 사람도 데보라의 의견이 맞다고 생각해?"

"저도 데보라님의 말대로 아무리 카르메이안이 에인션트 드래곤이라고 하더라도 신의 영향력 안에 있는 물건까지 우리가 얻을 것이라 안배했다고는 믿기 힘듭니다."

로빈이 데보라의 생각에 동조하자 다른 사람들도 고개를 끄덕였다. 하지만 차이렌은 한숨을 쉬었다.

"휴우, 너희들은 대체 드래곤을 뭐라고 생각하는 거냐? 그저 황금색을 가진 도마뱀이라고 생각하는 거야? 카르메이안의 나이는 지금 육천오백 살이야. 에인션트 드래곤의 능력은 거의 신의 능력에 필적해. 그런 카르메이안이 능력이 부족해서 신의 무기를 차지하지 못해 너희들을 동원시켰다고 생각한다면 그것이야말로 어리석은 생각이야. 카르메이안은 너희들을 이용해 신의 봉인을 파괴하고, 자신은 또 다른 음모를 꾸미고 있을 거란 말이야. 그것이 뭔지는 모르지만 그의 복수와 관련된 일이겠지. 그리고……."

차이렌은 목이 타는지 다시 물을 몇 모금 마셨다.

"그리고 카르메이안이 아는진 모르겠지만 신들께서도 우리 일행에게 관심을 보이고 있단 말이야."

"신들께서 우리에게 관심을 보인다고?"

자신도 모르게 반문하는 데미안에게 차이렌은 고개를 끄덕였다.

"더 정확하게 말하자면 데미안, 바로 너에게 말이야."

"무, 무슨 소릴 하는 거야? 왜 신들께서 나에게 관심을 보인다는 거지? 난 사제도 아니고 어떤 신을 믿는 것도 아닌데, 말이 안 되잖아."

"그럼 네가 미디아를 얻을 때 네로브의 꿈에 선더버드께서 현몽(現夢)하신 것은 어떻게 설명할래?"

"그야……."

"왜, 네로브가 아레네스의 가호를 받고 있는 아이라 특별한 능력을 가지고 있기 때문이라고 하고 싶어? 그렇다면 왜 그 아이의 꿈에 아레네스가 아닌 선더버드께서 나타나셨을까? 설명할 수 있겠어?"

데미안은 꿀 먹은 벙어리처럼 아무런 말도 할 수 없었다.

"단언할 수는 없지만 신들께서는 카르메이안의 음모를 막을 사람으로 널 지목하신 것 같아. 우리는 널 돕는 조력자(助力者)로 생각하고 계신 것 같고."

차이렌의 말에 데미안은 아무런 말도 할 수 없었다.

그들 일행이 주고받는 이야기를 듣고 있던 강찬휘 역시 아무런 말도 할 수 없었다. 물론 강찬휘도 대륙 북쪽에서 사용하는 말을 알기에 그들이 나누는 대화는 잘 듣고 있었다. 하지만 내용은 전혀 이해하지 못했다.

조금 전 카르메이안이란 존재를 골드 드래곤이라고 했고, 마브렌시아를 레드 드래곤이라고 했다. 그리고 그들이 데미안을 낳았다는 말까지 들었다.

뭐라고? 저 절세옥안(絶世玉顔)을 가진 대미안이 인간이 아니라 용의 자식이라고?

강찬휘는 대체 데미안 일행이 뭐라고 떠드는 것인지 도무지 이해를 할 수 없었다. 더군다나 무슨 음모니, 신의 무기니, 신의 보살

핌이니 하는 소리는 단 한 마디도 알아들을 수 없었다.

강찬휘가 고심을 하고 있는 가운데 일행들은 침묵을 지키고 있었다.

먼저 입을 연 사람은 데미안이었다.

"그렇다면 지금 뭐부터 시작해야 되는 거지?"

"한 가지 알려줄 것이 있는데, 내가 본 것 중에 한 가지 이상한 점이 있어."

"뭔데?"

"사람들이 몬스터나 마수들에게 공격을 받아 막대한 피해를 입는 장면이었는데, 내가 보기엔… 아무래도 이스턴 대륙이 아니라 뮤란 대륙인 것 같았어."

"무슨 소리야? 난 분명하게 봤어. 이스턴 대륙에 봉인이 있었다고."

"그래. 네 말대로 봉인이 이곳 이스턴 대륙에 있는지는 모르지만 실질적으로 마수가 나타나고, 악마가 있는 곳은 분명 뮤란 대륙이었다."

라일이 차이렌의 의견에 찬성을 표시했다.

"게다가 카르메이안이 이곳 이스턴 대륙에 왔는지는 모르겠지만… 마브렌시아가 이곳에 있는 것을 보면 그도 이곳에 왔던 것이 분명해. 그럼에도 불구하고 그가 뮤란 대륙에 있는 장면이 보였다는 것은 그가 현재 뮤란 대륙에 있거나, 아니면 곧 뮤란 대륙으로 이동을 한다는 것을 뜻하는 것 같아."

"하지만 우리가 알고 있는 대로 만약 이곳에 봉인이 있다면 어떻게 하지? 만약 파괴된 봉인에서 악마가 빠져나온다면 어떻게 할 거야?"

"저기, 데미안님?"

옆에 듣고 있던 로빈이 입을 열었다.

"제가 보았던 것이 미래에 일어날 일을 보여준 것이 확실하다면 봉인이 어느 곳에 있든 결말은 뮤란 대륙에서 지어질 겁니다."

"틀림없어?"

"예. 제가 보기에는 뮤란 대륙 최초의 제국인 뮤란 제국의 수도 메탈리언 같았습니다."

"메탈리언?"

반문을 하던 데미안은 자신이 조금 전 보았던 메탈리언의 모습을 떠올렸다.

광활한 대지 위에 세워진 아름다운 도시.

수없이 많은 첨탑들과 웅장한 신전들이 즐비하고, 각 건물마다 주위의 자연 환경과 조화를 이뤄 너무나 평화스럽게만 보였다. 도시의 곳곳에 동상과 분수와 광장이 있었고, 사람들은 환한 미소를 지은 채 만나는 사람마다 친근한 인사를 나눴다.

가히 파라다이스Paradise라고 할 만했다.

물론 그런 광경은 인간들이 신인들을 배척하기 이전의 상황이었다. 인간들이 신인을 몰아내기 위해 수많은 골리앗을 동원했고, 신인들은 신성력으로 무장한 채 자신들에게 대항하는 인간들과 처절한 싸움을 벌였다. 그로 인해 아름답던 메탈리언은 철저하게 파괴되었다.

그런데 최후의 결전이 메탈리언에서 벌어진다니…….

"참, 로빈. 네가 본 것이 미래라니까 묻겠는데, 결과는 어떻게 되는 거야? 봉인에 성공해?"

데보라의 질문에 로빈은 자신도 모르게 헥터를 바라보았다. 잠시 데미안의 얼굴을 바라보던 헥터는 고개를 저었다.

"그것에 대해서는 저희도 잘 알 수 없었습니다. 최후의 대결이 벌어지는 곳이 메탈리언이라는 것은 알았지만 대결의 승패는 알 수 없었습니다."

"그래?"

데브라는 아쉬운 듯 입맛을 다셨지만 분위기가 조금 이상하게 변했다.

헥터는 여전히 무표정한 모습이었지만 로빈은 고개를 숙였고, 강찬휘는 이유를 알 수 없다는 표정을 짓고 있었다. 생각에 빠져 있는 데미안이나 아무 생각 없는 레오를 제외한 나머지 사람들은 대략 감을 잡은 듯 아무 말도 하지 않았다.

생각을 마친 데미안은 라일을 향해 입을 열었다.

"스승님, 일단 뮤란 대륙으로 돌아가야 할 것 같은데 스승님의 생각은 어떠십니까?"

"내 생각을 말하라면 뮤란 대륙으로 돌아가는 것이 좋을 듯싶구나. 그곳에서 지금 무슨 일인가가 벌어지고 있는 것 같으니 한시라도 빨리 돌아가야만 할 것 같다."

"다른 사람들은?"

"저희들도 다시 돌아가는 것이 좋을 것 같습니다."

"그러는 것이 좋겠어요. 그리고 돌아가는 길은 제가 알아요."

로빈의 말에 데미안은 고개를 끄덕였다.

"그럼 안내를 부탁할게."

일행들은 석실을 빠져나와 출구를 향해 걸음을 옮겼다.

로빈은 재빨리 헥터 곁으로 발걸음을 옮기고는 나직한 음성으로 그에게 물었다.

"헥터님, 저희가 본 그 사실을 데미안님께 알려드리지 않아도 괜찮을까요?"

"데미안님께서 그 사실을 아셔도 상관이야 없겠지만, 굳이 말할 필요가 있을까? 그리고 그 일이 미래에 벌어질 일이라고는 하지만 똑같은 일이 벌어질 것이라곤 생각하지 않아."

"그, 그렇겠지요?"

비록 무표정한 얼굴로 앞만 보고 걸음을 옮기는 헥터였지만 그의 가슴속에는 로빈에게 한 말과는 다른 생각이 소용돌이치고 있었다.

'설사 내가 죽는 것이 나의 미래라고 하더라도 결코 데미안님의 곁을 떠나진 않아. 데미안님께 충성을 맹세한 것 때문이 아니라 내가 그분을 사랑하기 때문에…….'

힐끔 헥터의 얼굴을 엿본 로빈은 걸음을 옮기며 나름대로 생각에 빠졌다.

'헥터님은 아마 무슨 일이 있어도 데미안님 곁을 떠나려 하지 않을 거야. 또 데보라님이나 레오님도 마찬가지일 테고. 그렇게 생각해 보면 라일님도 그렇고, 차이렌님도 데미안님 곁에 계시겠지. 남은 사람은 나뿐인가? 맞아! 눈앞의 악을 보고도 피한다면 어찌 신을 모시는 사제라고 할 수 있겠어. 라페이시스여! 당신의 종을 당신의 뜻대로 하소서.'

그렇게 그들은 출구를 향해 발걸음을 옮기고 있었다.

제16장
도마뱀 아가씨의 위기

불쾌한 기운을 따라 워프를 시도했던 마브렌시아는 조금은 이상한 곳에 도착했다. 그녀가 도착한 곳은 수만 명이 사는 수국(洙國)의 수도, 광양(曠陽)이었다.

이스턴 대륙에 존재하는 열한 개의 왕국 중에서 두 번째로 넓은 영토를 차지한 왕국이었다.

천수백 년 전 이스턴 대륙에서 전쟁이 사라진 후 수국은 무(武)보다는 문(文)을 장려해 이스턴 대륙의 여러 왕국 가운데 가장 문화적으로 번성한 왕국이었다. 게다가 왕국의 문호를 개방했기에 수국을 찾는 사람들의 발길이 끊이지 않아 무척이나 혼잡했다.

그런 수국의 수도인 광양의 한복판 상공에 갑자기 나타나게 되었으니 마브렌시아는 처음엔 깜짝 놀랐다. 재빨리 자신의 몸을 투명하게 만드는 인비저빌리티Invisibility의 마법을 펼쳐 몸을 감춘 마브렌시아는 뒷골목을 찾아 들어가 마법을 해제하고 뒷골목을 빠져나와 주위를 둘러보았다.

엄청나게 넓은 광장이었다.

그러나 단순히 넓기만 한 것이 아니라 완벽한 조형미를 갖추고 있었다. 곳곳에 위치한 분수대와 바닥에 깔려 있는 색색의 돌들로 만든 거대한 그림, 또 10여 그루에서 4, 50여 그루의 아름드리 나무들이 곳곳에 서 있어 사람들에게 충분한 휴식 공간을 제공하고 있었다.

물론 엄청나게 많은 사람들이 광장을 메우고 있었지만, 대부분의 사람들 표정이 여유로워 보였다.

마브렌시아는 처음 자신이 잘못 찾아온 것이 아닐까 하는 생각에 하늘을 바라보았다. 분명 음습하고 칙칙한 기운이 광양의 하늘 위를 뒤덮고 있었다. 그렇지만 그 하늘 밑에 사는 사람들의 표정에서는 그런 기운을 조금도 찾아볼 수 없었다.

아무리 생각해 봐도 이해가 가지 않는 일이었다. 이 정도의 기운이라면 틀림없이 이상한 징후가 나타나야 하는데 그 어디에서도 그런 징후를 찾을 수는 없었다.

고개를 흔든 마브렌시아는 일단 식당을 찾았다.

봉황의 춤이란 뜻을 가진 '봉무루(鳳舞樓)'로 들어가 보니 아직 저녁 시간이 일러서인지 손님들이 별로 없었다. 조용하고 깨끗한 식당의 모습이 마음에 들었다.

식당은 조금 특이한 형태를 갖추고 있었다. 식당의 중앙에 둥근 원형의 무대가 설치되어 있었고, 그 주위로 탁자가 둥글게 놓여 있었다. 아마도 그 원형 무대에서 연극이나 춤 같은 공연을 하는 모양이었다.

"어서 오십시오. 저희 봉무루를 선택하신 손님의 탁월한 선택에 감사를 드리며……."

열심히 주절거리던 종업원의 말은 마브렌시아의 선정적인 옷차림을 발견하는 순간 끊겼다. 비록 망토로 일부를 가리기는 했지만 허벅지까지 완전히 노출된 마브렌시아의 모습에 종업원은 자신도 모르게 침을 꿀꺽 삼켰다.

당연히 자신을 안내하리라 생각했던 마브렌시아는 그런 종업원의 모습에 눈살을 찌푸리더니 그대로 따귀를 때렸다.

철썩!

"큭!"

종업원은 신음과 함께 나동그라졌고, 그 모습에 놀란 주인이 달려나왔다. 그리고 그 또한 마브렌시아의 모습을 발견했다. 물론 주인 역시 마브렌시아의 모습에 눈이 휘둥그레지기는 마찬가지였지만 그동안의 경험을 통해 겨우 자신의 본분을 지킬 수 있었다.

"손님, 저를 따라오십시오."

침착한 태도로 자신을 맞이하는 주인의 모습에 마브렌시아의 눈에 잠시 이채가 떠올랐다가 사라졌다. 대부분의 인간들이 자신의 모습을 발견하고 보인 반응은 한결같았다. 그런데 처음으로 껄떡(?)대지 않는 인간을 만난 것이다.

주인을 따라간 곳은 2층이었고, 깨끗한 자리로 안내되었다.

"무엇을 주문하시겠습니까?"

"술과 간단한 안주."

"알겠습니다."

주인이 물러가자 마브렌시아는 다시 생각에 골몰했다.

광양의 하늘에 몰려 있는 기운은 분명 자신이 수모를 당했던 쥐에게서 느꼈던 기운과 같았다. 그렇다면 칙칙한 기운을 뿌리는 어떤 존재가 이곳에 있다는 이야긴데, 워낙 넓은 지역에 퍼져 있어 그 소재를 찾을 수 없었다.

곧 음식이 나왔다. 그렇지만 마브렌시아가 주문한 것보다 훨씬 많은 음식이 나왔다. 눈살을 찌푸린 마브렌시아가 주인을 노려보았다.

"뭐지?"

"저희 종업원이 손님께 무례를 범한 것에 대한 사과의 뜻으로 대접하는 겁니다. 돈은 받지 않을 테니 맛있게 드십시오."

"나에게 사과를 한단 말인가?"

"그렇습니다, 손님."

공손히 허리를 굽히는 주인의 얼굴은 긴장 때문인지 희미하게 굳어져 있었다. 그 모습을 지켜보던 마브렌시아는 자신이 궁금하게 생각했던 것을 질문했다.

"묻고 싶은 것이 있는데……."

"말씀하십시오, 손님."

"혹시 이곳에 이상한 짐승이나 괴물이 나타난 적이 없어?"

"무슨 말씀이신지……?"

어리둥절해하는 주인의 모습에 마브렌시아는 좀 더 자세히 설명했다.

"내가 말하는 것은, 다른 왕국에서는 괴물들이 사람들을 습격해 많은 피해를 입었다는데 여긴 그런 일이 없었느냔 말이야."

"아!"

그제야 마브렌시아의 말뜻을 이해한 주인은 미소를 지으려고 애썼다.

"저희 왕국엔 괴물이나 마수로 인한 피해가 거의 없습니다. 설사 그런 것들이 나타난다 하더라도 멸신교(滅神敎)의 사제님들께서 없애주시기 때문에 저희들은 안심하고 생업에 종사할 수 있죠."

"멸신교?"

"멸신교를 모르시는 것을 보니 저희 왕국 분이 아니시군요. 왕국의 수도인 이곳에 멸신교의 총단(總團)이 있고, 지방 10여 곳에 지단(支團)이 있습니다. 그리고 괴물이나 사람들에게 피해를 주는 동물들이 나타날 때마다 멸신교의 사제님들께서 처리를 해주고 계십니다. 더 궁금하신 것이 있으시면 직접 그곳을 찾아가 보시지요. 사제님들의 친절한 설명을 들으실 수 있을 겁니다. 이만 가봐도 되겠습니까?"

"그래, 그만 가봐."

마브렌시아는 인사를 하고 가는 주인에겐 아랑곳하지 않고 그가 한 말을 곱씹고 있었다.

일단 멸신교란 이름부터 이상했다.

신을 믿고 따르는 사제들이 신의 존재를 부정하는 이름을 지었다는 것부터 이해가 가지 않았다. 게다가 그들이 진정한 사제가 분명하다면 광양의 하늘에 드리워져 있는 이 칙칙한 기운을 느끼지 못했을 리 만무했다.

이상한 것은 그것뿐이 아니었다.

자신에게 대항했던 괴물 같은 쥐들의 경우를 보면 드래곤인 자신도 곤란을 겪었을 정도인데, 인간 주제에 괴물들을 그렇게 쉽게 처리한다는 것도 믿을 수 없었다.

물론 교단 전체에서 한두 명 정도는 그런 능력을 가지고 있을 수 있을지도 모른다. 하지만 이스턴 대륙에서 두 번째로 큰 수국에 나타나는 모든 괴물을 사제들이 처리한다는 것은 말도 안 되는 소리였다.

마브렌시아는 멸신교란 교단이 의심스러웠다.

혹시 그들을 조사하면 자신을 공격했던 이상한 쥐들의 행동에 대해 알 수 있을지도 모른다는 생각이 들었다. 누구보다 왕성한 호기심을 가진 마브렌시아였기에 한번 의심이 생기자 그 의심이 의심을 낳았고, 다시 의심은 또 다른 의심을 불러일으켰다.

자리에서 벌떡 일어선 마브렌시아는 주인에게 멸신교의 위치를 묻고는 식당을 나섰다.

아직까진 태양이 완전히 지지 않았기 때문인지 광장에는 많은 사람들이 모여 있었다. 마브렌시아는 태연하게 그들 사이를 걸어 갔고, 사람들은 난생처음 보는 선정적인 옷차림을 한 마브렌시아 의 모습을 정신없이 바라보았다.

남자들의 눈은 당장 게슴츠레하게 변했고, 여인들은 경멸하는 눈길로 마브렌시아를 노려보았다. 그리고 아이들을 데리고 나온 부부는 아이들의 눈을 가리기에 여념이 없었다.

평소 같았으면 당장 마법을 사용해 불벼락을 내렸겠지만 지금 마브렌시아의 모든 신경은 멸신교에 쏠려 있었기 때문에 그런 사 람들의 눈길을 미처 발견하지 못했다.

멸신교의 총단은 광양의 서북쪽에 있는 나지막한 산등성에 위 치하고 있었다.

마브렌시아는 뮤란 대륙에서 여행했을 때 보았던 거대하고 웅 장한 신전을 예상했었다. 하지만 대륙이 달라서인지, 건축 양식이 달라서인지 그런 건축물은 보이지 않았다. 물론 큰 건물이 없는 건 아니었지만 대부분 1, 2층으로 구성이 된 100여 채의 건물이 빼곡하기 들어서 있었다.

규모도 규모지만 마브렌시아의 관심을 끈 것은 멸신교 총단의 하늘을 덮고 있는 칙칙한 기운이었다. 물론 눈으로 보이는 것도 아니고 느끼기도 힘들 정도로 엷은 기운이었지만, 마브렌시아는 분명히 느끼고 있었다. 게다가 건물의 정문이나 건물 사이에서 보이는 사람들의 표정은 너무나 환하고 밝아 보였다.

마브렌시아는 도저히 지금 자신의 눈에 보이는 모습을 믿을 수 없었다.

칙칙한 분위기와 밝은 표정의 인간들.

그녀가 느끼기에는 지독한 부조화였다. 마브렌시아는 멸신교를 향해 걸음을 옮겼다.

늦은 시간임에도 불구하고 멸신교의 정문은 혼잡하기 이를 데 없었다. 신도들을 맞이하는 사제들과 환자들을 데리고 온 환자들의 가족들로 발 디딜 틈도 없었다. 마브렌시아는 그들을 비집고 정문으로 향했다.

멸신교를 찾은 신도와 환자들을 맞이하기에 여념이 없던 사제 가운데 한 명이 마브렌시아에게 다가왔다.

"죄송하지만 어떻게……"

입을 열던 사제는 마브렌시아의 보기 드문 복장을 발견하고는 눈만 크게 뜰 뿐 아무런 말도 하지 못했다. 그 모습에 뒤따라오던 다른 사제가 동료의 어깨를 툭 건드렸다.

"이봐, 뭐 하고 있어?"

"응? 죄, 죄송합니다. 무슨 일로 저희 멸신교를 찾아오셨는지요?"

"멸신교가 어떤 종교인지 알고 싶어서 왔는데."

"그러셨군요. 그럼 저를 따라오십시오."

말을 마친 사내는 마브렌시아를 멸신교 안으로 안내했다. 복잡스러웠던 정문과는 달리 안은 적막하다고 느낄 정도로 조용했다.

"전 접객 업무를 담당하고 있는 다유(多油)라고 합니다. 제가 안내해 드릴 분은 저희 교단에서 가장 해박하신 분으로 과시존자(過屍尊者)란 분이십니다."

"과시? 무슨 뜻이지?"

"사람은 언젠가 모두 죽지 않습니까? 그분께서는 이미 어린 시절 인간의 죽음에 대해 심각하게 고민을 하시고는 저희 교단에 투신하셨습니다. 그분은 주로 인간들의 고통, 병, 재앙, 두려움, 죽음 등에 대해 연구를 하셨습니다. 또 사람들이 피하려고 하는 미지의 공포에 대해… 아! 이야기를 하다 보니 그분의 거처에 다 왔군요. 저기가 과시존자께서 계신 곳입니다. 그분께서 여협(女俠)의 고민을 해결해 주실 겁니다."

다유가 손으로 가리키는 곳을 보니 나무로 둘러싸인 투박해 보이는 건물이었다.

막 문을 열고 나오는 사람은 70은 족히 되어 보이는 노인이었다. 머리털은 거의 다 빠져 있었고, 염소 수염 같은 짜리몽땅한 수염에, 등이 새우처럼 굽은 노인이었다.

노인은 다유를 발견하고는 쪼글쪼글한 입을 열었다.

"다유, 이곳엔 웬일인가?"

"안녕하셨습니까, 과시존자님. 실은 이 여협께서 저희 교단에 대해 알고 싶다고 하시기에 모시고 왔습니다."

"호오, 그래? 잘 모시고 왔네."

“그럼 전 이만 돌아가 보겠습니다. 수고하십시오, 과시존자님.”

다유가 돌아가자 과시존자는 마브렌시아에게 통나무로 만든 자리를 권했다. 천천히 자리에 앉은 과시존자는 마브렌시아의 모습을 바라보았다.

“그래, 무엇이 궁금하고, 또 무엇을 묻고 싶소?”

“멸신교가 뭐 하는 교단이지?”

그는 마브렌시아의 파격적인 옷차림이나 반말에도 아랑곳하지 않고 미소를 지었다.

“우리 멸신교는 인간이라면 결코 피할 수 없는 병이나 고통, 죽음에 대해 연구하고, 두려움과 공포로 떠는 사람들에게 도움을 주고자 창설된 교단이오.”

느릿한 어조로 입을 여는 과시존자의 말에 마브렌시아의 눈이 가늘어졌다. 조용히 디텍트 마나의 스펠을 캐스팅해 과시존자가 가진 마나의 양을 조사해 보았다. 하지만 과시존자의 몸에는 마나가 없었다.

바르 그것이 문제였다.

인간이라면 누구든 가지고 있는 기본적인 마나조차 그의 몸에는 존재하지 않았던 것이다. 하다못해 길가에 떨어진 돌도 미약한 양이지만 마나를 가지고 있는데, 어떻게 살아 움직이는 사람의 몸에 마나가 없을 수 있는 것인지 도무지 이해를 할 수 없었다.

언데드Undead 계열인 좀비들조차 마나의 힘을 이용해 움직이는 것이기에 그들의 몸에도 마나가 존재했다. 그러니 지금 과시존자처럼 단 한 푼의 마나도 없는 경우는 시체를 제외하고는 있을 수 없는 일이었다.

“죽음을 연구한다? 뭘 연구하지? 사람의 수명을 어떻게 알고 구할 수 있다는 거지?"

"물론 여협의 말도 일리가 있소. 하지만 우리 교단에 투신한 사제라면 누구든 상대의 수명을 알 수 있소. 그리고 그 사람이 어떻게 목숨을 잃을지 알 수 있기에 상대에게 조언을 해줄 수 있는 것이오."

"흥! 상대의 수명을 알 수 있다? 그럼 내 수명을 알아맞힐 수 있단 말인가?"

"물론이오."

"그럼 어디 맞혀보시지."

마브렌시아의 비웃음에도 과시존자의 표정은 변하지 않았다. 찬찬히 마브렌시아의 얼굴을 바라보는 과시존자의 눈에 조금씩 이상한 기운이 어리기 시작했다.

초점이 잡히지 않아 어디를 쳐다보는 것인지 구별할 수는 없지만, 과시존자의 눈에는 분명 멸신교의 하늘을 덮고 있는 기운과 같은 칙칙한 기운이 배어 나오고 있었다.

그 눈길에서 풍겨지는 기운에 마브렌시아가 과시존자의 눈을 주시했지만 그 기운은 이미 사라지고 없었다. 그리고 과시존자의 얼굴에 놀랐다는 표정이 지어졌다.

"호오~! 어떻게 된 일인지는 모르지만 당신의 나이는 지금 2,582살이군. 인간이 그렇게 오래 살 수 없는 일이고 보면 당신의 정체가 무척 궁금해지는군."

과시존자의 말에 마브렌시아는 비록 무표정을 가장하고 있었지만 놀라지 않을 수 없었다.

무술이 극에 달한 사람이나 마법이 경지에 도달한 사람이라면 혹시 자신의 정체를 알 수 있을지도 모르는 일이다. 결코 인간으로서는 가질 수 없는 어마어마한 마나 때문이었다.

바르 그 막대한 마나 때문에 인간들은 혹시 자신이 드래곤일지 모른다고 판단을 하는 것이다. 하지만 그렇게 오랜 세월 동안 자신의 정체를 알아낸 사람은 한 사람도 없었다. 그런데 자신의 콧방귀 한 방에 100미터는 날아갈 듯 보이는 늙은이가 자신의 정체와 나이를 단번에 알아맞힌 것이다.

그리고 보니 생각나는 것이 있었다.

"멸신교는 재앙과 질병의 여신인 엠브로라인을 따르는 자들이 세운 교단인가?"

"아니오. 어찌 지저분한 엠브로라인 따위를 믿을 수 있겠소. 그년은 그저 인간에게 재앙과 고통을 줄 뿐, 아무런 문제도 해결할 능력이 없는 아주 하급 신일 뿐이오."

자신이야 드래곤이기 때문에 엠브로라인의 이름을 함부로 불렀지만, 감히 인간이 신의 이름을 함부로 부르며 매도한다는 것은 믿을 수 없는 일이었다.

왠지 과시존자의 대답을 듣는 순간 이해를 할 순 없지만 마음이 무거워지기 시작했다.

"그렇다면……?"

"우린 보다 더 근원적인 힘을 가진 분을 따르고 있소. 림몬 Rimmon이란 분을 아시오?"

"림몬?"

마브렌시아는 모르겠다는 듯 반문을 했지만 림몬이란 이름은 분명 그녀가 기억하고 있는 방대한 지식 가운데 분명히 들어 있었다.

그는 신이 아니었다.

만일 자신이 기억하는 이름과 눈앞의 늙은이가 말한 이름이 같은 것이라면, 그는 악마라 불리는 마신이 분명했다. 이건 반드시 확인을 해야만 하는 일이었다.

"림몬이라면… 람몬이란 이름으로 불리기도 하는 폭풍, 비, 천둥을 다스리는 마신을 말하는 것인가? 신과 악마의 전쟁 때 악마에게 포로로 붙잡혀 질병과 상처를 치료하는 악마가 되었다는 그 림몬을 가리키는 말인가?"

"호오~! 놀라운 일이오. 아직 세상에 그분의 이름을 기억하는 사람이 있다니… 아니지, 당신은 인간이 아니야. 그렇지 않은가?"

마브렌시아의 정확한 설명에도 불구하고 과시존자의 표정은 조금도 변하지 않았다. 게다가 유리알 같은 그의 눈빛은 마브렌시아의 대답을 요구하고 있었다. 그녀는 태연한 표정으로 반문했다.

"후후후, 내가 인간이 아니라면 무엇이지?"

"겉모습은 인간의 몸을 하고 있지만 그 속엔 인간이라면 결코 가질 수 없는 광포함과 함께 엄청난 생명 에너지를 가지고 있어. 달리 기(氣)라고 불리우기도 하지만. 넌 신의 졸개도 아니고, 게다가 마족의 기운과도 달라. 네 정체는 뭐지?"

그 말을 하는 과시존자의 얼굴은 그가 내뱉는 말과는 달리 여전히 가벼운 미소를 띠고 있었다. 마브렌시아로서는 얄밉도록 침착한 그의 태도가 마음에 들지 않았다.

"그댄 드래곤이란 종족을 아는가?"

"드래곤? 과거 마신들의 부하였던 그 날개 달린 도마뱀을 말하는 것인가?"

마브렌시아는 너무나 기가 막혀 한마디도 할 수 없었다. 감히 자신을 면전에 두고 드래곤을 날개 달린 도마뱀에 비유하는 것은 한 번도 들어본 적이 없었기 때문이다.

그녀가 어이없어하는 것도 잠시, 금방 그녀의 얼굴은 치미는 분노로 벌겋게 변했다.

자리에서 벌떡 일어선 마브렌시아는 등에 메고 있던 바스타드 소드를 뽑아 과시존자의 목을 지그시 눌렀다. 바스타드 소드는 그의 목에 얕은 상처를 냈고, 과시존자의 왜소한 체격은 애처로워 보였다.

"흥! 목이 잘리고 싶으냐?"

마브렌시아의 살벌한 말에도 과시존자는 여전히 그 자세를 유지하고 있었다. 그는 잠시 그녀의 얼굴을 보고는 아무 일도 없다는 듯이 자리에서 일어났다.

"네가 림몬님의 보살핌을 받고 있는 나를 죽일 수 있다고 생각하느냐?"

"그 따위 병신 같은 마신보다는 나 레드 드래곤 마브렌시아가 가진 힘이 훨씬 위대해!"

마브렌시아는 외침과 동시에 힘껏 바스타드 소드를 찔렀다. 검은 너무도 간단히 과시존자의 목을 꿰뚫었다. 하지만 어찌 된 일인지 과시존자의 목에선 한 방울의 피도 흘러나오지 않았다.

"호호호, 이게 네가 가졌다는 위대한 힘이냐?"

목이 꿰뚫린 채로 입을 여는 과시존자의 모습은 괴기스럽기 이를 데 없었다. 이천오백여 년이나 산 마브렌시아였지만 이런 광경은 난생처음이었다.

마브렌시아는 자신도 모르게 바스타드 소드를 회수하고는 뒤로 물러섰다.

과시존자의 목엔 어른 주먹이 들어갈 만한 구멍이 뚫려 있었지만 역시 피는 보이지 않았다. 게다가 눈에 띌 정도로 빠르게 아물고 있었다.

잠시 후 완전하게 아문 자신의 목을 만지며 과시존자가 괴소를 터뜨렸다.

"이봐, 도마뱀 아가씨. 어디 네가 가졌다는 그 위대한 힘이라는 것이 어떤 것인지 구경이나 하자고. 흐흐흐."

과시존자의 조롱으로 가득 찬 말에 마브렌시아는 바스타드 소드의 손잡이를 힘껏 움켜쥐고는 그대로 상대를 향해 달려들었다. 그리고는 거의 동시에 상대의 어깨와 옆구리, 그리고 팔을 내려쳤다.

비록 그녀가 소드 익스퍼트 중에서도 상급에 불과하다고는 하지만 드래곤이 가진 막대한 마나를 바탕으로 움직이는 것이기에 그 파괴력은 엄청난 것이었다.

과시존자의 어깨와 옆구리는 근육과 뼈가 잘려 입을 쩍 벌리고 있었고, 그의 오른손은 팔꿈치 바로 밑을 잘려 바닥에 뒹굴고 있었다. 그 모습에 희미하게 만족스러운 미소를 지으려던 마브렌시아는 과시존자가 여전히 괴상한 웃음을 지은 채 자신을 바라보고 있는 것을 발견했다.

과시존자가 바닥에서 뒹굴던 자신의 팔을 주워 들고는 잘린 부분에 갖다 대었다. 그러자 순식간에 상처가 아물었다. 그리고 어깨와 옆구리에 난 상처도 이미 아물어 있었다.

"크하하하! 이 몸은 림몬님을 모시기로 결심을 했을 때부터 이미 불사지체(不死之體)를 이루었다. 그깟 칼로 날 어쩔 수 있다고 생각했단 말이냐, 이 어리석은 도마뱀아!"

"죽어! 매직 미사일! 파이어 볼! 라이트닝 볼트!"

　분노가 극에 달한 마브렌시아의 외침이 들리는 순간 수십 발의 매직 미사일과 파이어 볼이 과시존자를 향해 날아갔다. 그리고 그 뒤를 라이트닝 볼트가 뒤따라갔다.

　퍼퍼퍼퍽—!

　펑! 펑! 펑! 번쩍—

　흙먼지와 함께 불길이 십여 미터까지 치솟았다. 마브렌시아는 자신의 공세가 모조리 과시존자의 신형에 작렬하는 것을 확인했다. 그래서 마브렌시아는 이번에야말로 과시존자의 죽음을 확신했다.

　그러나 흙먼지가 가라앉았을 때 과시존자는 여전히 구부정한 자세로 서 있었다. 조금 전과 달라진 것이라면 그가 걸친 의복이 완전히 타버려 그의 앙상한 알몸이 드러났다는 것뿐이었다.

　너무도 멀쩡한 과시존자의 모습에 마브렌시아는 할 말을 잃었다. 그런 마브렌시아의 눈에 조금은 이상한 점이 보였다. 과시존자의 다리 사이에 인간이라면 당연히 가지고 있어야 할 성의 상징물이 없었다.

　그런 마브렌시아의 눈길을 발견한 과시존자는 천천히 허리를 폈다.

　우두두둑!

　뼈마디가 부딪치는 소리가 들리며 과시존자의 허리가 완전히 펴졌다. 그리고 거의 동시에 그의 근육이 마치 바람을 집어넣은 풍선처럼 부풀어 올랐다.

　불과 2, 3초 사이에 과시존자의 키는 2미터가 넘게 커졌고, 그의 전신은 꿈틀거리는 근육으로 뒤덮였다. 실로 눈 깜짝할 사이에 벌어진 일이었다.

"호호호, 이 몸을 림몬님께 바쳤을 때부터 이미 이 몸은 인간의 한계를 벗어났다. 내가 그분께 받은 힘이 어떤 것인지 보여주마. 블랙 파이어 레인Black Fire Rain—!"

과시존자의 양손이 하늘로 향하자 그의 손에서 검은 불길이 하늘로 치솟아 올라가는 것이 보였다. 20미터 상공으로 치솟은 검은 불꽃은 수백 수천 줄기로 나뉘어 마브렌시아를 향해 떨어졌다.

마브렌시아는 지체없이 워프를 했다. 아니, 하려 했다.

하지만 마치 안티매직 존Anti-magic Zone에 들어간 것처럼 몸속의 마나가 꼼짝도 하지 않았다. 마브렌시아는 황급히 몸을 둥글게 말아 공격받는 면을 최소로 한 다음 과시존자의 공격 범위에서 벗어났다.

재빠른 대응에도 불구하고 그녀는 어깨와 등에 공격을 허용하고 말았다. 마브렌시아는 황급히 망토를 풀어 지면에 내던졌다.

5싸이클의 마법까지 견딜 수 있도록 만든 망토가 허망하다고 할 정도로 간단히 불타 버렸다. 과시존자의 블랙 파이어는 자연의 불과도 달랐고, 자신이 마나로 만들어낸 파이어 볼과도 달랐다.

지상에 떨어진 과시존자의 블랙 파이어 레인은 주변의 모든 것을 녹이는 것으로 만족을 못한 듯 지면마저 녹여 버려 유리 표면처럼 만들어 버렸다.

그 모습을 본 마브렌시아는 자신도 모르게 움찔하지 않을 수 없었다. 자신이 저만한 위력을 발휘하려면 적어도 8싸이클 이상의 마법을 동원하거나 자신의 파이어 브레스를 사용해야만 했다.

마브렌시아가 잠시 과시존자를 어떻게 상대할 것인지를 고심하는 사이 세 명의 사제들이 황급히 달려왔다. 그들 가운데에는 조금 전 마브렌시아를 안내해 주었던 다유도 끼어 있었다. 하지만 무기를 들고 있는 사제는 없었다.

자존심이 상했지만 이 자리에 더 있는 것은 자신에게 불리하다고 판단한 마브렌시아는 도주하기로 결심했다.

먼저 자신을 포위한 사제 중 하나를 향해 달려들었다. 그리고 그 사제를 향해 바스타드 소드를 휘둘렀다.

쇄애액!

챙!

엄청난 파공성을 울리며 휘둘러지던 마브렌시아의 바스타드 소드는 너무도 간단히 사제의 손에 가로막혔다. 하지만 그 손은 인간의 손이 아니었다.

길고 가는 뼈에 날카로운 발톱이 달려 있는 파충류의 발이었다. 그리고 어느새 변했는지 사제의 얼굴은 칙칙한 녹색을 띤 뱀의 얼굴이었다.

슉슉슉—!

끝이 갈라진 긴 혀가 날름거릴 때마다 기이한 소리가 났다.

"호호호, 사랑스런 나의 사두용인(蛇頭龍人)들아! 림몬님께 대항하는 저 도마뱀을 그분의 제단에 제물로 바쳐라!"

"알겠습니다, 존자."

혀를 날름거리며 대답한 사제 사두용인은 자유로운 왼손으로 마브렌시아의 머리를 향해 힘껏 휘둘렀다. 날카로운 소리와 함께 날아드는 사제의 팔을 발견한 마브렌시아는 평소의 버릇처럼 피지컬 실드의 스펠을 캐스팅했다.

"피지컬 실드!"

거의 동시에 마브렌시아는 자신의 마법이 제대로 발휘되지 않았던 조금 전의 상황을 떠올렸다. 자신이 인간의 모습으로 폴리모

프한 상황이긴 하지만 마법을 사용하지 못한다면 평범한 인간과 다를 것이 없었다.

자신도 모르게 머리를 최대한 숙인 마브렌시아는 충격에 대비했다.

펑!

그리 심하지 않은 충격과 함께 마브렌시아의 몸은 뒤로 밀려났다. 정신을 차린 마브렌시아는 자신의 몸 주위에 푸르스름한 빛을 뿌리는 실드가 쳐져 있는 것을 분명히 발견할 수 있었다.

그녀가 잠시 멈칫하자 세 명의 사두용인들이 달려들었다.

마브렌시아는 재빨리 피할 준비를 하며 세 명의 사두용인들을 향해 매직 미사일을 날렸다.

"매직 미사일!"

십여 발의 매직 미사일이 허공을 가르며 떨어지는 사두용인들을 향해 일직선으로 날아갔다.

허공에서 몸놀림이 자유롭지 못한 사두용인들은 도저히 피할 곳이 없어 보였다. 그러자 사두용인들은 자신을 향해 날아오는 매직 미사일을 향해 입을 벌렸다.

그들의 입에서는 검은색의 원이 끝없이 쏟아져 나와 날아오던 매직 미사일을 완전히 소멸시켜 버렸다. 그 모습을 발견한 마브렌시아는 지체없이 몸을 피했다.

그들과 대치하는 사이 마브렌시아는 새로운 사두용인들에게 포위당했다. 마치 그녀가 쳐들어올 것을 예상한 것처럼 건물에서 끝없이 사두용인들이 쏟아져 나왔다. 그와 동시에 멸신교의 하늘을 덮고 있던 칙칙했던 기운이 더욱 짙어지는 것 같았다.

거의 200명 이상 되는 사두용인들에게 포위당한 마브렌시아는 즉시 매직 서클의 스펠을 캐스팅했다.

"매직 서클!"

그녀는 당연히 매직 서클이 나타날 것으로 예상했다. 그러나 매직 서클은 나타나지 않았다. 당황한 마브렌시아는 워프의 스펠을 캐스팅했다. 그러나 역시 마법은 실행되지 않았다.

그러한 마브렌시아의 모습을 조소를 지은 채 바라보는 사람들이 있었다.

제일 큰 건물의 테라스에 서 있는 네 사람 가운데 한 명이 마브렌시아의 모습을 보며 입을 열었다.

"후후후, 난 드래곤이 아직까지 살아 있을 줄은 생각도 못했소이다. 여러분들은 어떠십니까?"

"저 역시 마찬가지입니다. 하지만 저 정도의 사두용인들이라면 드래곤이 아니라 드래곤보다 더한 것이라도 사로잡을 수 있을 겁니다."

"제가 직접 상대를 해보았지만 그 실력은 별 볼일이 없었습니다. 사로잡아 반드시 림몬님의 제단에 제물로 바치도록 하겠습니다."

어느새 나타났는지 과시존자는 자신만만한 미소를 지으며 입을 열었다.

그들이 대화를 나누는 동안에도 마브렌시아는 사투를 벌이고 있었다.

이건 말도 안 되는 소리였다. 자신의 능력으로 단 한 마리의 사두용인도 죽일 수 없다니······.

　자신의 마법 공격은 조금 전처럼 이상한 빔Beam을 쏘아 소멸시켜 버렸고, 또 바스타드 소드는 그들과 부딪칠 때마다 맥없이 퉁겨져 나올 뿐이었다.

　미치고 환장할 일이지만 고위 마법은 아예 사용할 수도 없었고, 사용할 수 있는 마법이라고는 겨우 5싸이클의 체인 라이트닝뿐이었다. 하지만 체인 라이트닝으로는 사두용인에게 아무런 상처도 입힐 수 없었다. 게다가 이 뱀 종족은 그런 자신의 처지를 잘 아는지 일정한 포위망을 구축해 포위할 뿐 더 이상 접근하지는 않았다.

　자신의 생각대로 될지는 모르지만 이제는 다른 방법이 없었다. 이를 악문 마브렌시아는 비행 마법을 펼쳤다.

　"레비테이션!"

　마브렌시아의 몸은 순식간에 20미터 상공으로 치솟았다. 사두용인을 공격하기 위해 비행 마법을 사용한 것인데 자신의 생각보다 높이 날아오르자 마브렌시아는 지체없이 멸신교의 교단 밖으로 날아갔다.

　그러나 그녀가 미처 5미터도 날아가기 전 그녀의 앞을 가로막는 10여 개의 그림자가 보였다. 상대를 확인하니 날개를 단 사두용인들이었다.

　"슉슉… 네년은 림몬님의… 슉슉… 제물이 될 년이다. 슉슉슉… 도망갈 곳은 없다."

　검붉은 혀를 날름거리며 입을 여는 사두용인의 모습에 마브렌시아는 절망감을 맛보아야만 했다.

　"호호호, 네년은 결코 비사용인(飛蛇龍人)의 손아귀에서 벗어날 수 없을 것이고, 게다가 림몬님의 힘이 지배하는 이곳에서는 네가 가진 힘을 제대로 발휘할 수도 없을 것이다. 더 이상 반항을 한다면 네년의 사지(四肢)와 목을 잘라 박제로 만들어 버릴 테다. 그래도 반항을 할 셈이냐? 흐흐흐."

허공에 희미하게 나타난 과시존자의 얼굴은 괴상한 웃음을 흘리며 마브렌시아를 노려보았다.

그제야 마브렌시아는 왜 5싸이클 이상 되는 마법을 캐스팅할 수 없는지 그 이유를 알 수 있었다. 어떻게 된 일인지는 모르지만 이곳은 림몬의 힘이 지배하는 곳이 분명했다.

그렇지 않고서야 대기 중에 퍼져 있는 마나를 이용한 마법도 아닌, 자신의 몸속에 있는 마나를 꺼내 쓰는 마법조차 영향을 받을 리 없기 때문이었다.

제아무리 몸속에 100만 년 동안 사용할 마나가 있으면 뭐 할 것인가? 기껏 사용할 수 있는 마법이 5싸이클뿐인데…….

마브렌시아는 절망감이 밀려드는 것을 느꼈다. 난생처음 느껴보는 감정이었다.

찌이익!

그녀가 잠시 딴생각을 하는 사이 비사용인 가운데 하나가 그녀를 공격했다. 비사용인의 날카로운 발톱은 마브렌시아의 가슴을 스치고 지나가며 그녀의 라이트 레더를 간단하게 찢어버렸다.

그렇지 않아도 선정적이던 그녀의 모습은 더욱 선정적으로 변했다. 깊게 파여 있던 라이트 레더의 앞부분은 그녀의 복부까지 찢어져 버렸고, 그녀의 가슴이 절반 가까이 드러나 버렸다.

물론 그녀가 인간이었다면 그런 복장을 하고 있을 리도 없겠지만, 옷이 찢어졌다고 자신의 몸을 가릴 인간적인 에티켓은 아예 가지고 있지 않은 마브렌시아였다.

상대에게 공격을 허용했다는 생각에 마법은 해체되었고, 그녀는 지상으로 떨어져 내렸다. 어느새 이동을 했는지 그녀는 다시 사두용인 한가운데로 떨어져 내렸다.

더 이상 방법이 없었다.

다시 원래의 몸으로 돌아가려고 몇 번이나 폴리모프 디솔루션의 스펠을 캐스팅했지만 역시 실현되지 않았다.

이를 악문 마브렌시아는 바스타드 소드를 두 손으로 잡은 채 바스타드 소드엔 스트라이킹Striking 마법을, 자신의 몸엔 헤이스트Haste의 스펠을 캐스팅했다. 그리고는 자신을 포위한 사두용인들에게 달려들었다.

새파란 마나에 싸인 마브렌시아의 검은 정면에 있던 두 마리의 사두용인의 목을 간단하게 날렸다.

물론 그들의 잘린 상처에서 피는 흘러나오지 않았고, 또 죽은 것도 아니었다. 하지만 마브렌시아는 만족했다.

그들이 재생하기 위해 필요로 하는 짧은 순간이면 족했다.

엄청나게 빨라진 마브렌시아의 동작에 처음으로 사두용인들이 당황한 모습을 보였다. 그녀를 잡으려 해도 그녀의 몸은 시야에서 완전히 사라졌고, 게다가 그녀의 바스타드 소드가 사두용인들의 목과 사지를 사정없이 잘라 버렸기에 사두용인조차 움찔하지 않을 수 없었다.

그 모습을 보고 있던 네 사람의 신관들의 얼굴에 조금은 의외라는 기색이 완연했다.

"후후후, 저 도마뱀 아가씨에게 저런 힘이 있을 줄이야. 상상도 못했던 일이군."

"그러게 말입니다. 하지만 저년을 잡게 되면 어떻게 해서 저러한 힘을 가질 수 있었던 것인지 알 수 있을 테니 조금 더 두고 보도록 하시지요."

"후후후, 이번엔 백목존자(百目尊者)께서 수고를 해주시겠습니까?"

"교주의 명이시라면 기꺼이 그렇게 하지요. 하지만 제가 나서는 것도 체면이 서지 않으니……."

육십 대 초반으로 보이는 노인이 열심히 공격을 퍼붓고 있는 마브렌시아 쪽을 향해 오른손을 뻗었다. 그러자 검은빛 줄기가 그녀를 포위하고 있던 세 마리의 사두용인에게 날아갔다.

빛 줄기에 맞은 사두용인들은 한동안 몸을 부르르 떨더니 곧 자신이 입고 있던 사제복을 찢듯이 벗었다. 그러자 그들의 양쪽 어깨와 가슴에 각각 두 개씩 네 개, 복부에 하나, 모두 다섯 개의 눈이 생겼다. 그리고 한꺼번에 눈을 떴다.

이상한 모습으로 변한 사두용인의 모습에 마브렌시아는 왠지 불길한 느낌이 들어 그들을 먼저 공격했다. 그리고 그녀는 자신의 공격이 성공할 것을 믿어 의심치 않았다. 하지만 그녀의 바스타드 소드는 빈 공간을 갈랐을 뿐이었다.

세 마리의 사두용인들은 어느새 세 방향으로 나눠 그녀를 포위하고 있었다.

"슉슉! 보인다, 보여. 슉슉슉!"

"이번엔… 슉슉… 우리가 공격한다. 슉슉!"

세 마리의 사두용인들은 동시에 마브렌시아를 덮쳤다. 하지만 사두용인들은 마브렌시아의 움직임을 발견할 수 있었을 뿐 그녀의 빠른 동작을 잡기에는 역부족이었다.

마브렌시아는 달려드는 사두용인의 팔을 바스타드 소드로 막고 벌려져 있는 사두용인의 입에 캐스팅해 두었던 체인 라이트닝을 날렸다.

그녀의 마법에 직격당한 사두용인은 잠시 몸을 부르르 떠는가 싶더니 한 줌의 먼지로 변해 날아가 버렸다.

소멸당한 것이다. 그리고 마브렌시아가 처음으로 처치한 적이었다.

자신의 공격이 성공했다는 것을 안 마브렌시아의 몸놀림은 더욱 빨라졌다. 상대의 공격을 막으며 어떻게든 상대의 입을 향해 5싸이클의 체인 라이트닝을 쏟아 부었다.

요령이 생긴 마브렌시아는 바스타드 소드를 들고 있던 오른손에도 라이트닝의 스펠을 캐스팅해 사두용인들에게 상처를 입히는 순간 그들의 몸에 5싸이클의 라이트닝을 쏟아 부어 재로 만들어 버렸다.

단단한 외피와는 달리 사두용인들의 몸속은 방어력이 형편없는지 마브렌시아의 공격에 속수무책이었다.

짧은 시간 동안 마브렌시아가 해치운 사두용인들의 수가 100여 마리가 넘었다. 그럼에도 불구하고 그녀는 여전히 빠른 속도로 사두용인을 해치우고 있었다.

그 모습에 교주라 불렸던 신관이 뒤에 서 있던 신관들에게 입을 열었다.

"생각보다 사두용인의 피해가 크구려. 이번엔 철갑존자(鐵甲尊者)께서 수고를 해주시겠소?"

"알겠습니다, 교주."

대답을 한 신관은 얼굴이 농부처럼 검은 신관이었다. 그는 10미터는 족히 되어 보이는 난간에서 뛰어내리면서 그대로 마브렌시아를 향해 달려들었다.

"메터모르퍼시스(Metamorphosis : 변신)—!"

철갑존자의 입에서 큰 외침이 터져 나오는 순간 그의 몸은 급격한 변화를 일으켰다.

일단 외관상 커다란 변화가 일어났다. 철갑존자의 키가 거의 4미터는 족히 될 정도로 커졌고, 그의 온몸에 우둘투둘한 돌기가 솟아났다. 그리고 찢겨져 나간 그의 옷 사이로 보이는 그의 살갗은 그의 명호(名號)처럼 시커먼 철갑으로 변했다.

그가 달려오자 사두용인들은 황급히 길을 열어주었다. 그런 그들의 얼굴에는 철갑존자를 두려워하는 기색이 역력했다.

처음 마브렌시아는 그 모습이 이해 가지 않았지만 곧 그 이유를 알 수 있었다. 미처 피하지 못한 사두용인 가운데 하나가 그의 발에 짓밟혀 소멸해 버린 것이다.

자신의 앞을 가로막고 선 철갑존자의 모습에 마브렌시아는 마치 철벽을 마주 대하고 있는 듯한 느낌이 들었다.

"쥐새끼 같은 년, 이제 네년이 도망칠 곳은 없다."

우습게도 마브렌시아는 자신의 목숨이 위험하다는 생각보다는 자신이 쥐 따위와 비교되었다는 것에 분노가 치밀었다.

"이, 이 빌어먹을 놈이 누굴 감히 쥐 따위에 비교하는 거야! 나는 레드 드래곤 마브렌시아란 말이다! 체인 라이트닝!"

마브렌시아의 왼손에서 번개가 뻗어 나가는 순간 이미 그녀의 몸은 철갑존자의 곁으로 다가가 있었다. 그리고 그의 허벅지를 향해 힘껏 바스타드 소드를 휘둘렀다.

챙—!

바스타드 소드로부터 전해지는 충격에 손목이 시큰거렸다. 재빨리 뒤로 물러서는 마브렌시아를 향해 철갑존자는 들고 있던 거대한 배틀 엑스를 내려쳤다.

덩치와는 어울리지 않게 기민한 철갑존자의 행동에 마브렌시아는 피하지 못하고 두 손으로 바스타드 소드를 쳐들어 그의 공격을 막았다.

쾅!

마나로 둘러싸인 바스타드 소드와 마력을 소유한 배틀 엑스가 부딪치자 그로 인해 발생한 돌풍이 주위의 모든 것을 휘감아 하늘로 던졌다. 서너 마리의 사두용인들이 미처 몸을 피하지 못해 그 돌풍에 휘말렸고, 그 순간 가루로 변해 소멸당했다.

마브렌시아는 자신의 손목이 부러지는 듯한 극심한 충격을 받았다. 철갑존자가 찍어 누르는 힘을 견디지 못한 마브렌시아는 어쩔 수 없이 한쪽 무릎을 꿇어야만 했다.

철갑존자가 찍어 누르는 힘이 갑자기 약해졌다고 느끼는 순간 마브렌시아를 향해 재차 배틀 엑스가 무시무시한 기세로 떨어지고 있었다. 마브렌시아는 미처 몸을 피할 사이도 없이 다시 바스타드 소드를 들어 상대의 공격을 막아야 했다.

쾅—!

무지막지한 기세로 떨어진 철갑존자의 배틀 엑스를 막아낸 바스타드 소드에 희미하게 금이 간 것이 마브렌시아의 눈에 보였다. 만약 다시 한 번 철갑존자의 공격을 허용한다면 부상은 고사하고 겨우 이천오백여 살이라는 어린(?) 나이로 세상을 떠나야 할 순간이 될 것이 분명해 보였다.

순간 마브렌시아의 뇌리에 한 가지 계획이 섰다.

하지만 철갑존자는 기다려 주지 않았다. 머리 위로 치켜들었던 배틀 엑스가 떨어져 내리는 순간 마브렌시아는 지면을 굴러 그의 공격을 피한 후 둥글게 포위를 하고 있던 사두용인들을 향해 빠르게 달려갔다.

"블러드 핑거Blood Finger—!"

철갑존자의 외침과 함께 무엇인가가 자신의 배후를 노리며 날아든다는 것을 깨달은 마브렌시아는 지그재그로 움직이며 사두용인들을 향해 달려갔다. 사두용인들은 마브렌시아가 자신들을 향해 달려들자 동료들과의 틈을 없앤 채 그녀를 막을 준비를 했다.

그들과의 거리를 겨우 10여 미터 남겨놓았을 때 마브렌시아는 등에 타는 듯한 통증을 느꼈다. 이를 악문 그녀는 재빨리 시동어를 외쳤다.

"체인 블링크Chain Blink—!"

순간 그녀의 몸은 사라졌다.

제17장
대상 서문창

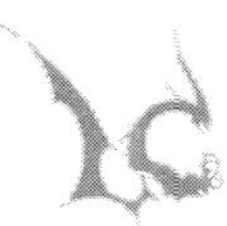

　열일곱 번의 블링크를 연속적으로 해낸 마브렌시아의 몸은 어느새 멸신교의 밖에 있었다. 조금은 불안한 눈으로 주위를 살피던 마브렌시아는 그제야 자신이 탈출에 성공했다는 것을 깨달을 수 있었다.

　역시 하위 마법을 연속적으로 사용하는 것이 탈출하는 유일한 방법이었던 것이다.

　정문에 있던 사제나 환자, 그리고 환자의 보호자들은 갑자기 나타난 마브렌시아의 모습을 놀란 눈으로 바라보았다. 갑자기 사람이 나타난 것도 놀라운 일이지만, 나타난 사람이 괴상한 복장에, 그것도 다 찢어진 복장의 미녀라면 누구든 자신도 모르게 그녀를 바라볼 것이다.

　자신을 주시하는 눈길이 있다는 것을 확인했지만 마브렌시아는 개의치 않고 몸을 돌렸다. 아니, 돌리려 했다.

하지만 등에서 이는 극심한 통증에 그 자리에 주저앉고 말았다. 황급히 고개를 돌려 상태를 확인하니 거의 대거만한 크기를 가진 철갑존자의 손가락이 척추 바로 옆에 박혀 있었다.

마브렌시아는 이를 악물고 철갑존자의 손가락을 뽑으려 했지만 그의 손가락은 뿌리라도 내린 양 꼼짝도 하지 않았다. 하지만 언제까지 그것에만 매달려 있을 수도 없는 노릇이었다.

"폴리모프 디솔루션—!"

마브렌시아의 외침이 울려 퍼지는 순간 멸신교의 정문 앞에 붉은책 비늘로 덮여 있는 엄청나게 커다란 물체가 모습을 드러냈다.

사람들은 그 모습에 기겁을 하고 도망쳤지만 마브렌시아는 신경도 쓰지 않았다. 지금 그녀의 뇌리를 지배하고 있는 것은 자신에게 수모를 준 멸신교를 그냥 두고 떠날 수 없다는 생각뿐이었다.

"크아앙—!"

쾅! 화르르르—

우렁찬 포효와 함께 엄청난 불길이 멸신교를 향해 쏟아졌다. 미처 몸을 피하지 못한 환자와 그 보호자들이 순식간에 재로 변했다.

마브렌시아가 쏟아낸 파이어 브레스는 금방이라도 멸신교 전체를 태워 버릴 듯 보였지만 멸신교 전체를 둘러싼 보호막에 가로막혀 사그라지고 말았다.

그 모습을 발견한 마브렌시아는 자존심이 상해 더욱 마나를 끌어올려 다시 한 번 파이어 브레스를 뿜어냈다. 그녀가 토해낸 파이어 브레스는 맹렬한 속도로 회전을 일으키며 보호막을 향해 날아갔다.

콰콰콰쾅—!

폭발음과 함께 보호막의 일부가 깨지는 것이 분명 눈에 보였다. 그 모습에 마브렌시아는 더욱 강하게 파이어 브레스를 뿜어냈다.

그녀가 뿜어낸 브레스 중 일부가 깨어진 보호막을 뚫고 멸신교를 덮쳤다. 목재로 만든 건물들은 당장 불똥을 튀기며 타올랐고, 그 모습에 통쾌감을 느낀 마브렌시아가 다시 한 번 브레스를 뿜으려 할 때 뭔가 불쾌한 것이 자신에게 날아오는 것이 느껴졌다.

황급히 고개를 돌리고 보니 어느새 따라왔는지 철갑존자가 자신에게 손을 뻗고 있는 모습이 보였다. 그리고 그의 손을 따라 시커먼 창이 날아오는 모습이 보였다.

황급히 피하려던 마브렌시아는 자신의 마법 실력을, 그리고 튼튼한 자신의 가죽(?)을 믿었다.

"매직 실드 Magic Shield—!"

시동어와 함께 마브렌시아의 전면에는 푸르스름한 반월형의 보호막이 순식간에 생겨났다. 그리고 조금 늦게 철갑존자의 공세와 부딪쳤다.

마브렌시아는 온몸이 흔들리는 충격과 함께 자신의 보호막을 철갑존자의 창이 뚫고 들어오는 것을 발견했다. 그러나 보호막을 뚫느라 힘이 다한 것인지 자신의 몸에 상처를 내진 못했다.

재빨리 워프의 스펠을 캐스팅하면서 동시에 다시 한 번 브레스를 뿜을 준비를 했다. 그러는 동안 철갑존자가 빠른 속도로 다가왔다.

"크아앙!"

지름이 거의 10미터에 달하는 화염 줄기가 철갑존자를 사정없이 덮쳤다. 상대의 공세가 의외로 거센 것을 확인한 철갑존자는 어둠의 힘으로 자신의 외부를 보호했다.

쾅! 휘리리릭—

화염 줄기는 그대로 철갑존자의 몸을 강타했고, 그의 모습은 불길에 휩쓸려 어떻게 되었는지 식별할 수 없었다.

그러나 비록 브레스의 위력 때문에 30여 미터나 날아가 버렸지만 철갑존자는 털끝 하나 다치지 않은 채 다시 마브렌시아를 향해 달려왔다.

그 모습에 마브렌시아는 분통이 터졌지만 지체없이 시동어를 외쳤다.

"워프!"

순간 마브렌시아의 거대한 몸뚱이는 감쪽같이 사라졌고, 아무것도 없는 빈 공간을 철갑존자의 공세가 할퀴고 지나갔다. 철갑존자는 어둠의 힘을 이용해 주위를 살폈지만 어디에서도 마브렌시아의 흔적을 찾을 수 없었다.

"쥐새끼 같은 년!"

"그 드래곤을 놓쳤소?"

갑자기 뒤에서 들려온 음성에 철갑존자는 변신을 풀며 황급히 대답했다.

"아닙니다. 곧 찾을 수 있습니다. 아까 제가 공격했을 때 그년의 몸에 제 육체의 일부를 심어놓았기 때문에 100킬로미터 안에 그년이 있다면 틀림없이 찾을 수 있습니다."

"나도 이야기로만 듣던 드래곤이 그만한 힘을 가지고 있을 줄은 상상도 못했소. 하지만 그 드래곤을 놓친다면 그 과오는 용서할 수 없다는 것을 잊지 마시오. 알겠소?"

"명심하겠습니다, 교주."

대답하는 철갑존자의 태도는 잔뜩 주눅이 든 모습이었다.

"그리고 조금 전 태국에 있는 블랙 시니어가 사념(思念)으로 연락을 취해 왔소."

"블랙 시니어라면 흡혈 박쥐가 아닙니까? 그깟 녀석이 감히 교주께 연락을 취하다니… 죽고 싶어서 환장을 한 모양이군요."

철갑존자의 말에 옆에 있던 과시존자나 백목존자도 동조를 표했다.

"철갑존자의 말대로 그 박쥐 녀석은 너무 건방집니다."

"후후후, 하지만 그도 라인볼트님을 모시는 몸이 아니오. 그의 무례는 나중에 천천히, 그리고 하나하나 확실하게 따지기로 합시다."

너무도 낮아 음산하게 들리는 교주의 음성에 세 사람은 황급히 고개를 숙였다. 비록 지금은 웃고 있지만 그의 잔인함을 익히 알고 있는 세 사람이기에 몸서리를 쳤다.

"박쥐가 연락을 취한 이유가 무엇인지요?"

"태국에 상당한 퇴마 능력을 가진 자가 나타나 많은 곤란을 겪고 있다고 하오."

"그렇다면 도와달라는 것인지요?"

"그렇소. 하지만 그보다 더 중요한 것은 블랙 시니어가 들었다는 라인볼트님의 전언이오. 앞으로 57일 후 태양이 대지로부터 빛을 거두어갈 때 마계 총사령관이신 바알님의 후계자이시자 아드님이신 지하르트님께서 지상에 재림(再臨)하신다는 소식이오."

"오오~ 지하르트님께서 이 땅에 재림을 하신단 말씀입니까?"

"정말 경축할 일입니다."

"그래서 태국을 지원하는 문제나 그 레드 드래곤을 생포하는 일에 대해 상의를 해야겠소. 나를 따라오시오."

말을 마치는 순간 교주의 몸은 허공 속으로 사라졌고, 뒤이어 세 사람의 모습도 공기 중으로 사라졌다.

*　　　　*　　　　*

데미안 일행은 트로니우스 던전에서 빠져나와 자신들을 기다리고 있는 동료들을 만났다. 하지만 자신들을 맞이하는 일행들의 태도가 이상하다는 것을 느꼈다. 그리고 단이 이야기하는 것을 듣고서야 그 이유를 알 수 있었다.

자신들이 트로니우스의 던전으로 떠난 지 한 달이라는 시간이 지났다는 것이었다. 일행들은 자신들이 그렇게 오랫동안 던전에 있었다는 것을 믿을 수 없었다.

한 명만 그렇게 느꼈다면 모르지만 당시 던전에 들어갔던 여덟 명이 모두 채 하루도 지나지 않았다고 느끼고 있었다. 그런데 한 달이란 시간이 지났다니…….

물론 이미 완치된 원령의 아버지가 일행들을 붙잡았지만 더 이상 그곳에 머무를 수 없었기에 일행들은 서둘러 이동할 준비를 했다. 원령 자매는 가족과 함께 남겠다고 해서 나머지 일행들만 떠나기로 했다.

이곳까지 올 때는 보름이나 걸려 왔지만 갈 때는 이동 마법을 이용해 자신들이 산행을 하기 전 마차를 묶어두었던 곳으로 간단히 이동을 했다. 하지만 두 대의 마차를 세워두었던 곳은 이미 텅 빈 상태였다.

아마도 누군가가 끌고 간 것 같았다.

지금 그들이 위치한 곳은 트로니우스의 던전으로 출발 전에 멈추었던 세 갈래 길이었다. 그곳에서 가장 가까운 거리에 있는 도시는 완주였다. 그리고 일행들이 타고 가야 할 마차를 구할 수 있는 곳도 그곳뿐이었다.

문제는 누가 완주로 가서 마차와 말을 구해 올 동안 나머지 사람들은 이곳에서 기다릴 것인가, 아니면 모두 함께 행동을 할 것인가 하는 것이었다. 또 하나의 문제는 완주까지 아무도 가본 적이 없다는 것이었다.

뮤렐은 일전에 샀던 지도를 펼쳐 완주를 찾아보았다. 그리고 자신이 뮤란 대륙으로 워프를 할 수 있는 곳까지의 거리를 측정해 보았다.

지도가 워낙 간략하게 만들어진 것이라 어느 정도 정확한지는 모르지만 대략 계산을 해보면 한 달 정도 걸릴 것으로 예상되는 거리였다. 확실히 알고 있는 곳이 없어 장거리 워프도 불가능했다.

데미안이 라일과 함께 뭔가를 열심히 상의하고 있었다. 그리고 고개를 끄덕이는 라일의 모습이 보였다.

"뮤렐, 완주까지의 거리는 얼마나 되지?"

"도보로 이동을 한다면 약 7일 정도 걸릴 겁니다. 하지만 대부분의 식량을 마차에 두었었기 때문에 식량이 부족합니다."

"지금 있는 것은 얼마나 되지?"

"2, 3일 정도 보낼 수 있는 양뿐입니다."

"그렇다면 일단 완주로 출발하고, 모자라는 식량은 사냥이나 다른 것으로 충당하는 게 어때?"

데미안의 말에 반대하는 사람은 아무도 없었다.

단은 자신 역시 무슨 뾰족한 방법이 있는 것은 아니었지만 데미안의 대책없는 행동에 조금은 어이없어했다. 좋게 말하자면야 과감하고 결단력있는 행동이지만 일행들의 리더라 생각하고 보면 조심성이 부족하다고 느껴졌다.

일행들은 완주를 향해 이동하기 시작했다.

여전히 데보라와 레오는 데미안의 양쪽 편에 붙어 소리없는 전쟁을 벌이고 있었고, 일행들은 제각각 편한 자세로 조금은 무질서하게 이동했다.

그들이 다른 사람을 만난 것은 그로부터 이틀 후였다.

그들이 간단하게 점심 식사를 마치고 잠시 휴식을 취하고 있을 때였다.

멀리서 들려오는 웅성거리는 소리에 사람들의 시선이 일제히 그곳으로 쏠렸다. 꽤 멀리 떨어진 곳에서 다가오는 무리가 있었다. 자세히 보니 상인들의 무리 같았다.

"잠깐 이 자리에서 기다려 주십시오."

데미안은 그 말만을 남기고 다가오는 대상(隊商) 행렬을 향해 달려갔다.

막상 다가가고 보니 대상의 규모가 보통 큰 것이 아니었다.

수십 마리의 소와 말이 끄는 수레에 바리바리 묶여 있는 짐의 양도 보통이 넘었지만 짐을 들고 있는 짐꾼들의 수도 50명이 넘어 보였다.

중앙의 마차엔 보통 마차의 두 배 정도는 충분히 되어 보이는 마차가 달려 있었고, 마차 주위를 우락부락해 보이는 용병들이 말을 탄 채 철통같이 지키고 있었다.

길 한복판을 가로막고 서 있는 데미안의 모습을 발견한 용병대장은 말 위에서 손을 번쩍 들었다. 그러자 천천히 이동하던 대상 행렬이 멈춰 섰다.

키가 2미터, 몸무게가 150킬로그램인 육중한 체격을 가진 용병이었다. 그렇지만 비만한 체격이 아니라 울퉁불퉁한 근육질의 몸매를 자랑하고 있었다.

턱까지 이어진 구레나룻은 빳빳해 보였고, 무엇보다 인상적인 것은 그의 눈이었다. 마치 먹이를 노리는 호랑이처럼 무시무시한 위압감이 느껴졌다.

"왜 길을 막은 것이냐?"

"부탁드릴 것이 있어서 실례를 범했습니다."

행렬을 막기 전 사건(絲巾)으로 얼굴을 가려 눈만 드러낸 데미안의 모습에 용병대장은 아무 말 없이 그저 그의 얼굴만 노려보았다.

"이 대상 행렬이 향하는 곳이 어디인지 알 수 있겠습니까?"

"무엇 때문에 묻는 것이냐?"

"저희는 지금 완주 현으로 향하는 중인데 일행들 가운데 배신자가 저희들의 마차를 탈취해 달아나 버렸습니다. 해서 도움을 받았으면 해서 이렇게 무례를 저질렀습니다."

데미안의 정중한 태도에 용병대장은 중앙의 마차로 향했다. 잠시 몇 마디 대화를 나누던 그가 데미안을 향해 오라는 손짓을 했다.

데미안이 마차로 다가가 보니 열린 휘장 사이로 괴물의 얼굴이, 아니, 괴물처럼 보이는 인간의 얼굴이 보였다. 순간 데미안은 자신의 눈을 의심하지 않을 수 없었다.

데미안은 세상에 이런 인간이 있을 수 있다고는 단 한 번도 생각해 본 적이 없었다. 이건 인간이 아니었다. 그가 인간이라면 이렇게 살이 찔 수는 없는 일이었다.

데미안이 보기에 아무리 적게 잡아도 300킬로그램은 족히 넘어 보였다. 그저 보는 것만으로도 숨이 답답해질 지경이었다. 엄청난 살집 속에 박혀 눈은 보이지도 않았다.

데미안으로 향해 있던 살덩어리에서 붉은 점―알고 보니 입이었다―이 움직였다.

"곤란한… 헉헉… 일을… 헉… 겪었다고?"

단 세 마디를 하면서도 몇 번이나 숨을 몰아쉬었는지 모른다. 듣는 사람의 숨이 가빠지는 것 같았다.

"그렇습니다. 대인께서 도움을 주신다면 그 은혜를 결코 잊지 않겠습니다."

"후욱후욱, 자네 같은 자에게… 내가… 하아하아… 도움받을… 헉헉… 일이… 있다고… 헉헉… 생각하나?"

듣는 사람이 짜증날 정도로 헐떡거렸다. 몇 번이나 숨을 몰아쉰 살덩어리가 말을 이었다.

"난… 나에게… 헉헉… 말 시키는… 하아하아… 사람이… 헉헉… 제일… 헉… 싫어."

"알겠습니다, 대인."

갑자기 용병대장이 고개를 숙였다. 다시 휘장이 내려지자 용병대장은 데미안에게 행렬의 제일 끝을 가리켰다.

"저곳에 가보면 빈 수레가 하나 있을 것이다. 네 일행들을 데리고 그곳으로 가라. 만약 조금이라도 허튼 생각을 한다면 너는 물론이고 네 일행들의 목숨도 보장할 수 없다."

"명심하겠습니다."

데미안은 쓴웃음을 지을 수밖에 없었다.

이유야 어찌 되었든 데미안은 일행들과 함께 수레를 얻어 탈 수 있었다. 일행들은 갑자기 데미안이 왜 그런 행동을 했는지 의아해했지만 데미안은 그저 빙그레 미소를 지을 뿐 아무런 대꾸도 하지 않았다.

여행을 하면서 데미안은 이 대상 행렬에 대해 여러 가지를 알 수 있었다.

주인인 서문창(徐聞彰)은 원래 환국의 상인으로, 생긴 모습과는 달리 상술에 천부적인 재능을 발휘해 이 이스턴 대륙 전체에서도 몇 손 꼽는 거부(巨富) 중에 거부였다.

각국의 관리들과 돈독한 유대 관계를 맺는 것은 물론이고, 신전에 막대한 돈을 기부해 거의 모든 신전에서 인정을 받고 있었다. 게다가 빈민들을 위해 많은 돈을 희사(喜捨)해 많은 사람들에게 칭송을 받고 있었다.

흠이라면 살이 너무 쪘기 때문에 움직이기를 끔찍하게 싫어한다는 것과 말하기를 싫어한다는 것이었다. 그리고 자신의 위치 탓인지는 모르지만 어지간한 사람들은 그의 모습조차 볼 수 없었다.

그렇게 따지고 보면 며칠 전 데미안을 직접 만난 것은 기적 같은 일이기도 했다.

그날도 데미안 일행은 짐꾼들과 같이 식사를 마치고 휴식을 취하고 있었다.

데미안은 여전히 데보라와 레오에게 시달리고 있었고, 단은 그런 데보라를 멍하니 뒤쫓았고, 황지충은 그런 단의 모습을 살피고 있었다. 헥터는 차이렌과 라일에게 심각한 얼굴로 뭔가를 이야기하고 있었다.

강찬휘는 풀밭에 누워 흘러가는 구름을 바라보고 있었다.

잠시 주위를 둘러보던 로빈이 데미안에게 가 귓속말로 뭔가를 이야기했다.

"뭐야? 지금 한 말이 정말이야?"

"확실한 것은 알 수 없지만 이상한 것만은 사실입니다. 직접 만나보면 더 확실할 것 같습니다."

"그래? 그럼 가봐야지."

자리에서 벌떡 일어난 데미안은 로빈과 함께 서문창의 마차를 향해 걸음을 옮겼고, 그 뒤를 강찬휘가 따랐다.

서문창의 마차 주위로는 40여 명의 용병들이 2교대로 식사를 하며, 혹시 있을지 모를 기습에 완벽하게 대비하고 있었다. 그들은 서문창이 키우는 3개 용병단 가운데 하나로 근접 경호에 대해서는 최강을 자랑하는 용병단이었다.

용병대장인 장진서(長進黍)는 마차로 다가오는 데미안 등을 발견하고는 수저를 놓았다.

"무슨 일이냐?"

"잠시 대인께 드릴 말씀이 있어서 왔습니다."

"대인께?"

"그렇습니다. 이건 대인의 생명과도 관련이 있는 일이니 저희가 대인을 만날 수 있도록 주선해 주시기 바랍니다."

"흥! 너희들에게 수레를 제공한 것만으로도 대인께서는 많은 은혜를 베푸신 것이다. 신분도 확실하지 않은 너희들을 대인께 안내할 수는 없다."

묵직하지만 단호한 장진서의 말에 앞으로 나선 사람은 강찬휘였다. 정중하게 포권지례를 하고는 입을 열었다.

"소생은 강찬휘란 졸명을 가진 무인이오. 내가 이분들의 신분을 보장하면 안 되겠소?"

"흥! 천하에 너 같은 무인이 하나둘인 줄… 아니, 그, 그렇다면 귀하가 무명을 떨치고 계신 바로 그 천우신검 강찬휘 대협이란 말씀이시오?"

"부끄러운 이름이오. 하지만 여기 이분들은 나보다 훨씬 뛰어난 실력과 능력을 가지고 계신 분들이시오."

강찬휘의 말에 장진서는 눈이 휘둥그레지지 않을 수 없었다. 천우신검 강찬휘의 무공은 이 이스턴 대륙 전체에서 세 손가락 안에 드는 실력이었다. 그런 그보다 더 높은 실력을 가졌다니 장진서로서는 믿기 힘들었다.

일단 그런 그가 나섰다면 보통 일은 아닐 것이란 생각 때문에 일어선 장진서는 서문창이 있는 마차로 다가가 나직하게 뭐라고 입을 열었다. 그리고 잠시 후 일행들을 서문창의 마차로 안내를 했다.

"그대가… 헉헉… 천우신검… 강찬휘… 헉헉… 대협… 이시오?"

강찬휘는 그때 서문창의 모습을 처음 보았다.

물론 그도 서문창에 대한 소문은 익히 들어 알고 있었지만 이런 살덩어리일 줄은 상상도 못했었다. 그리고 이렇게 헉헉(?)거리는 인간일 줄도 몰랐다.

"그렇소이다, 서 대인."

"무슨… 헉헉… 일이오?"

"대인께 볼일이 있는 사람은 내가 아니라 여기 이 사제 분이시 외다."

"헉헉… 사제?"

얼굴 부위로 짐작되는 부분이 출렁거리는 것으로 보아 아마도 고개를 움직여 로빈의 모습을 확인하려는 듯 보였다.

"안녕하십니까? 저는 라페이시스의 사제인 로빈이라고 합니다."

"라페이시스… 헉헉… 하아하아… 사제?"

"그렇습니다. 제가 이렇게 대인을 찾아뵌 이유는 현재 대인의 조금(?) 비만하신 체격이 사실은 자연적인 것이 아니라 뭔가 다른 이유가 있기 때문입니다."

"헉헉… 다른… 이유?"

잠시 망설이던 로빈은 결심한 듯 조금은 빠른 어조로 입을 열 었다.

"그렇습니다. 제가 보기에 원래 대인께서 다른 사람보다 살이 찌는 체질이신 것 같습니다. 하지만 이렇게 살이 찐 것에는 다른 이유가 있습니다. 그것은 악의 기운[惡氣] 때문입니다. 그것이 대 인을 지금의 몸으로 만든 것입니다."

서문창의 살들이 일제히 출렁거리는 것을 보면 상당히 놀란 것 같은데 어디에서도 눈은 찾아볼 수 없었다.

"만약 대인께서 치료받으실 의사가 계시다면 제가 치료를 해드 리겠습니다."

"치료는… 허억… 헉헉… 힘드오?"

"아닙니다. 대인께서는 그저 가만히 누워 계시면 됩니다."

"하, 하겠소……."

서문창의 승낙을 받아낸 로빈은 뮤렐에게 마법진을 부탁했다.

그리고 데보라에게 자신을 도와달라고 했다.

커다란 마법진이 곧 완성이 되었고, 팬티 차림의 서문창이 한가운데 누웠다. 그 옆에 치유의 구슬을 든 로빈과 데보라가 서 있었고, 나머지 일행들은 만약에 있을지 모르는 사태를 대비하고 있었다.

"마음을 편하게 가지십시오."

서문창에게 말을 건넨 로빈이 이번에는 데보라에게 부탁을 했다.

"데보라님, 잠시 후 서 대인의 몸에서 뭔가 변화가 생길 겁니다. 그때 튀어나오는 것이 무엇이든 일단 봉인을 해주십시오."

"알았어, 걱정하지 마."

데보라가 아로네아를 흔들어 보이며 고개를 끄덕이자 로빈이 눈을 감은 채 신성 주문을 영창했다.

"세상에 존재하는 모든 더러움과 악한 것을 다스리는 라페이시스여! 당신의 종을 위협하는 악으로부터 구하소서! 디텍트 프롬 데빌Detect From Devil—!"

순간 로빈의 몸이 푸르스름한 빛으로 싸였다. 눈을 뜬 로빈은 치유의 구슬을 앞으로 내밀며 다시 한 번 신성 주문을 영창했다.

"라페이시스께서 나에게 하사하신 권능으로 강제 정화를 한다. 홀리 퍼게이션(Holy Purgation : 신성 정화)—!"

순간 치유의 구슬에서 뿜어져 나온 은은한 푸른색이 서문창의 전신을 비추었다. 하지만 10분 정도가 지날 때까지 아무런 변화도 일어나지 않았다. 로빈의 얼굴과 온몸은 그야말로 땀투성이가 되었다.

사람들의 얼굴에 의아심이 어리기 시작할 무렵 돌연 서문창의 살이 출렁이기 시작했다. 마치 어린아이가 잔잔한 호수에 마구 돌을 집어던져 파문이 생기는 것처럼 요란하게 출렁거렸다. 그리고 갑자기 주먹만한 혹이 생겨났다.

일행들뿐만 아니라 주위에 있던 모든 사람들의 눈이 휘둥그레졌다.

갑자기 생긴 혹은 살아 있는 생명체처럼 서문창의 온몸을 마구 돌아다녔다. 그러나 서문창은 그런 사실을 모르는지 가만히 누워 있을 뿐이었다. 그리고 그 혹이 서문창의 머리로 가서는 갑자기 사라졌다. 동시에 서문창의 이마에 커다란 눈이 하나 생겨났다. 핏발 선 눈이 로빈을 노려보는 순간 서문창의 입이 열렸다.

"크아악~! 이 더러운 라페이시스의 사제 놈아! 크악~! 그만하지 못해?!"

"사악한 것! 당장 그 사람의 몸에서 빠져나와라! 그리고 네 녀석의 고향인 어둠으로 사라져라!"

"싫어! 날 부른 것은 이놈이란 말이야! 이놈의 재물에 대한 탐욕이 악마인 나보다 훨씬 더 강했기 때문에 온 것이란 걸 모르겠냔 말이야? 크아악! 그 빌어먹을 구슬을 치워!!"

"떠나지 않겠다면 강제로 떠나게 할 수밖에. 라페이시스여! 당신의 권위에 대항하는 악을 멸하소서! 홀리 퍼서벌 퍼게이션—!"

로빈의 외침에 치유의 구슬에서 뿜어져 나온 푸른빛이 더욱 강해졌다. 거의 동시에 서문창의 이마에 돋았던 눈이 사라지면서 그의 입이 찢어질 듯이 벌어지더니 무엇인가가 허공으로 튀어나왔다.

미리 준비를 하고 있던 데보라는 재빨리 아로네아를 겨누며 봉인 주문을 외쳤다.

"아쿠아 실—!"

아로네아의 창끝에서 뿜어져 나온 푸른색 기운이 그것을 봉인하려 했지만 상대의 움직임이 너무 빨라서인지 그만 실패하고 말았다. 하지만 그것을 노리는 사람은 데보라뿐만이 아니었다.

재빨리 허공으로 뛰어오른 데미안은 미디아를 사정없이 휘둘렀다.

툭!

미약한 소리와 함께 그것은 두 토막이 난 채 지면에 떨어졌다. 사람들의 눈길이 그것에 쏠렸다.

인간을 손바닥만한 크기로 축소시켜 놓은 듯 보이는 그것은 전체적으로 기분 나쁜 검붉은 색을 띠고 있었다.

반들반들한 대머리에 작은 뿔이 우뚝 솟아 있었고, 인간의 상반신에 양의 하반신을 가지고 있었다. 그리고 엉덩이엔 길다란 꼬리가 달려 있었다.

몇 번 지면에서 꿈틀거리던 그것은 곧 움직임을 멈추었고, 재로 변해 불어오는 바람에 날아가 버렸다.

난생처음 보는 사람이 대부분이었다. 그리고 그들을 대변해 데보라가 입을 열었다.

"뭐야, 그 괴상한 것은?"

"제 생각이 맞다면 지상의 모든 재물을 다스린다는 탐욕의 마신 루키푸게 로포칼레의 부하인 것 같습니다."

"뭐? 루키… 뭐라고?"

"지옥에 있는 마신 가운데 하나로 인간의 재물에 대한 탐욕을 부추겨 그 탐욕을 먹이로 해 살아가는 마신입니다. 재물로 인한 분쟁, 사기 계약으로 인한 인간들의 불신, 저주, 투기, 방탕 등을 일으켜 자신의 힘을 늘려가는 악마예요."

"그럼 네가 그 루키… 뭐라는 녀석을 처치한 거야?"

"아니에요. 루키푸게 로포칼레의 힘이 이 정도일 리 있겠어요? 좀 전의 그 녀석은 루키푸게 로포칼레가 만든 분신 가운데 하나였기 때문에 쉽게 처치할 수 있었던 거예요."

수국이 건네준 수건으로 땀을 닦은 로빈은 말을 이었다.

"아직 봉인이 완전히 깨진 것이 아닌 건 분명해요. 그렇지 않다면 제가 엑소시즘Exorcism에 성공할 수 없었을 거예요."

"저어 사제님, 대인은 어떻게……"

장진서의 말에 사람들은 눈길은 누워 있는 서문창에게로 향했다. 그와 동시에 대부분의 사람들이 눈살을 찌푸렸다.

지금 서문창의 전신에서는 지독한 악취를 풍기는 검은색 액체가 끊임없이 흘러내리고 있었다. 얼마나 악취가 심한지 10미터 이내에는 사람들이 다가올 수도 없을 지경이었다.

"저것은 아까 보신 작은 악마 때문에 생긴 오물들이에요. 아마 내일 아침까지 계속 나올 거예요. 별다른 일은 없을 테니까 여러분들은 서 대인이 일어나시면 목욕을 하실 수 있도록 뜨거운 물과 깨끗한 옷을 준비하시면 될 거예요."

로빈의 말에 장진서는 짐꾼들에게 몇 가지 지시를 내렸고, 로빈과 일행들에게는 잠자리를 보아주도록 명령했다.

다음날 자리에서 일어난 일행들은 기적을 목격하는 행운아가 되었다.

"밤새 편히 주무셨습니까?"

하는 누군가의 물음에 그저 무의식적으로 고개를 끄덕이던 데미안은 이내 정신을 차려 상대를 확인했다. 그러나 난생처음 보는 인물이었다.

"누구신지……?"

"하하하, 제가 참 많이 변했죠. 서문창입니다."

"옛?"

데미안은 깜짝 놀라 잠이 싹 달아나는 것을 느꼈다.

지금 자신이 보고 있는 인물이 며칠 동안 보아왔던 서문창과 동일 인물이라고는 도저히 생각할 수 없었다. 물론 일반인보다는 약간 살이 찐 모습이었지만 이전과는 비교도 할 수 없을 정도로 날씬해진 모습이었다.

17)센티미터가 조금 넘어 보이는 키에 보기 좋게 살집이 붙은 전형적인 상인의 모습이었다. 게다가 살이 빠져 드러난 그의 얼굴은 자애로운 미소를 지닌 신상(神像)의 모습처럼 보기 좋았다.

"정말 서 대인이십니까?"

"하하하, 믿어지지 않으십니까? 하기사 저 자신도 믿을 수 없는 일이니 어사 대인께서는 더 믿기 힘드시겠지요. 완전히 다시 태어난 기분입니다. 게다가 제가 이렇게 제 다리로 대지를 딛고 일어설 수 있다는 사실이 도저히 믿어지지 않습니다. 하하하, 정말 기분 좋습니다."

서문창은 기분이 좋은지 연신 웃음을 터뜨렸다. 일행들도 놀라기는 마찬가지였다. 다만 말을 가려서 할 줄 모르는 레오가 그의 기분을 약간 상하게 했지만.

"되지, 사람으로 변했다."

"하, 하, 하, 일어나셨으면 식사라도 같이 하시지요."

서문창의 권유로 일행들은 그와 같이 아침 식사를 하고 난 뒤 곧 출발했다.

데미안의 신분이 천주순찰사신이라는 사실을 어떻게 알았는지 너무도 깍듯하게 대하는 서문창의 모습에 데미안은 불편함을 느꼈다. 서문창은 몇 번이나 데미안과 로빈, 그리고 강찬휘를 자신의 마차에 태우려고 했다.

하지만 나머지 일행의 신분을 알고는 더 이상 권하지도 못했다. 단은 한국의 왕자 신분이었고, 황지충은 태국의 장군이었다. 또 라일은 데미안의 스승이었고, 데보라는 데미안의 약혼녀였다.

물론 서문창의 마차도 그의 체형을 고려해 만든 것으로 일반 마차보다는 훨씬 넓었지만 데미안 일행이 모두 타기에는 불가능한 일이었다. 미안해하는 서문창에게 자신들은 괜찮다고 그를 이해시키고는 이전처럼 수레를 이용해 이동을 했다.

완주에까지 하루 반 정도 거리가 남았을 때 서문창의 대상 행렬은 작은 문제에 봉착하게 됐다.

별 볼일 없을 것 같았던 데미안 일행의 신분을 알고 난 서문창은 그들을 조심스럽게 대하지 않을 수 없었다. 그들과 인연을 맺을 수만 있다면 그에게 큰 힘이 될 것은 뻔한 일이었다. 그런 이유로 완주 현에 도착하면 그들을 초대해 연회를 열어야겠다는 생각을 하고 있을 때였다.

바로 그때 마차의 움직임이 멎었다.

"무슨 일이냐?"

"대인, 웬 놈들이 길을 막고 있습니다. 차림새로 보아 산적들 같습니다."

"산적? 이곳에 산적이 있었단 말이냐?"

"저도 없는 것으로 알고 있었습니다만… 어떻게 하는 것이 좋겠습니까?"

"인원은?"

주위를 둘러본 장진서가 다시 입을 열었다.

"보이는 자들은 이십여 명에 불과하지만 길 양편 숲에서 살기가 풍겨지는 것으로 보아 꽤나 많은 놈들이 숨어 있는 것 같습니다."

평상시대로라면 다소 피해를 보더라도 그들을 상대했겠지만 지금은 엄청난 귀인들을 모시고 있는 상황이라 함부로 행동할 수도 없었다.

"일단은 그들의 요구 조건을 들어봐라."

"알겠습니다."

잠시 고개를 숙였던 장진서는 말머리를 돌려 길을 막고 있는 자들에게 달려갔다. 그들과 잠시 대화를 나누던 장진서는 곧 돌아왔다.

"통행세를 요구해 왔습니다."

"통행세? 빌어먹을 놈들이… 얼마를 요구하더냐?"

서문창의 질문에 장진서는 웬일이지 쉽게 입을 열지 못했다. 그 모습에 서문창은 더욱 답답함을 느끼며 그의 대답을 재촉했다.

"죄송한 말씀이지만 황금으로 2만 냥을… 그렇지 않으면 저희들이 가지고 있는 짐의 절반을 내놓으라고 합니다."

"뭐라고?! 이런 괘씸한 놈들이 있나."

서문창이 치미는 분노를 참지 못해 부들부들 떨고 있을 때 갑자기 행렬이 멈춘 이유를 궁금하게 생각한 데미안이 마차 곁으로 다가왔다.

"무슨 일입니까?"

"산적들이 나타나 통행세를 요구하고 있습니다."

장진서의 대답에 정면을 보니 우락부락한 모습을 한 20여 명의 사내들이 길을 막고 있는 것이 보였다.

"제가 가서 저들을 설득해 보겠습니다."

데미안은 미처 서문창이 제지할 사이도 없이 산적들에게 다가 갔다.

산적들은 예쁘장하게 생긴 데미안이 자신들에게 다가오자 음흉한 미소를 지으며 그를 바라보았다. 얼마 전에 구입한 백삼(白衫)을 차려입은 데미안의 모습은 한 폭의 그림 같이 아름다웠다.

데미안은 그들 중 가장 덩치가 큰 사내의 모습을 찬찬히 살폈다.

사내는 2미터 정도의 키에 머리를 산발하고 있었고, 또 들고 있는 강철 몽둥이에는 뽀족한 스파이크가 수도 없이 박혀 있었다. 얼굴에 난 지저분한 수염이나 몇 개의 상처가 그를 전형적인 산적형 얼굴로 보이게 만들었다.

데미안은 생글거리며 입을 열었다.

"당신이 이것들의 우두머리야?"

"뭐?"

"좋은 말로 충고하겠는데 이만 지저분하고 멍청한 부하들을 데리고 꺼져 주셨으면 좋겠어."

웃음을 짓는 매력적인 얼굴과는 달리 데미안의 도발적인 말에 산적 두목이나 그 부하들은 어이가 없었다.

"뭐, 뭐라고? 지금 뭐라고 했지?"

"멍청한 줄로만 알았더니 귀까지 먹은 놈이군. 혼나기 싫으면 꺼지란 말이야."

"이 계집처럼 생긴 놈이……!"

"두목, 혹시 남장여인(男裝女人)이 아닐까요? 사내놈이 이렇게 요사스러울 정도로 아름답게 생길 리 없지 않습니까?"

"맞습니다. 아무리 봐도 계집이 맞는 것 같습니다."

데미안으로서는 실로 오래간만에 통렬하게 자존심에 상처를 입었다. 그의 얼굴이 분노로 붉어지자 산적들은 자신들의 판단이 옳다고 생각했다. 그렇지 않고서야 화를 내는 얼굴까지 저렇게 아름다운 남자가 있을 리 만무하지 않은가?

"한 번만, 한 번만 더 여자같이 생겼다느니, 아름답다느니 하는 소릴 지껄이면 몽땅 죽여 버릴 거야!"

하지만 산적 두목은 사태의 심각성을 전혀 깨닫지 못하고 있었다.

"푸하하하, 하긴 계집보고 계집같이 생겼다고 했으니 기분이 나쁠 만도 하겠지. 흐흐흐, 어때? 이 어르신을 따라가지 않겠느냐? 너에게 이 왕국의 왕비 부럽지 않은 생활을 누릴 수 있게 해주마. 물론 이 어른의……."

철썩철썩— 철썩철썩—!

말을 하던 산적 두목은 자신의 뺨이 갑자기 불이라도 붙은 양 뜨거워지는 것을 느꼈다. 멍한 표정을 짓고 있는 산적 두목의 입에서 딸기 쨈 같은 선혈이 흘러내렸다.

"저어 두목, 입에서 피나는데요?"

부하의 말에 황급히 입 주위를 닦던 산적 두목은 입 안이 온통 찢어졌다는 것을 그제야 깨달았다. 이가 욱신거리는 것을 참고 데미안을 노려보는 산적 두목에게 옆에 있던 부하가 또 한 마디를 거들었다.

"저어, 두목."

"뭐야, 임마."

"코에서도 피가 나는데요? 그것도 두 군데나."

그제야 자신의 콧속에서도 뭔가 뜨거운 것이 흘러내리는 것을 발견한 산적 두목은 자신이 호리호리한 몸매를 한 데미안에게 얻어맞았다는 사실을 기억해 냈다.

처음 잔뜩 화난 표정으로 산적 두목을 쳐다보던 데미안은 쌍코피를 흘리는 산적 두목의 모습에 그만 피식 웃음을 터뜨리고 말았다.

가해자인 데미안이 자신을 보고 웃자 피해자인 산적 두목은 그야말로 자신의 머리 뚜껑이 날아오를 정도로 열을 받았다.

"계집이고 뭐고 다 필요없어. 모조리 죽여 버리고 짐을 빼앗아라!"

"와! 죽여라!"

"와—!"

산적 두목의 외침에 사방에 은신해 있던 산적들이 저마다 함성을 지르며 행렬을 덮쳐 갔다.

그 모습에 마차를 호위하고 있던 용병들이 잔뜩 긴장하고는 자신의 병창기를 움켜잡았다. 하지만 행렬의 후미에 있던 데미안 일행은 태평이었다.

갑자기 소리를 고래고래 지르는 산적 두목의 모습을 발견한 데보라가 조금은 심드렁한 음성으로 말을 꺼냈다.

"저 작자가 광분하는 모습을 보니까 데미안이 꽤 심한 짓거리를 한 모양이네."

"휴우, 한동안 조용했었는데……."

"로빈, 이제 익숙해질 때도 되지 않았니?"

"데미안님은 정말 사람 약 올리는 데는 선천적인 재능을 타고난 것 같아요."

"그럼, 단연 독보적인 존재지. 아마 비교할 사람이 없을걸."

두 사람이 주고받는 말을 옆에서 듣던 황지충이나 강찬휘, 단은
어이가 없었다. 그들의 말대로라면 이런 일이 처음이 아닌 모양이
었다.

"로빈은 남아서 나머지 일행을 보호하고, 헥터와 데보라, 레오
는 왼쪽, 나와 차이렌은 오른쪽을 맡도록 하지. 상대는 별 볼일(?)
없는 산적들이니까 될 수 있는 한 죽이지 말도록 하게."

"알겠습니다, 라일님."

"명심하겠습니다."

대답과 함께 그들은 행렬을 덮치려는 산적들을 향해 달려갔다.

산적들이 행렬을 공격하기 전 데보라 등은 그들을 덮쳤고, 곧
피비린내(?) 나는 혈전이 벌어졌다.

데미안 일행들은 상대들과의 격차를 생각해서 무기는 들지 않
고 두 주먹과 발만을 이용했다. 그리고 산적들은 일행들이 휘두르
는 주먹과 발을 자신의 온몸으로 막아내며 분투했다.

물론 코뼈가 부러지고, 이빨이 뽑히고, 팔다리가 부러지기는 했
지만 기절을 할지언정 한발도 뒤로 물러서지 않았다. 동료들이 기
절을 하는 모습을 보면서도 산적들은 모두 물러설 줄을 몰랐다.

정말 무식하도록 용감한 모습이었다. 그리고 산적들은 장렬하게
모조리 기절했다. 그런 산적들의 모습을 지켜보던 단은 어이가 없
어서 아무런 말도 못했다. 그렇기는 용병들이나 서문창 역시 마찬
가지였다.

거의 100여 명에 달하는 자신의 부하들이 하나도 남김없이 지
면에 누워 꿈나라를 헤매고 있는 모습을 지켜보던 산적 두목은
저절로 다리가 떨려왔다.

하나같이 악명을 떨치던 부하들이었다. 물론 자신이 가장 강했

기에 두목을 하고 있었지만 그들 중 서너 명만 합공을 한다면 꼼짝없이 당하는 수밖에 없었다. 그런데 그런 자신의 부하들이 모조리 꿈나라로 가버리는 모습은 그야말로 악몽이라 하지 않을 수 없었다.

자신이 열심히 얻어맞고 있는 부하들을 보는 동안 자신 근처에 있던 스무 명 남짓했던 부하들도 예외없이 지면에 누워 잠을 청하고 있었다.

한껏 미소를 짓고 있는 데미안 곁으로 데보라가 다가왔다. 그리고는 그에게 물었다.

"갑자기 왜 심통을 부린 거야?"

"나보고 예쁜 여자라고 하잖아."

"그래? 그럼 맞을 만했네 뭐."

데보라의 대꾸를 들은 산적 두목은 더 이상 화를 낼 힘도 없었다.

"그럼 말 한마디 잘못했다고 내 부하들을……."

망연자실해 있는 산적 두목의 어깨를 두드려 주며 데보라가 위로의 말을 던졌다.

"이봐, 당신. 당신이 이해하라고. 얘가 다 좋은데 그 소리만 들으면 돌아버리거든. 그리고 이쪽이 여자라면 그에게 청혼을 받은 나는 어떻게 하란 말이야. 가만히 듣고 보니까 열받네. 놔! 놓으란 말이야! 내가 이 자식을 죽여 버릴 거야!!"

"이, 이봐, 데보라. 데보라가 참아. 저 사람이 알고 그랬겠어? 그러니까 제발 참아……."

데미안 일행을 제외한 나머지 사람들은 그런 모습을 한참 동안 얼어붙은 듯 바라보고 있었다.

제18장
도마뱀 아가씨 도주하다

검은색 로브를 머리까지 뒤집어쓴 50명의 사람이 태국의 수도 봉안으로 향하고 있었다.

지금 봉안으로 향하는 사람들의 수는 수백 명이 넘었지만 어느 누구도 그들에게 다가가려는 사람이 없었다. 그들에게서 전해지는 음울한 분위기가 왠지 불안한 마음이 들게 만들었기 때문이다.

그들이 봉안의 외곽을 둘러싸고 있는 성문에 도착하자 성문을 지키고 있던 병사들이 창으로 그들을 가로막았다.

"잠깐 걸음을 멈춰라."

입을 열었던 젊은 무장은 그들 가운데 가장 앞쪽에 서 있던 자에게 물었다.

"그대들은 무슨 일로 봉안에 온 것인가?"

그러자 앞쪽에 서 있던 자가 품에서 한 통의 서찰을 꺼내 그에게 내밀었다.

“우리는 수국의 수도 광양에 있는 멸신교 총단에서 온 사제들이오. 이곳에 있는 우기성(于箕星)님의 부름을 받고 왔소이다.”

“우기성님이라면 재무우찬대신(財務右贊大臣) 우기성님을 말씀하시는 것이오?”

“그렇소이다.”

상대의 대답에 젊은 무장은 그의 얼굴을 살폈다. 하지만 워낙 로브를 길게 눌러쓴 탓에 상대의 생김새를 전혀 확인할 수 없었다.

자신도 수국에 있다는 멸신교에 대한 소문은 익히 들어 알고 있었다. 물론 그들의 탁월한 퇴마 능력에 대한 이야기가 대부분이었다. 하지만 그들에게서 풍기는 분위기가 심상치 않아 조금 이상한 생각이 들었다.

그들이 내민 편지가 우기성의 것임을 확인한 젊은 무장이 고개를 숙였다.

“잘 오셨습니다. 저의 왕국을 위해 수고를 해주십시오.”

“감사합니다. 그럼 저희는 이만……”

인솔자로 보이는 사람이 고개를 숙여 인사를 하고는 일행들과 함께 성문을 통과했다. 젊은 무장은 재무우찬대신의 집까지 안내해 줄 병사를 붙여주려는 생각에 그들을 불렀지만 그들은 듣지 못했는지 걸음을 옮길 뿐이었다.

로브를 걸친 사제들은 봉안의 중앙을 통과해 궁성의 서쪽에 위치한 우기성의 저택으로 향했다. 이미 그들의 도착을 알고 있었는지 저택 앞에는 흑삼(黑衫)을 걸친 사내가 그들을 기다리고 있었다.

“어서 오십시오, 과시존자님. 기다리고 있었습니다.”

“블랙 시니어는?”

“여러분의 도착을 기다리고 계십니다.”

흑삼 사내의 대답을 들은 과시존자는 그의 안내를 받을 생각이 없는지 성큼 대문 안으로 발걸음을 떼었다. 그리고 그를 따라 멸신교의 사제들이 저택 안으로 들어섰다.

그 모습을 바라보던 흑삼 사내는 잠시 주위를 둘러보다가 아무도 없음을 확인하고서 곧 대문을 닫았다.

재무우찬대신 우기성의 집무실.

썰렁하다고 할 정도로 간단한 집기만이 있는 집무실에는 지금 두 사람이 서로를 노려보고 있었다.

볼품없는 용모를 한 과시존자를 노려보고 있는 사내는 이제 삼십 대 후반으로 보이는 청수한 용모를 가진 사내였다. 전반적으로 허약해 보이는 모습이 평생 책만을 가까이한 서생(書生) 같은 이미지를 풍겼다.

“감히 너 같은 흡혈 박쥐 따위가 교주께 무례를 범하다니, 죽고 싶어서 환장을 했구나.”

“감히 인간 주제에 나에게 대항할 셈이냐? 네가 림몬님께서 너희 교주에게 준 힘을 믿고 겁이 없어졌구나.”

콰당!

두 사람은 거의 동시에 자리를 박차고 일어났고, 그 서슬에 의자가 날아가며 요란한 소리를 내었다. 한참 동안 서로를 노려보던 두 사람은 누가 먼저랄 것도 없이 동시에 다시 자신의 자리에 앉았다.

“네가 말한 대미안이란 놈은 지금 어디 있느냐?”

"지금 완주에 있는 것으로 보고가 있었다. 그곳까지 부하가 안내를 할 것이다."

"그깟 애송이 하나 처리하지 못하고 손을 벌리다니……. 네 녀석이 지하르트님을 맞을 임무를 맡은 것만 아니라면 결코 아는 척도 하지 않았을 것이다."

과시존자의 말에 블랙 시니어는 자존심이 상하는 것을 느꼈지만 달리 대꾸할 말이 생각나지 않았다.

자신같이 순수한 마족이 인간과 마물의 결합체인 저런 키메라 Chimera에게 이런 수모를 당한다는 사실이 마음에 들지 않았다. 그런 이유로 그들에게 원래 알려주겠다고 생각했던 정보를 넘기지 않기로 결심했다.

물론 질 리야 없겠지만 상당한 고생을 해야만 할 것은 분명했다. 게다가 지금 데미안 곁에는 상당한 실력을 가진 그의 동료들이 여러 명 있지 않은가? 데미안은 거들먹거리는 이들을 골탕 먹이기에는 적당한 존재였다.

"그를 무시하지 않는 것이 좋을 것이다. 켈크로스도 그를 얕보다 당했으니까."

"켈크로스? 아! 그 늑대새끼. 혼자 잘난 척하며 깝죽거리다가 당했으니 억울할 것도 없겠지. 너희 마족들은 항상 잘난 척은 혼자 다 하면서 막상 해놓은 일은 아무것도 없어. 이제 지하르트님께서 지상에 모습을 드러내시면 그분의 총애를 받는 것은 우리 멸신교의 형제들이 될 것이다!"

"닥쳐! 내가 지하르트님을 맞을 임무만 맡지 않았다면 내가 직접 그놈들을 처치했을 것이다!"

흥분한 모습을 보이는 블랙 시니어에 비해 과시존자의 얼굴에는 냉소(冷笑)만 떠 있었다. 자신을 깔보는 듯한 그의 모습에 블랙 시니어는 더 이상 그를 마주 대하고 싶은 생각이 없어졌다.

"다크 아이Dark Eye!"

블랙 시니어의 외침에 어둠이 뭉치는 듯하더니 기괴한 물체 하나가 두 사람의 사이에 나타났다.

전체적인 외형은 박쥐를 닮았지만 복부에 커다란 눈이 하나 달려 있는 것이 달랐다. 나타난 다크 아이는 연신 날개를 펄럭거리며 입을 열었다.

"부르셨습니까, 주인님."

"이자들을 대미안이 있는 곳으로 안내해 주어라."

"알겠습니다, 주인님."

"흥! 부하라고 쓰는 놈들도 꼭 저 같은 놈들만 쓰는군."

블랙 시니어는 속으로 이를 갈았지만 애써 못 들은 척했다.

"다크 아이가 너희들을 그에게 안내할 것이다. 실수하지나 마라."

"흥! 우리가 너희 멍청한 마족 같은 줄 아느냐? 우리의 실력을 확실하게 보여주지. 그리고 교주님께서도 너에 대해 별로 감정이 좋지 못하다는 것을 잊지 마라."

과시존자는 그 말을 남기고는 다크 아이의 안내를 받아 그 자리를 떠났다. 하지만 블랙 시니어는 한참 동안 치미는 분노를 삭이기에 여념이 없었다.

자즈 있는 일은 아니지만 일부 인간들 가운데에서는 마신의 힘을 받으면 오히려 마족들보다 더 강해지는 인간들이 있었다. 그들의 마신들에 대한 충성심을 모르는 것은 아니지만 상대적으로 마족들은 그들에게 고개를 숙일 수밖에 없었다.

멸신교의 교주만 하더라도 원래는 지존성모를 모시던 사제였다. 고통받는 인간들을 위한다는 생각에 결코 익혀서는 안 될 고위 마법을 익히려다가 림몬과 연결이 된 자였다. 하지만 그의 힘은 놀라운 것으로 어지간한 마족은 간단하게 소멸시킬 수 있는 능력과 힘을 가지고 있었다.

자신도 가지지 못한 힘을 가진 존재를 블랙 시니어나 다른 마족들이 달가워할 리 없었다. 하지만 지금 중요한 것은 그것이 아니었다.

지하르트를 맞을 준비를 하는 것, 그것보다 중요한 일은 없었다.

이미 제단을 쌓을 장소도 마련해 놓았고, 제물이 될 인간 여자들을 납치하는 일도 순조롭게 진행되고 있었다. 원래대로라면 켈크로스와 캐피널이 자신을 도왔어야 하지만 둘 모두가 소멸당한 상태이니 어쩔 수가 없었다.

"뿌드득! 지하르트님께서 지상으로 강림하시는 날, 우리 마족이 가진 힘을 확실하게 보여주마. 감히 인간 따위들은 상상할 수도 없는 힘을……."

*　　　*　　　*

"크윽! 빌어먹을……."

마브렌시아는 신경질적으로 손에 들고 있던 살덩어리를 바닥에 팽개쳤다. 벌써 몇 번째인지 모른다.

척추 부근에 박혔던 철갑존자의 손가락을 뽑아내려 했지만 그때마다 그녀의 손에 잡힌 것은 엉뚱하게 자신의 살뿐이었다. 하지만 자신의 살 속에 섞여 버린 이질적인 존재를 분명히 느끼고 있었다.

재빨리 상처에 치유 마법을 건 마브렌시아는 치밀어 오르는 분노를 억지로 억누르며 생각에 잠겼다.

그녀가 이 이스턴 대륙에 온 것은 자신이 회수하지 못한 신의 무기를 회수하기 위해서였다. 그리고 만약 기회가 닿는다면 악마라는 존재를 만나 예로부터 전해지는 대로 그렇게 엄청난 능력을 가지고 있는지를 확인하려고 했다. 그런데 악마는 고사하고 그 추종자에 불과한 인간들에게 쫓기는 신세가 될 줄은 생각도 못했다.

당시는 하도 당황한 나머지 자신이 신의 무기인 쿠로얀을 가지고 있다는 사실조차 깨닫지 못하고 있었다. 이곳에 피신을 하고 나서야 그 사실을 깨닫고 얼마나 분통을 터뜨렸는지 모른다.

이곳에 와선 자신의 뜻대로 진행되는 것이 아무것도 없었다. 지긋지긋한 이스턴 대륙을 한시라도 빨리 떠나고 싶은데 카르메이안이 어디 있는지 모르니 떠날 수도 없었다.

그렇지 않아도 자신이 도착했던 곳으로 가서 몇 차례나 워프를 시도해 보았지만 마법은 실행되지 않았다. 물론 그 마법진이 양방향으로 워프를 할 수 있는 이동 마법진이 아니었기에 스스로 마법진의 룬어를 바꾸어 몇 차례나 시도를 해보았지만 역시 워프는 되지 않았다.

대체 카르메이안은 어떻게 이스턴 대륙으로 워프를 할 수 있었는지, 또 지금은 어디에 있는 것인지 알 도리가 없었다. 만약 그를 찾을 수 없다면 어쩌면 영원히 이스턴 대륙을 떠날 수 없을지도 모르는 상황이었다.

어쩌면 드래곤으로서 이스턴 대륙에서 사는 것도 나쁘지 않을지 모른다. 뮤란 대륙에서는 느낄 수 없는 새로운 인간들의 생활

방식도 나쁘지는 않았다. 하지만 문제는 그런 생활은 마브렌시아가 원해서 하는 생활이 아니란 점이다. 동족의 어느 누구보다 자존심 강한 마브렌시아가 그런 상황을 견딜 수 없는 것은 어쩌면 당연한 일이었다.

상처가 아문 것을 확인한 마브렌시아는 동굴을 빠져나왔다.

여전히 하늘은 높고 푸르렀다.

우선 이스턴 대륙의 곳곳으로 자신의 사념을 뿌리며 카르메이안과의 교신을 시도했다. 하지만 어디에서도 그의 연락은 없었다. 마브렌시아는 실망하지 않고 계속해 자신의 사념을 이스턴 대륙 전체를 향해 보냈다.

그러기를 한 시간.

마브렌시아는 뭔가가 자신이 있는 곳으로 다가오는 것을 확인했다. 엄청나게 빠른 속도였다. 은근히 기뻐하던 마브렌시아는 다가오는 숫자가 상당히 많은 것을 확인하고는 조금은 불길한 생각이 들었다.

설사 이곳으로 오는 사람들 가운데 하나가 카르메이안이라 하더라도 나머지는 누구인가? 또 에인션트 드래곤인 카르메이안이 이렇게 많은 사람들과 함께 다닐 리 없다고 생각을 하니 더욱 긴장이 되었다.

자신도 모르게 스펠을 캐스팅한 마브렌시아는 마침내 다가오는 자들에게서 자신과 흡사하면서도 이질적인 기운을 느낄 수 있었다. 그리고 그 기운은 이미 광양에 있는 멸신교의 교단에서 질리게 경험한 바 있었다. 하지만 그들이 자신의 위치를 어떻게 알았는지 도무지 알 도리가 없었다.

숲을 헤치고 나온 이들은 역시 멸신교의 사제들과 철갑존자였다.

"흐흐흐, 쥐새끼 같은 년. 겨우 여기까지밖에 도망치지 못했느냐?"

"이런 태워 죽일 놈이 누굴 자꾸 쥐에 비교하는 거야? 체인 라이트닝—!"

마브렌시아의 손을 떠난 번개는 철갑존자가 아니라 철갑존자 곁에 있던 멸신교의 사제들을 향해 날아갔다. 잠시 놀라던 멸신교의 사제들은 재빨리 등에 메고 있던 둥근 방패를 꺼내 자신들의 몸을 보호했다.

그 모습을 발견한 마브렌시아는 코웃음을 쳤다. 그 방패도 강철로 만든 것이 분명하다면 결코 자신의 공격을 막을 수 없다고 생각했기 때문이었다. 하지만 결과는 그녀의 예상과 달랐다.

그들의 방패에 맞은 번개는 사제들에겐 아무런 충격도 주지 못한 채 방패에 반사되어 허공으로 날아가 버리고 말았다.

"흐흐흐, 우리가 네년을 아무런 준비도 없이 쫓았는지 아느냐? 네년을 반드시 사로잡아 림몬님의 제물로 바치고 갈겠다. 메터모르퍼시스—!"

철갑존자의 몸이 다시 커다랗게 변했다. 하지만 풍겨지는 기운이 저번보다도 강하게 느껴졌다.

순간 마브렌시아는 망설이지 않을 수 없었다.

인간의 몸인 상태에서는 적을 공격하거나 피하긴 쉬웠지만 상대에게 별다른 피해를 줄 수 없었고, 그렇다고 드래곤인 몸체로 돌아가 상대하면 파괴력은 크지만 상대의 빠른 공격을 제대로 막아낼 수 없었다.

그렇다고 다시 한 번 도망치기에는 그녀의 자존심이 허락하지 않았다. 마브렌시아는 신중하게 스펠을 캐스팅했다.

"플로팅 마인!"

순간 마브렌시아의 몸 주위에 밝은 빛을 뿌리는 구체 이십여 개가 생겨났다. 그러는 사이 40여 명의 사두용인으로 변한 사제들이 그녀를 포위했다. 그런 그들의 한 손에는 방패가, 또 한 손에는 자루가 짧은 트라이던트Trident와 비슷해 보이는 무기가 들려 있었다.

마브렌시아는 철갑존자를 노려보면서도 자신을 포위하고 있는 사두용인들의 움직임도 주시했다. 잠시 동안의 대치 상태가 이어지다가 철갑존자의 명령에 사두용인들이 달려들었다.

자신을 향해 달려드는 사두용인들의 모습에 마브렌시아의 손가락이 움직였다. 그러자 그녀 주위에 떠 있던 구체 중 몇 개가 달려드는 사두용인들을 향해 날아갔다.

하지만 '펑' 하는 소리와 함께 구체는 사두용인들의 방패에 가로막혀 사라지고 말았다. 그와 동시에 그들이 내민 트라이던트에서 검은 번개가 뻗어 나왔다.

마브렌시아는 재빨리 비행 마법을 사용해 허공으로 떠올랐지만 전세는 조금도 좋아지지 않았다. 그녀가 공중으로 치솟자 공격에 참여하지 않았던 사두용인들의 등 뒤에서 박쥐의 날개 같은 날개가 돋아났고, 일제히 허공으로 날아올라 그녀를 다시 포위했다.

다시 지면으로 내려온 마브렌시아는 대체 어떤 방법으로 이들을 상대해야 좋을지 몰랐다. 그러면서도 본능적으로 스펠을 캐스팅했다. 인간으로 폴리모프했을 때 사용할 수 있는 마나의 양이 한정되어 있기 때문에 함부로 고위 마법을 사용할 수도 없는 일이었다.

지금 그녀가 캐스팅한 스펠은 8싸이클 마법 가운데 하나로 그녀도 익히고 난 후 단 한 번도 사용해 본 적이 없는 마법이었다.

자신을 향해 다시 다가오는 사두용인들을 향해 손을 들었다. 그녀의 손이 하얗게 변하는 순간 엄청난 빛이 터져 주위를 휩쓸었다.

"플레어 익스플로전Flare Explosion—!"

그녀의 음성보다 빠른 공격이었다.

미처 방어가 늦어 직격당한 몇몇 사두용인은 그대로 재로 변해 불어오는 바람에 날려갔다. 또 방패로 막은 사두용인조차 충격이 심한지 거의 5미터 이상 뒤로 물러서 있었다.

그 모습을 본 마브렌시아는 만족스런 미소를 지으며 새로 만든 투 핸드 소드를 들고 달려들었다. 그 투 핸드 소드에는 날카로움을 배가(倍加)시키는 킨Keen 스펠과 라이트닝의 스펠이 걸려 있었다.

며칠 전의 경험을 바탕으로 만든 것인데 벌써 사용하게 될 줄은 그녀로서도 짐작하지 못한 일이었다.

드래곤 본으로 만든 그녀의 투 핸드 소드는 한 사두용인의 방패를 둘로 가르고 그의 팔을 자르는 데 성공했다. 검은 피를 쏟아내며 뒤로 물러서는 사두용인의 모습에 마브렌시아는 더욱 다가들며 그의 목을 날려 버렸다.

8써-이클 마법을 여러 번 사용하는 것보다는 지금처럼 검으로 상대를 대하는 것이 마브렌시아로서도 편했다. 자신의 공격이 통한다는 것을 확인한 그녀는 지체없이 옆에 있던 사두용인을 공격했다.

사두용인은 깜짝 놀라 황급히 방패를 들어 마브렌시아의 공격을 막았지만 그로 인해 그도 상대의 모습을 잠시 놓치지 않을 수 없었다. 그러는 사이 마브렌시아의 투 핸드 소드는 그의 두 다리를 무자비하게 잘라 버렸다. 그리고 비명을 지르며 쓰러지는 사두용인의 머리를 세로로 갈라 버렸다.

마브렌시아가 자신의 부하들을 죽이는 모습을 잠시 바라보던 철갑존자가 드디어 개입했다.

그는 자신의 등에 메고 있던 거대한 수레바퀴를 꺼내 들었다. 지름이 족히 1미터 50센티는 되었고, 바퀴의 표면에는 날카로운 단검 크기의 칼날이 붙어 있었다.

철갑존자는 중심 부분을 잡고는 자신의 마력을 이용해 바퀴를 회전시키기 시작했다. 그리고는 마브렌시아를 향해 힘껏 집어던졌다.

비록 시간이 걸리기는 하지만 사두용인을 상대할 수 있다는 사실에 기뻐하던 마브렌시아는 뭔가가 자신의 머리를 향해 날아온다는 것을 느끼고는 황급히 머리를 숙였다.

그녀의 머리를 스치고 지나갔던 수레바퀴는 허공에서 크게 선회해 다시 그녀에게 날아왔다.

마브렌시아는 지체없이 투 핸드 소드로 수레바퀴의 공격을 막았다.

쾅!

마브렌시아는 양쪽 손목이 부러지는 듯한 충격을 받으며 뒤로 밀려났다. 그때 그녀의 등 뒤에서 공격할 기회만 찾던 한 사두용인의 트라이던트가 그녀의 옆구리를 향해 힘껏 내질렀다.

트라이던트의 날카로운 창날은 그녀가 걸치고 있는 검은색 라이트 레더를 단숨에 꿰뚫을 듯했지만 재빨리 마브렌시아가 몸을 피하는 탓에 살짝 스치고 지나갔다. 하지만 그것만으로도 라이트

레더는 갈가리 찢겨져 나갔다. 그녀가 아무런 상처도 입지 않은 것은 그야말로 기적이라고 할 만했다.

몸을 회전시킨 마브렌시아는 투 핸드 소드로 힘껏 내려쳤다. 그녀의 검이 상대의 방패에 가로막히는 순간 맹렬한 속도로 회전을 하던 수레바퀴가 다시 날아왔다.

재빨리 계산을 마친 마브렌시아는 다시 한 번 사두용인을 투 핸드 소드로 내려치고는 순간적으로 몸을 이동시켜 버렸다. 갑자기 상대가 사라져 버리자 어리둥절해하던 사두용인은 자신을 향해 날아오는 거대한 물체를 발견하고는 얼어붙은 듯 꼼짝도 못했다.

철갑존자의 수레바퀴는 그런 사두용인의 몸을 세로로 쪼개 버렸다. 그뿐이 아니라 근처에 있던 다른 사두용인들도 수레바퀴가 가진 흡입력에 빨려 들어가 비명과 함께 팔과 다리가 잘려 나갔다.

자신의 생각대로 철갑존자의 무기는 피아(彼我)를 가리지 않고 공격했다. 하지만 아직도 사두용인의 숫자는 30명이 넘었고, 무엇보다 철갑존자가 건재했다.

마브렌시아가 그런 생각을 하는 동안에도 철갑존자의 수레바퀴는 끊임없이 그녀를 공격하고 있었다. 게다가 일반적인 공격이 아닌 마력에 의한 공격이기에 그 움직임을 짐작하기 힘들었다.

자신의 왼쪽에서 달려드는 수레바퀴를 마브렌시아는 투 핸드 소드로 힘껏 옆면을 쳐 그 궤도를 사두용인 쪽으로 옮겼다. 역시 수레바퀴는 사정없이 사두용인의 목을 날려 버렸다.

하지만 언제까지 이렇게 있을 수는 없는 일이었다.

마브렌시아는 장거리 워프를 준비했다. 그런 마브렌시아의 모습을 본 철갑존자는 그녀가 또다시 이동 마법을 쓰려 한다는 것을 직감했다.

“쥐새끼 같은 년! 더 이상은 도망가지 못한다.”

“흥! 평생 내 뒤만 쫓아다녀라. 빌어먹을 놈! 워프!”

“디스토르션 스페이스Distortion Space—!”

철갑존자가 황급히 주위 100여 미터에 결계를 쳤지만 마브렌시아의 행동이 조금 더 빨랐다. 철갑존자는 재빨리 결계를 거두어들이고는 주문을 영창했다.

“헌팅 포 드래곤(Hunting for Dragon : 드래곤을 찾아라)—!”

그러자 그의 몸에서 검은색 기류가 뿜어져 나오더니 곧 하나의 화살로 변했다. 그리고는 어느 방향을 향해 날아갔다.

그 모습을 보고 난 철갑존자의 몸에서 다시 검은색 연기 같은 것이 뿜어져 나와 그와 사두용인들의 몸을 휘감더니 그 자리에서 감쪽같이 사라졌다.

마브렌시아와 철갑존자의 무기에 의해 목숨을 잃은 사두용인들의 시체는 햇볕을 받자 조금씩 녹아내리더니 곧 지면으로 스며들었다. 남은 것은 그들이 사용했던 트라이던트와 방패, 그리고 그들이 걸친 의복뿐이었다.

한참의 시간이 지나고 수레를 탄 두 사람의 농부가 그 길을 지났다. 그들은 길 위에 흩어져 있는 창과 방패를 발견하고는 고개를 갸웃거렸다.

“여기 웬 무기가 이렇게 떨어져 있는 거지?”

“이봐, 이걸 주워 팔면 얼마나 받을 수 있을까?”

“이런 무기를 누가 사려고나 할까?”

“무슨 소리야? 봐, 다 새것 같잖아.”

방패를 집어 든 한 농부의 말에 다른 농부도 창을 집어 들고는 이리저리 살펴보았다. 그러다 온몸이 근질거리는 이상한 느낌이 들었다.

살펴보니 창과 방패를 집어 든 그들의 손에 뱀의 비늘 같은 것이 돋아나기 시작한 것이다. 깜짝 놀란 두 사람은 창과 방패를 버리려고 했지만 마치 손에 뿌리라도 내린 양 꼼짝도 하지 않았다.

손부터 시작된 이상은 곧 온몸으로 퍼져 갔고, 잠시 후 그들은 칙칙한 녹색을 띤 완전한 사두용인의 모습으로 변했다. 두 사두용인들은 잠시 주위를 둘러보았다.

"저 곳이다."

"가자."

두 사두용인들은 엄청난 속도로 숲으로 사라졌다.

그 일이 있은 얼마 후, 길 저쪽에서 서너 명의 여행객이 다가오고 있었다.

그리고 그러한 일은 길 위에 떨어져 있던 트라이던트와 방패가 완전히 사라질 때까지 몇 번이나 반복되었다.

＊　　　　＊　　　　＊

완주에 도착한 데미안 일행은 일단 여관을 잡고 여장을 풀려고 했다. 하지만 자신을 은혜도 모르는 인간으로 만들지 말라는 간곡한 서문창의 만류로 어쩔 수 없이 그의 별장에서 머물 수밖에 없었다.

대륙에 몇 손가락 안에 드는 거상답게 그의 별장은 넓고 화려했다. 정문만 하더라도 세 개나 되었다.

짐을 들고 있던 짐꾼들과 짐을 실은 수레는 가장 작은 좌측의 문으로 들어갔고, 일행들은 서문창과 함께 정문으로 들어섰다. 그리고 그곳에서 마차를 타고 다시 10분 정도를 달려서야 현관에 도착할 수가 있었다.

현관 앞의 정원에는 10여 미터 높이로 물을 뿜어내는 분수대가 있었고, 곳곳에 갖가지 조각들이 서 있었다. 게다가 화단과 숲이 조성되어 있어 마치 깊은 숲 속에 있는 어느 신전에 들어와 있는 듯한 느낌을 주었다.

데미안과 일행들은 어마어마한 규모를 가진 별장의 모습에 질려 버렸다.

데미안 자신만 하더라도 싸일렉스에 있는 자신의 집이 작다는 생각을 한 번도 해본 적이 없었다. 하지만 이곳에 비한다면 오두막에 불과할 거란 생각이 들 정도였다.

서문창은 자신이 직접 일행들을 안내해 자신의 집무실로 데리고 갔다.

일행들은 엄청난 크기의 집무실에 다시 한 번 놀랐다. 일행들이 자리에 앉기를 기다린 서문창이 입을 열었다.

"이곳은 제 별장 중 하나입니다. 다소 불편하신 점이 있더라도 이해를 해주십시오. 그리고 필요한 것이 있으면 그것이 무엇이든 말씀해 주십시오. 반드시 구해드리겠습니다."

서문창의 말에 데보라는 다시 한 번 집무실을 둘러보며 입을 열었다.

"이곳이 당신의 별장 중 하나라고? 그럼 대체 이런 별장이 몇 개나 있는 거야?"

"글쎄요? 아직 한 번도 가보지 못한 곳도 있어서 확실히는 알 수 없군요, 총관!"

서문창의 부름에 문 앞에서 대기하고 있던 초로의 사내가 황급히 다가오며 허리를 숙였다.

"브르셨습니까, 주인님."

"이분의 질문에 대답해라."

"예. 이곳 태국에는 이곳 외에도 두 군데의 별장이 있으십니다."

"그럼 다른 나라에도 있다는 거야?"

"예. 주인님께서는 모두 마흔일곱 채의 별장을 소유하고 계십니다."

총관의 말에 일행들은 질린 표정을 감추지 못했다.

그렇기는 단 역시 마찬가지였다. 태국보다 더 큰 나라의 왕자인 자신도 겨우 궁 하나와 두 채의 별장이 있을 뿐이었다. 게다가 규모 면에서도 도저히 비교도 되지 않았다.

총관은 대답을 하면서도 믿을 수 없다는 표정으로 서문창의 모습을 힐끔거리고 있었다.

자신이 이 별장의 총관이 된 것은 지금으로부터 15년 전의 일이었다.

물론 당시의 서문창은 한창 왕성한 활동을 하며 대륙 여러 곳을 돌아다니며 자신의 영역을 착실하게 늘리고 있었다. 그랬던 그가 갑자기 5년 전부터 조금씩 살이 찌기 시작해 불과 1년 후 완전한 살덩어리로 변해 버렸던 것이다. 그렇게 해마다 차곡차곡 살을 늘려왔던 서문창이 갑자기 예전의 모습으로 이곳에 들렀으니 그가 놀라는 것도 당연한 일이었다.

"너무 사치스러운 것 아니야?"

데보라의 말에 정신을 차린 총관이 황급히 대답했다.

"그렇지 않습니다. 주인님께서 이렇게 별장을 크게 지은 이유는 많은 사람들을 고용하기 위해서입니다."

총관의 뜻하지 않은 대답에 사람들의 눈은 그에게 향했고, 서문창은 조금 어색한 표정을 지었다.

"만약 주인님이 돈만 아는 수전노… 죄송합니다, 주인님. 만약 그런 분이셨다면 이렇게 커다랗게 별장을 지을 필요가 없지 않겠습니까? 지금 이 별장에 상주하는 사람의 수가 800명 가까이 됩니다. 그들 대부분이 농사지을 땅도 가지지 못한 빈민들이었습니다. 하지만 이 별장이 생김으로써 그들은 일자리를 얻었고, 돈을 벌어 자신의 땅을 마련할 수 있었습니다. 다른 곳의 사정은 알 수 없지만 이곳 완주에서는 모두들 주인님을 존경하고 있습니다."

총관의 설명에 일행들은 새삼스러운 눈길로 서문창을 바라보았다. 쑥스러움을 이기지 못한 서문창은 총관에게 지시를 내렸다.

"식사 준비는 어떻게 되었나?"

"예? 아직 준비하지 못했습니다. 곧 다과를 올리도록 하겠습니다."

총관이 나가자 자리에서 일어난 강찬휘가 그에게 포권지례를 했다.

"나 강찬휘가 태어나 처음으로 존경하는 분을 만나게 되었습니다. 정말 존경합니다, 서 대인."

"이, 이러지 마십시오. 저는 강 대협께 그런 말을 들을 자격이 없는 사람입니다. 그저 돈 버는 재주가 조금 있을 뿐입니다. 이런 속물을 존경한다는 말씀을 하시면 오히려 강 대협의 명성에 누가 될 뿐입니다."

얼굴이 벌게진 서문창의 태도에 강찬휘는 뭔가 이야기를 하려

했지만 일단 자신의 마음에 담아두었다.

서문창의 새로운 모습을 보았기 때문일까?

일행들은 다과를 나누며 조금 전보다 훨씬 친근한 모습으로 담소를 나누었다.

"불편하시겠지만 이곳에서 머무시면서 많은 가르침을 주십시오."

서문창의 말에 데미안은 조금 곤란하다는 표정을 지었다.

"말씀을 고맙지만 저희는 저희 나름대로 일이 있어 이곳에서 오래 머물 수 없습니다."

"그럼 언제……?"

"내일 아침에 떠날 생각입니다."

"예? 그렇게 빨리 말씀이십니까? 저에게 은혜를 갚을 시간도 주지 않으시는군요."

"은혜라고 할 것도 없어요. 대인께서 스스로 다른 분들을 돕는 것처럼, 저 역시 사제로서 고통받는 사람들을 돕는 것이 저의 일이기 때문이에요."

로빈의 말에 서문창은 어쩔 수 없이 고개를 끄덕였다.

"그러면 가시는 곳까지 부하들이 모시도록 하겠습니다. 그것만은 허락해 주십시오."

서문창의 말에 로빈은 데미안을 바라보았다.

"대인의 뜻은 고맙지만 저희는 지금 암행(暗行) 중이기 때문에 많은 사람이 다니면 남들의 이목을 끌지 않겠습니까? 그렇게 되면 임무를 수행하는 데 지장이 많습니다. 그보다 부탁이 하나 있는데 들어주시겠습니까?"

"부탁이라니요? 무엇이든 말씀해 주십시오."

“마차를 두 대만 빌릴 수 있겠습니까?”

서문창은 데미안의 말에 그의 생각을 알 수 있었다.

데미안의 지금 지위라면 완주 현의 현령에게 말과 마차를 충분히 지원받을 수 있었다. 그럼에도 불구하고 자신에게 빌려달라고 부탁을 한 것은 데미안이 양보를 한 것이었다. 이 이상 그를 곤란하게 해서는 안 된다는 것을 깨달았다.

“하지만 내일 아침 식사는 하고 떠나지 않으시겠습니까?”

잠시 서문창의 얼굴을 바라보던 데미안은 어쩔 수 없이 고개를 끄덕였다.

“알겠습니다. 그렇게 하겠습니다.”

안심하는 서문창을 보며 사양하지 않기를 잘했다는 생각이 들었다.

“주인님, 식사 준비가 다 되었습니다.”

“여러분, 식사를 하러 가시지요.”

일행들은 주인인 서문창의 뒤를 따라 집무실을 빠져나갔다.

다음날 아침 일행들은 서문창의 환송을 받으며 그의 별장을 떠났다. 두 대의 마차에 분승한 일행들은 일단 봉안을 향해 조금은 빠른 속도로 이동했다.

데미안이 신세를 진 대장군 위자헌에게 인사도 해야 했고, 더 중요한 일은 황궁에 있을 것으로 예상되는 이상한 자를 찾아내는 것이었다. 표현이 좀 그렇지만 데미안은 자신이 황제를 만나고 나왔던 당시에 느꼈던 강렬한 적의를 한시도 잊을 수 없었다.

이스턴 대륙으로 온 지 얼마 되지 않은 자신에게 그런 적의를 가지고 있는 사람이 누구일까 하는 생각이 머리 속을 떠나지 않았다. 도저히 정상적인 인간에게서 느낄 수 있는 그런 종류의 적의가 아니었다.

물론 그 적의가 마물들과 몇 번의 대전 경험을 통해 마물들이 발하는 살기라는 것을 안 것은 후일의 일이지만 그렇기에 더욱 그의 호기심을 자극했다.

그렇다면 당시 자신에게 적의를 보였던 자는 마물이란 말인가? 하지만 만약 그랬다면 당시 미디아가 반응을 보였을 텐데, 데미안은 그런 느낌을 한 번도 받은 적이 없었다.

그렇다면 이제껏 만났던 마물보다 훨씬 뛰어난 능력을 가지고 있단 말인가?

데미안은 뮤란 대륙으로 출발하는 것이 조금 늦어지는 한이 있어도 그를 찾아내 없애야겠다는 결정을 내렸다. 그것이 자신에게 호의를 보인 봉령왕에 대한 선물이라고 생각했다.

완주를 출발한 데미안 일행은 여러 현을 지나며 순조로운 여행을 계속했다.

완주에서 봉안으로 향하는 길은 태국의 중앙에 위치하고 있는 천산산맥(天山山脈)을 우회해 가야 하기 때문에 상당한 거리를 돌아가야 했다. 하지만 뮤란 대륙과는 달리 언제나 일정한 기후였기에 여행하는 데는 아무런 불편도 없었다.

처음 조금은 어두운 표정으로 일행들과 합류했던 단도 시간이 지남에 따라 일행들과 친숙하게 지낼 수 있었다. 물론 가끔 행복해하는 데보라의 모습을 어두운 표정으로 바라보긴 했지만 곧 다른 사람과 어울리곤 했다.

노숙을 하게 된 그날 저녁도 단은 일행들과 함께 있었다.

데보라와 레오, 그리고 데미안이 사냥을 하러 간 사이 수국과 로빈은 사이좋게 식사 준비를 했고, 나머지 일행들은 편한 자세로 휴식을 취하고 있었다.

뮤렐은 여전히 헥터에게 검술 지도를 받고 있었다.

헥터가 보기에 며칠 전보다 나아지기는 했지만 지금 같은 식으로 연습을 하다간 검술이 느는 것보다 뮤렐이 먼저 쓰러질 것 같았다. 그만큼 뮤렐은 혹독하게 훈련을 했다. 그것도 스스로가 원해서.

나머지 일행들도 뮤렐이 왜 그렇게 열심히 검술을 익히는지 이유를 알고 있기에 그를 말릴 수 없었다.

데미안이 두 여자와 함께 사슴 한 마리를 사냥해 왔을 때 뮤렐은 땀으로 흠뻑 젖은 자신의 몸에 스스로 회복 마법을 걸고 있었다.

잠시 그런 뮤렐을 바라보던 데미안은 곧 사슴 가죽을 벗기고 내장을 긁어낸 다음 꼬챙이에 꿰어 불 위에 올려놓았다. 그러면서도 데미안의 눈은 그에게서 떨어질 줄 몰랐다.

잠시 후 사슴이 완전히 익자 데미안은 익은 고기를 일행들에게 차례로 나눠 주었다. 원래 식사 담당을 자신의 몫으로 생각하고 있던 수국이나 로빈은 갑작스런 데미안의 행동에 영문을 몰라 했다. 하지만 가라앉은 듯한 데미안의 모습에 아무런 말도 할 수 없었다.

데미안은 가장 잘 익은 듯 보이는 부분을 나이프로 잘라 뮤렐에게 불쑥 내밀었다.

"데미안님, 제가 할 수……."

"받아."

뮤렐은 어쩔 수 없이 그 접시를 받았다.

"미안해. 내가 뮤렐에게 해줄 수 있는 것은 이런 것밖에 없는 것 같아."

"데미안님……"

데미안의 무뚝뚝한 말에 뮤렐은 조금은 떨리는 손으로 접시를 받아 들었다.

잠시 후 식사를 마친 일행들이 잠시 휴식을 취하고 있었고, 수국과 로빈은 접시를 씻기 위해 냇가로 갔다.

데미안이 데보라의 무릎을 베고 누워 레오의 머리를 쓰다듬어 주고 있을 때 그들 일행에게 다가오는 사람들이 있었다.

"그대들 가운데 누가 대미안인가?"

그 말에 일행들의 눈은 일제히 말한 사람에게 향했다.

검은색 로브로 자신들의 얼굴을 완전히 가린 50여 명의 사내들. 그런 그들의 가슴에는 붉은색 수실로 멸신교(滅神敎)라는 글자가 수놓여 있었다.

그들의 모습을 알아본 사람은 단뿐이었다.

멸신교의 사제들이 대단한 퇴마 능력을 가지고 있어 수국 내에 있는 거의 모든 마물들을 퇴치했다는 소문을 듣고 신하들이 그들을 받아들이자는 의견을 몇 번이나 제시했었다. 그러나 국왕인 적정왕(寂靜王)의 반대로 뜻을 이룰 수 없었다.

그가 반대하는 이유는 간단했다.

자신들 왕국에서 믿고 따르는 지존성모를 부정하는 멸신교를 받아들일 수 없다는 것이 그의 생각이었다. 마수나 마물들에게 고통받는 양민들을 위해 멸신교를 받아들여야 한다고 신하들이 몇 번이나 청원을 올렸지만 국왕의 뜻을 꺾을 수는 없었다.

"내가 데미안이오. 귀하들은?"

데미안이 스스로를 밝히자 가장 앞쪽에 서 있던 사제가 푹 눌러썼던 로브를 천천히 뒤로 젖혔다. 그러자 볼품없어 보이는 노인의 얼굴이 드러났다.

염소 수염을 몇 번이나 쓰다듬던 과시존자는 데미안의 모습을 훑어보았다.

아무리 봐도 그저 예쁘장하게 생긴 청년에 불과했다. 그리고 그의 동료라는 자들 역시 자신이 보기엔 그저 그런 정도에 불과했다. 물론 일반적인 무인보다 훨씬 강하다는 것은 충분히 느끼고 있었다.

그래 봐야 암흑의 힘을 가지고 있는 자신들에 비하면 어린아이 수준에 불과할 뿐이었지만. 다만 자신들과 비슷하게 검은 가죽으로 만든 로브를 뒤집어쓰고 있는 자에게서는 조금 묘한 기운이 느껴졌다.

사두용인에게서 느껴지는 기운과 비슷하면서도 그보다는 월등히 강한 힘을 보유하고 있는 것 같았다.

"우리는 멸신교의 신관과 사제들이다."

"멸신교? 난 처음 들어보는데."

"흐흐흐, 그렇다면 앞으로는 더 이상 들을 기회가 없을 것이다."

상대가 결코 호의를 가지고 온 것이 아님을 느낀 데미안이 천천히 일어났다. 그리고 일행들이 자연스럽게 데미안을 중심으로 모여들었다.

"헥터, 빨리 로빈에게 가봐."

"알겠습니다."

대답을 한 헥터가 달려가는 것을 보고도 멸신교의 사제들은 움직일 생각을 하지 않았다.

천천히 상대들을 살핀 데미안은 그들이 왜 자신에게 적의를 가지고 있는 것인지 그 이유를 알 수 없었다. 천천히 레이피어의 손잡이를 잡으며 데미안이 입을 열었다.

"그러니까 멸신교의 신관이신 영감이 이곳에 나타난 이유가 날 없애기 위해서란 건가?"

데미안의 조롱하는 듯한 말투에 과시존자의 얼굴에 걸렸던 미소가 사라졌다.

"조심하세요, 데미안님. 마력이 급격하게 높아지고 있어요. 저자들은 인간이 아니에요!"

헥터와 함께 돌아온 로빈이 큰 소리로 외쳤다.

"저 염소 수염이 인간이 아니라고?"

데보라의 말에 과시존자의 얼굴은 더욱 일그러졌다.

"저자들은 스스로 마신에게 영혼을 팔아버린 자들이에요. 그리고 그 대가로 어둠의 힘을 가진 마물이에요."

로빈의 말에 과시존자는 당장이라도 로빈을 찢어 죽일 듯 노려보았다. 그러나 로빈은 태연한 모습으로, 오히려 과시존자를 노려보았다.

당돌한 로빈의 태도에 어이없어하던 과시존자는 로빈이 손에 들고 있는 치유의 구슬을 발견했다. 그 구슬에 믿을 수 없을 만큼 엄청난 양의 신성력이 응축되어 있는 것을 발견한 것이다. 그 정도라건 자신들 정도는 간단히 소멸시킬 수 있을 만한 어마어마한 양이었다.

오히려 데미안보다는 저 어린 사제가 훨씬 위험해 보였다. 그럼에도 불구하고 자신에게 아무런 귀띔도 해주지 않은 블랙 시니어가 너무나 괘씸했다. 이 일이 끝나면 찾아가 사생결단을 내야겠다는 생각을 하면서 그는 부하들에게 명령을 내렸다.

"저놈들을 모두 죽여라. 특히 저 꼬마 사제 녀석을 조심하도록 해라."

과시존자의 명령에 일행들을 포위한 사제들은 자신들의 로브 속에서 검은색의 둥근 방패와 길이가 짧은 트라이던트를 꺼내 데미안 일행들에게 겨누었다.

가장 기뻐한 사람은 데보라였다.

등에 메고 있던 브로드 소드를 뽑아 들고는 몇 번 휘둘러 보았다.

"요즘 그렇지 않아도 몸이 찌뿌드드했는데 내 건강을 염려해 이렇게 몸을 풀 기회를 주다니…… 일단 고맙다는 인사를 하고 싶군."

그런 데보라를 바라보던 데미안은 심각한 어조로 로빈에게 물어보았다.

"로빈, 데보라가 언제 신경통에 걸렸었어?"

"예?"

"그렇지 않고서야 몸이 찌뿌드드하다거나, 몸을 푼다는 말을 할 리 없잖아."

그런 데미안의 말에 로빈은 아무런 말도 할 수 없었다. 그리고 다행히도 데보라는 그 말을 듣지 못한 것 같았다.

데보라는 우선 자신 앞에 있는 자를 먼저 공격했다. 하지만 그 공격은 어이가 없을 정도로 단순했다. 브로드 소드를 머리 위까지 치켜든 다음 달려들며 그대로 내려치는 것이 그녀의 공격법이었다.

　그 모습을 본 멸신교의 사제는 들고 있던 방패로 그녀의 공격을 막아내고, 들고 있던 트라이던트로 데보라를 공격할 생각이었다. 하지만 상황은 생각대로 돌아가지 않았다.

　쾅!

　귓전을 찢을 듯한 소리와 함께 데보라의 공격을 막아내던 사제의 키가 마치 땅속에 박히기라도 한 듯 갑자기 줄어든 것이다. 멸신교의 사제는 자신의 팔이 뽑힐 것 같은 충격에 더 이상 견디지 못하고 양쪽 무릎을 꿇어버린 것이다.

　"죽어!"

　공중에서 급격하게 궤도를 바꾼 브로드 소드는 사제의 머리를 향해 날아갔다.

　멸신교의 사제는 황급히 방패를 들어 공격을 하려 했지만 브로드 소드의 속도가 더욱 빨랐다.

　퍽!

　데보라의 브로드 소드는 사제의 옆구리가 아니라 그의 머리를 그대로 날려 버렸고, 잘린 사제의 목에서는 시커먼 피가 흘러나왔다.

　데보라가 너무도 간단하게 사제를 처치하는 모습을 본 과시존자가 황급히 사제들에게 명령을 내렸다.

　"모두 사두용인으로 변신해라!"

제19장
제의와 회상

과시존자의 말에 사제들은 일제히 나직하게 주문 같은 것을 중얼거렸다. 그러나 외견상 변한 것은 아무것도 없었다.

"흥. 별짓을 다 하는군."

코웃음을 친 데보라는 다시 한 명의 사제를 공격했다. 무지막지한 브로드 소드가 자신에게 날아오는 것을 흘낏 보고는 트라이던트를 내밀었다.

챙!

데보라는 순간 자신의 손목에 상당한 충격이 전해지는 것을 느꼈다. 상대는 믿을 수 없게도 한 손으로 자신의 공격을 막아낸 것이다.

데보라는 자신의 힘에 어느 정도 자부심을 가지고 있었다. 선천적으로 타고난 것이기는 하지만 순수한 힘으로만 따지면 일행들 가운데 누구에게도 지지 않는다고 생각을 해왔다. 그런데 그런 자신의 공격을 이렇게 간단히 막아내다니……!

자존심이 상한 데보라는 이번엔 브로드 소드에 마나까지 집어넣어 다시 한 번 사제의 머리를 향해 내려쳤다.

상대의 팔이 움직인다고 느낀 순간 그의 방패가 데보라의 공격을 막아내고 있었다. 그 방패에는 거무스름한 아지랑이 같은 것이 어려 있었다.

푸욱!

사제는 자신의 몸에서 들리는 파육음(破肉音)에 고개를 내렸다. 복부를 관통한 가느다란 검이 보였다. 그리고 그 손잡이를 잡고 있는 데미안의 모습이 보였다.

자신의 공격이 성공하자 데미안은 당연히 사제가 지면에 쓰러질 것으로 생각을 했었다. 그러나 사제는 그런 그의 기대를 훌륭하게 배신했다. 오른손에 들고 있던 트라이던트를 그대로 찔러 버린 것이다.

깜짝 놀란 데미안은 무보(舞步)의 구결대로 몸을 회전시켜 상대의 공세를 피하고는 다시 레이피어를 뽑아 상대의 목을 공격했다.

사악!

데미안의 레이피어는 사제의 목을 반 이상 잘라 버렸다. 하지만 사제의 공격은 그것으로 끝난 것이 아니었다. 뻗었던 팔을 꺾어 트라이던트로 데미안의 심장을 노렸다.

"아니, 뭐 이런 괴물이 다 있어?"

데보라는 놀라면서도 브로드 소드로 재차 공격했다. 데보라의 공격에 사제의 왼팔이 날아가 버렸지만 트라이던트를 잡은 그의 오른손은 여전히 데미안을 노리고 있었다.

트라이던트에 데미안의 심장이 찔리려는 순간 데미안의 몸은 다시 부드럽게 원을 그리며 뒤로 물러섰다.

"저, 저걸 보세요."

수국이 놀란 얼굴로 뭔가를 가리키자 일행들의 눈이 일제히 그쪽으로 향했다. 검은 방패를 들고 있던 사제의 팔이 바닥에 떨어진 채 꿈틀거리고 있었다. 그러나 그것은 인간의 팔이 아니었다.

파충류의 다리를 닮은 그것에 일행들이 놀랄 때 팔이 잘렸던 사제가 다시 그 팔을 들어 자신의 몸에 붙였다. 그리고 쓰고 있던 두건을 천천히 벗었다.

"꺄악!"

"저럴 수가!"

"뭐야, 저것들은!"

"으음."

일행들의 반응은 제각기 달랐다. 하지만 대체적으로 두 가지 반응이었다. 놀라움과 혐오스러움.

특히 여자인 데보라와 수국의 놀라움은 상당한 것이었다.

한 사제가 두건을 벗자 그들을 포위하고 있던 모든 사제들이 일제히 사제복을 벗어 던졌다.

단순히 머리만 뱀이 아니라 그들의 전신을 덮고 있는 녹색의 비늘이나 도마뱀의 팔다리를 빌려온 것 같은 그들의 모습은 혐오를 넘어선 공포스러운 모습이었다.

"사랑스런 사두용인들아! 저것들을 모조리 죽여 버려라!"

과시존자의 말에 사두용인들이 포위망을 좁혀왔다. 그 모습을 본 로빈이 재빠르게 외쳤다.

"저것들은 마신에게서 어둠의 힘을 이어받았기 때문에 일반적인 무기로는 죽일 수 없어요. 그러니까……."

"꺄악!"

"디바인 실드!"

펑!

수국의 비명 소리와 로빈의 외침, 그리고 폭음이 동시에 들렸다.

로빈의 등 뒤를 공격하는 사두용인의 모습에 수국이 비명을 지르고, 그런 수국의 표정에서 자신이 위험하다는 것을 깨달은 로빈은 황급히 보호막을 쳤다. 그리고 사두용인의 공세가 방어막에 부딪치며 폭발한 것이다.

그 순간 헥터는 로빈을 공격하다 중심을 잃은 사두용인의 목을 단숨에 잘랐다. 그리고 지체없이 몸통을 세로로 쪼개 버렸다.

잘려진 사두용인의 몸통은 바닥에 떨어졌고, 햇살을 받은 그의 몸통은 마치 얼음처럼 순식간에 녹아버렸다. 그 모습을 본 일행들은 사두용인들을 상대할 방법을 찾을 수 있었다.

다음 사태는 급변했다.

일행들의 공격은 정확하고도 무자비했다. 이미 상대가 인간이 아니라는 것을 알았기 때문일지는 모르지만 사두용인들을 공격하는 그들의 손길은 인정사정없었다.

50명에 달하던 사두용인들의 숫자는 채 20분도 지나기 전 10명으로 줄어들었다. 그런 모습에 과시존자는 대경실색하지 않을 수 없었다. 데미안을 제외한 나머지 인원들의 눈부신 활약을 지켜본 과시존자는 황급히 명령을 내렸다.

"뒤로 물러서라!"

후퇴 명령이 떨어지자 사두용인들은 허둥대는 모습으로 뒤로 물러섰다. 그런 그들의 얼굴에는 두려움이 가득했다.

림몬에게 자신의 영혼을 바친 후 설사 죽음을 맞이하는 순간이라도 두려움을 몰랐던 자신의 부하들이 고작 인간들을 상대하면서 공포를 느끼다니……. 과시존자는 자신의 눈으로 직접 확인하고도 믿을 수 없었다.

신관의 직위에 오른 자들을 위해 몇몇 마물이나 마수를 잡을 때도 용감했던 부하들이었다. 그런 부하들을 마치 썩은 무처럼 베어버린 데미안 일행들의 능력은 정말 놀라운 것이었다.

자신에게 최대의 위기가 닥친 것을 확인한 과시존자가 한 발 앞으로 나서며 데미안을 가리켰다.

"앞으로 나서라."

"나?"

데미안이 검지로 자신을 가리키자 과시존자는 고개를 끄덕였다. 그런 과시존자의 모습에 데미안은 일단 일행들을 바라보았다. 약간 놀란 모습이기는 했지만 더 이상의 위험은 없을 것 같았다.

데미안이 나서자 과시존자는 입고 있던 사제복을 찢어발기듯 벗어버렸다. 그러자 앙상한 골체미(骨體美?)를 자랑하는 과시존자의 몸매가 드러났다.

그 모습에 데미안은 실소가 터져 나왔다.

"후후후, 내가 제일 만만해 보였던 모양이군."

"웃지 마라, 애송아! 오늘 넌 이 과시존자의 손에 죽는다."

"호오~ 그보다, 어렸을 때부터 그렇게 말랐던 모양이지?"

"무슨 소리냐?"

"그러니까 앙상한 몸매를 자랑한다는 의미에서 '과시(誇示)'라는 이름을 지은 것 아니야?"

데미안의 말에 그의 일행들은 실소를 지었다.

듣는 쪽에서는 기분 좋을지 몰라도 당하는 입장에서는 데미안만큼 얄미운 존재가 없었다.

"설마 내가 당신의 그 앙상한 몸매를 보고 동정심이 생기기를 바라고 옷을 벗은 건 아니겠지?"

"죽일 놈! 어디 네 솜씨가 네 말솜씨처럼 뛰어난가 보자."

"영감, 당신의 염소 수염이나 조심하시지. 후후후, 그리고 대체 얼마나 오래 살겠다고 마신에게 몸을 바친 거야? 적당히 세상을 살았으면 그만 죽는 것도 좋잖아. 안 그래, 이 괴물 늙은이?"

데미안의 조롱에 과시존자는 주먹을 불끈 쥐었다. 자신이 이 세상에 태어나 인간으로 살아왔던 시간과 림몬의 사제가 되고 난 후의 시간을 합쳐 데미안만큼 자신의 핏대를 건드리는 사람은 없었다.

"우드득! 오늘 내가 널 죽이지 못하면 사람이 아니다."

"피식, 무슨 소리를 하는 거야? 늙은이는 원래 사람이 아니잖아. 그리고 뭐, 날 죽여? 대체 무슨 수로 날 죽이겠다는 거지? 과연 늙은이에게 그럴 만한 능력이 있을까?"

데미안의 조롱에 과시존자는 더 이상 참을 수 없었다.

"메터모르퍼시스—!"

과시존자가 발악하듯 외치자 구부정했던 그의 몸이 갑자기 펴지며 2미터는 족히 될 근육질의 몸매로 바뀌었다. 꿈틀거리는 그의 근육을 보며 데미안이 인상을 썼다.

"괴물 늙은이, 몸보다 얼굴을 바꿀 수는 없어? 정말 밥맛 떨어지게 생긴 얼굴이잖아. 에이, 재수없어."

"정말 주둥아리만 산 놈이군. 블랙 파이어!"

외침이 끝나자 그의 몸은 검은 불길에 휩싸였다. 그리고 그 열

기는 10미터는 족히 떨어져 있는 일행들도 느낄 수 있을 정도였
다.

 과시존자가 입을 벌리자 그의 입에서 검은색 기류가 뿜어져 나
왔다. 그러나 그 기류는 흩어지지 않고 허공에서 뭉쳐지더니 두
개의 날을 가진 거대한 도끼로 변했다.

 도끼를 움켜쥔 과시존자는 데미안을 공격하기 위해 움직이려고
했다. 하지만 데미안의 움직임이 더욱 빨랐다.

 그가 도끼를 가슴 높이로 쳐들었을 때 이미 데미안은 그의 곁
으로 다가서 있었다. 그리고는 마나를 주입한 레이피어로 그의 어
깨를 힘껏 찔렀다.

 레이피어는 과시존자의 어깨를 관통하고 등 뒤로 빠져나갔다.
하지만 과시존자는 자신이 공격받았다는 사실도 알지 못하는 사
람처럼 도끼를 휘둘러 데미안의 목을 노렸다.

 이미 사두용인들과의 경험을 통해 이 정도 상처로는 상대의 움
직임을 멈출 수 없다는 것을 알고 있기에 데미안은 재빨리 뒤로
물러섰다.

 "댄싱 스텝(Dancing Step : 舞步)!"

 데미안의 발걸음이 경쾌하게 움직인다고 느끼는 순간 그의 몸
이 흐릿해졌다. 미처 눈이 따르지 못할 정도로 빠른 움직임이었다.
하지만 과시존자의 도끼는 그런 데미안을 정확하게 쫓고 있었다.

 게다가 그의 팔이 조금씩 길어지기 시작해 2미터까지 늘어났다.
그리고 그런 그의 팔에 들려 있는 도끼는 데미안을 사정없이 공
격했다.

 그런 과시존자의 공격을 차분하게 막아내던 데미안의 움직임이
순간 폭발적으로 빨라졌다.

등에 메고 있던 미디아를 꺼내 드는 것과 동시에 과시존자의 품으로 파고들며 그대로 그의 손목을 내려쳤다. 그의 손목이 매끈하게 잘려 나가는 것을 보고 레이피어를 뻗어 그의 팔뚝을 꿰뚫었다. 다시 몸을 회전시키며 내려친 미디아에 의해 그의 팔뚝이 깨끗이 잘려 나갔다.

다시 한 번 회전한 데미안은 미디아를 올려쳐 그의 팔을 몸통에서 분리시켰다. 그리고는 경쾌한 동작으로 뒤로 물러서면서 미리 캐스팅해 두었던 체인 라이트닝의 스펠을 왼손에 들고 있던 레이피어로 펼쳤다.

번쩍이던 하얀 백광은 바닥에 떨어져 있던 과시존자의 팔과 팔뚝, 그리고 손목을 재로 만들어 버렸다. 모든 것이 일순간에 일어난 일이기에 다른 사람들의 눈에는 데미안의 모습이 흐릿해진 순간 과시존자의 팔이 세 토막이 된 채 바닥에 떨어졌고, 그 순간 재가 된 것처럼 보였다.

양손에 레이피어와 미디아를 든 데미안은 그런 과시존자를 바라보며 안됐다는 표정을 지었다.

"쯧쯧쯧, 팔이 잘려 병신이 되다니…… 이 일을 어쩌나? 정말 불쌍한 늙은이야."

과시존자는 자신의 팔이 잘려 나간 것보다는 데미안에게 조롱받았다는 것이 더 견디기 힘들었다.

"크아아아— 악!"

고개를 쳐든 과시존자의 입에서 괴성이 터져 나오는 순간 잘려진 오른쪽 어깨에서 무엇인가가 꿈틀거리며 돋아나기 시작했다. 그리고 그것은 눈 깜짝할 사이에 새로운 팔로 변신을 마쳤다.

그 모습을 지켜보는 데미안 일행들의 눈엔 혐오스러움만이 가득했다.

"징그러운 짓은 골고루 다 하는 늙은이이야 정말."

과시존자는 이런 황당한 꼴은 처음 당해봤다. 그제야 정신을 차린 그는 자신의 팔을 자른 데미안의 검을 살펴보았다. 그러자 희미하게 신성력이 검의 표면을 감싸고 있는 것이 보였다.

자신이 가진 힘과 신성력은 극성.

그것을 사용하는 자의 능력이 뛰어나다면 자신이 그를 이길 승산은 거의 없다고 봐야 했다. 게다가 데리고 온 부하들도 거의 저들의 손에 목숨을 잃었다.

만약 자신이 철갑존자처럼 결계를 만드는 능력이 있다면 이들을 결계 안으로 끌어들여 끝장을 볼 수 있겠지만 지금으로써는 불가능한 일이었다.

과시존자는 주먹을 불끈 쥐고는 다시 입을 커다랗게 벌렸다. 그런 그의 입에서는 주먹만한 구슬이 튀어나왔다. 그것을 쥔 과시존자는 지체없이 데미안 일행 앞에 그것을 던졌다.

펑—!

약한 소리와 함께 깨진 구슬에서는 징그럽게 생긴 것이 끊임없이 쏟아져 나왔다. 그것은 하나의 작은 뿔에 지렁이 같은 몸통이 붙어 있는 괴상한 모습이었다.

순식간에 손가락 크기만하게 자란 그것은 모조리 땅속으로 스며들었다.

이상함을 느낀 데미안은 재빨리 철갑존자에게 달려갔다. 아니, 달려가려 했다. 바로 그 순간 무엇인가가 지면을 뚫고 데미안의 다리를 향해 날아들었다.

데미안은 재빨리 공중제비를 돌고는 자신의 다리를 공격한 것을 향해 힘껏 레이피어를 휘둘렀다.

챙!

날카로운 쇳소리와 함께 날아간 그것은 멍하니 그 모습을 보고 있던 단의 허벅지에 맞았다.

"윽!"

단의 허벅지는 당장 시뻘건 선혈에 젖었고, 그의 얼굴은 극심한 고통으로 일그러졌다. 곁에 있던 로빈이 그를 급히 부축했다.

"괜찮으세요?"

"나, 난 괜찮소. 으윽! 그러니 어서 저자를…… 으아악!"

괜찮다는 말과는 달리 단은 비명을 터뜨렸다.

고통이 얼마나 극심한지 그의 얼굴은 온통 새빨갛게 변했고, 힘줄과 핏줄이 금방이라도 살갗을 뚫고 나올 듯 튀어나와 있었다.

그런 단의 모습에 로빈은 황급히 다가와 그의 바지를 찢었다. 상처는 허벅지의 중앙 부분에 나 있었고, 조금씩 선혈이 흘러나오고 있었지만 로빈이 보기에 그렇게 대단한 상처는 아니었다.

유심하게 상처 주위를 살피던 로빈의 눈에 단의 종아리 부분에서 무엇인가가 꿈틀거리는 것을 발견했다. 황급히 주머니에서 메스를 꺼낸 로빈은 조금 솟아오른 부분의 살갗을 조금 내리그었다. 그러자 열심히 꿈틀거리며 단의 살 속으로 파고들려고 하는 괴상한 것의 모습이 보였다.

그것은 조금 전 과시존자가 던진 구슬 속에 있던 작은 마물이었는데, 그사이 얼마나 단의 피를 빨았는지 몸통 부분이 어린아이의 주먹만한 크기로 커져 있었다.

로빈은 치를 떨면서 메스로 마물의 몸통을 잘라냈다.

두 동강이 난 마물은 엄청난 양의 피를 쏟아내며 지면에서 꿈틀거렸다. 그 모습에 로빈은 당장 치유의 구슬로 강제 정화를 했다. 그러자 마물은 당장 쪼그라들더니 재로 변해 날아가 버렸다.

그 모습을 본 일행들은 이를 악물었다.

로빈이 단의 상처를 치료하는 동안 데보라는 브로드 소드를 다시 등에 메고는 아로네아를 꺼내 들었다. 그리고는 지체없이 땅에 꽂으며 외쳤다.

"세이크리드 웨이브Sacred Wave—!"

순간 약하게 지면이 진동을 일으켰다. 그리고 동시에 일행들은 푸르스름한 기운이 자신들을 보호하고 있다는 걸 깨달았다. 그리고 잠시 후 무엇인가가 지면을 뚫고 공중으로 튀어 올라오는 것을 발견했다. 과시존자가 던졌던 구슬 속에 들어 있던 마물들이었다.

데미안과 라일이 보호막을 신속하게 빠져나와 순식간에 마물들을 몰살시켰다. 다만 한 가지 이상한 점은 라일의 상태가 극도로 안 좋게 보인다는 것이었다.

데미안이 주위를 둘러보았을 땐 이미 과시존자와 그의 부하들은 보이지 않았다. 그들을 놓친 아쉬움에 주먹을 한번 불끈 쥔 데미안은 급히 라일에게 달려가 그의 상태를 확인했다.

전신을 부들부들 떨던 라일은 결국 무릎을 꿇고 그 자리에 주저앉고 말았다. 데미안이 영문을 몰라 어리둥절한 표정을 짓고 있을 때 로빈이 소리쳤다.

"데보라님, 어서 보호막을 거두세요. 신의 무기가 가진 보호막은 라일님과 극성이에요."

그제야 라일의 상태를 이해한 데보라는 황급히 보호막을 거두었다. 그리고 잠시 시간이 지나자 라일은 상태가 호전되었는지 천천히 몸을 일으켰다. 그러나 완전히 나은 것은 아닌지 비틀거렸다.

"죄송해요, 라일님. 아깐……."

"괜찮네, 데보라 양. 신경 쓰지 말게."

"하지만……."

데보라는 미안해 어쩔 줄 몰라 했지만 라일은 그저 괜찮다는 말뿐이었다. 그런 반면 데미안은 단에게 미안하다는 말을 계속하고 있었다. 그리고 그런 그들의 모습을 바라보고 있는 눈초리가 있었다.

부하인 다크 아이의 눈을 통해 데미안과 그 일행들의 활약상을 직접 눈으로 확인한 블랙 시니어는 깜짝 놀라지 않을 수 없었다.

비록 자신이 과시존자에게 그들에 대해 자세한 정보를 넘겨주지는 않았지만, 지금 보니 그들에 대해 알고 있는 것보다는 모르고 있었던 것이 훨씬 더 많았다. 게다가 그들이 가진 힘이 이렇게 강할 줄은 상상도 못했던 일이었다.

부하들을 잔뜩 잃은 과시존자가 자신에게 앙알거릴 것보다는 데미안 일행을 확실하게 처치하는 것이 더욱 중요한 일이라는 것을 깨달았다. 하지만 조금 전 장면을 보면 과연 자신의 힘으로 그들을 처치할 수 있을까 의구심이 들 정도였다.

블랙 시니어는 지체없이 마법진을 만들고 수정 구슬을 중앙에 놓은 다음 자신의 상관인 라인볼트를 불렀다. 몇 번의 애절한 그의 부름에 마침내 라인볼트의 영상이 마법진에서 뿜어져 나온 검은 연기 위에 희미하게 투영되기 시작했다. 그런 그의 얼굴은 왠지 피곤해 보였다.

"무슨 일이냐?"

"지금 제 앞에 저의 능력으로는 어쩔 수 없는 커다란 적이 나타났습니다."

"적? 대체 누구이기에 네 능력으로 부족하다는 것이냐?"

라인볼트의 물음에 블랙 시니어는 그동안 있었던 일들을 상세하게 보고했다. 그리고 멸신교의 교주에게 협조를 얻어 데미안 일행을 공격했지만 그들이 가지고 있는 이상한 무기 때문에 전멸을 당할 뻔했던 이야기도 빠뜨리지 않았다.

그 말을 듣는 순간 희미하게 보이는 라인볼트의 모습이 격렬하게 떨렸다.

"틀림없이 세이크리드 웨이브라고 했단 말이냐?"

"그렇습니다. 틀림없이 제 귀로 들었습니다."

"그러면 그 창은 틀림없이 창녀 같은 아레네스가 가지고 있던 물의 창 '아로네아'가 확실하다. 그렇다면 너의 능력으로 그들을 처리하는 것은 불가능하다."

"그러면 제가 어떻게 해야 할지 그것을 알려주소서."

"2, 3일 내로 너에게 강력한 마물을 보내주마. 그리고 지하르트 님을 맞을 준비는 이상없겠지?"

음산한 음성에 블랙 시니어는 땅속으로 머리를 파묻을 듯 더욱 머리를 지면에 붙이며 공손하게 입을 열었다.

"모든 준비가 이상없이 진행되고 있습니다. 그분께서 지상에 모습을 드러내셨을 때 치를 부활의 의식은 이미 준비되어 있습니다."

"알았다. 일단 그들의 행방을 놓치지 마라. 나머지는 내가 알아서 하겠다."

"명심하겠나이다, 라인볼트시여!"

"그리고 병신 같은 림몬의 추종자들을 잘 구슬러 상대의 전력에 대해 좀 더 확실히 알아내도록 해라."

"알겠나이다."

블랙 시니어의 대답을 들은 라인볼트의 모습은 실내에서 곧 사라졌고, 자리에서 일어난 블랙 시니어는 마법진을 지우고는 자리에 앉아 곧 들이닥칠 과시존자를 어떻게 달래야 할지 그 생각에 골몰했다.

*　　　*　　　*

장거리 워프를 한 마브렌시아가 나타난 곳은 일전에 수백만 마리의 쥐 떼를 이끌던 캐피널과 혈전을 벌였던 바로 그 벌판이었다.

주위에는 아무것도 없었지만 그래도 마브렌시아는 안심하지 못했다.

"디텍트 마나!"

주위를 둘러보던 마브렌시아의 눈에 지금 자신이 있는 곳에서 30킬로미터쯤 떨어진 곳에 인간의 마을이 있는 것이 확인되었다. 재빨리 자신의 의복을 간단한 여행복으로 바꾼 마브렌시아는 다시 그곳을 향해 워프를 시도했다.

마을에서 조금 떨어진 곳에 도착한 마브렌시아는 일단 여관부터 찾았다. 전체 가구가 200가구밖에 되지 않아서인지 여관이라고는 단 한 곳뿐이었다.

마브렌시아가 안으로 들어서자 씩씩한 몸매를 자랑하는 여주인이 다가왔다.

“어서 오세요. 식사를 하실 건가요, 아니면 숙박을 하실 건가
요?”

“일단 식사부터.”

ㅇ ̇제 20여 세에 불과한 마브렌시아의 반말을 듣고도 아무렇지
않은지 여주인은 다시 입을 열었다.

“정식도 있고, 살짝 데친 야채 요리도 있어요. 그리고 저희 마을
의 자랑인 구운 오리도 있는데 어느 것으로……”

“아무거나 일단 가져와 봐.”

“예, 곧 대령하겠습니다.”

“그리고 술 한 병!”

“예, 예, 알겠습니다.”

여주인이 주방으로 사라지자 마브렌시아는 일단 자신의 마나를
철저하게 숨겼다. 그러고 난 후에야 안심을 하고는 주위를 둘러보
았다.

전체 구조는 1층은 식당으로, 그리고 2층과 3층을 여관으로 운
영하는 것 같았다. 씩씩하게 보이는 주인의 성격을 대변하듯 주위
의 모든 물건이 깨끗하게 닦여 있었다.

잠시 후 주인이 가져다 준 술을 마시며 마브렌시아는 생각에
빠졌다.

비록 자신이 일곱 군데를 거쳐 이곳에 왔다고는 하지만 자신의
뒤를 쫓는 철갑존자가 자신을 놓칠 거란 생각은 들지 않았다. 결
국은 시간문제였다.

그러면서 마브렌시아는 자신과 두 번이나 대결을 벌였던 철갑
존자의 무시무시한 힘이나 마력을 도무지 이해할 수 없었다. 그의
몸뚱이가 괴상하게 변한 것은 이해할 수 있었지만 그와 동시에

폭발적으로 늘어나는 마력은 도저히 이해할 수 없었다.

지상에 존재하는 생명체 중에 '마나 보존의 법칙'을 벗어나는 존재는 있을 수 없다.

드래곤인 자신만 하더라도 브레스는 겨우 일곱 번, 9싸이클의 마법은 열여섯 번 펼치는 것이 고작이었다. 하지만 그것만으로도 여태껏 적수가 있을 수 없었다. 아니, 그렇게 브레스나 마법을 사용해 본 적도 없었다.

또 그 모든 것은 자신이 몸속에 축적해 두었던 마나를 여러 번 나누어 이용한 것이지, 없는 마나를 만들어 사용한 것은 아니었다. 하지만 자신이 본 멸신교의 신관이나 사제들은 그런 마나 보존의 법칙에서 철저히 벗어나 있었다.

인간의 모습을 하고 있을 땐 단 한 점의 마나나 마력도 느낄 수 없더니 이상하게 모습이 변하는 순간 그들의 마력은 엄청나게 증가하는 것이었다. 그렇다면 그들은 변신하는 순간 대체 어디서 그런 마력을 끌어들이는 것일까?

만약 그 비밀만 알아낼 수 있다면 자신의 뒤를 쫓는 철갑존자 따위는 상대도 되지 않을 텐데 하는 생각이 들었다.

잠시 후 나온 식사를 하면서도 마브렌시아는 그런 생각을 떨칠 수 없었다.

식사를 마친 후 한잔의 술을 마시며 생각에 빠져 있을 때 그녀 앞에 누군가가 다가왔다. 고개를 들어보니 뜻밖에 상당한 미남이었다.

검은 머릿결이 허리까지 내려온 부드러운 인상의 청년.

하지만 그의 얼굴이나 전신에는 눈에 보이지 않는 어둠이 묻어 있는 것 같았다.

“누구지?”

“당신에게 도움을 주려는 존재.”

“도움?”

. 코웃음을 치려던 마브렌시아는 청년의 얼굴에 걸려 있는 자신만만한 태도가 마음에 걸렸다.

“당신은 내가 누군지 알고 그런 말을 하는 거야?”

질문을 하면서도 마브렌시아는 자신이 어리석은 질문을 했다는 생각이 들었다.

이스턴 대륙에 와선 어느 누구도 자신을 알아보는 사람이 없었다. 그러니 저렇게 어린(?) 청년이 자신을 알 까닭이 없다고 생각했다. 하지만 그런 그녀의 생각은 빗나갔다.

“드래곤이 아닌가요? 레드 드래곤 마브렌시아. 그것이 당신의 이름이라고 알고 있는데 틀리나요?”

부드러운 청년의 대답에 마브렌시아는 생애 최초로 소름이 전신에 돋는 것을 느꼈다. 상대는 자신을 알고 나타났지만 자신은 상대에 대해서 아무것도 아는 것이 없었다.

긴장한 마브렌시아가 입을 열었다.

“당신, 대체 누구야?”

“저 말입니까? 이오시스라고 알고 계시면 됩니다.”

“내가 드래곤이라는 것은 어떻게 알았지?”

“하하하, 그것이 그렇게 중요한 문제인가요?”

청년이 오히려 반문을 하자 마브렌시아는 말문이 막혔다.

눈앞에 미소를 짓고 있는 청년 같은 존재는 단 한 번도 만나본 적이 없었다. 그의 투명한 눈길을 대하고 있으면 마치 그의 앞에 발가벗고 서 있는 것 같은 느낌이 들었다.

그런 자신의 속마음을 숨기고 싶은 마음에 마브렌시아는 큰 소리로 물었다.

"대체 무슨 방법으로 나에게 힘을 주겠다는 거지?"

"이제 곧 지상으로 오실 분이 계십니다. 그분께 충성을 맹세하신다면 당신은 당신이 꿈에도 상상하지 못할 어마어마한 힘을 얻을 수 있습니다. 지금 당신의 뒤를 쫓는 멸신교의 철갑존자 따위는 당장 먼지로 만들 수 있는 그런 파멸의 힘 말입니다."

이오시스의 부드러운 대답에 마브렌시아는 아무 말도 못하고 그저 눈앞의 청년을 바라볼 뿐이었다.

"그리고 내가 당신이 드래곤이라는 것을 알아본 것은 당신의 동족들을 오래전에 본 적이 있기 때문입니다."

"동족을 보다니…… 그렇다면 이 땅에 드래곤이 있다는 말이야?"

"그렇지는 않습니다. 이 대륙에 살고 있던 단 한 마리의 드래곤마저 이미 뮤란 대륙으로 가버렸기 때문에 지금 이 대륙에 있는 드래곤은 오직 당신뿐입니다."

마브렌시아는 그런 사실을 모두 알고 있는 이오시스의 존재가 더욱 궁금했다.

"그 모든 사실을 알고 있는 넌 대체 누구지?"

"전 곧 이 세상에 오실 분의 부하입니다. 그분보다 앞서 세상에 나와 그분이 가실 길을 닦는 존재라고 보시면 됩니다. 주로 그분의 부하가 될 자격이 있는 존재들을 모집하는 것이 저의 주된 임무라고 할까요. 하하하."

이오시스의 얼굴에 어린 미소는 여전히 지워질 줄 몰랐다. 하지만 지금 마브렌시아의 마음속에서는 본능적인 거부감이 생겼다.

세상에 곧 올 그 존재라는 것이 무엇인지는 모르지만 단지 충성을 맹세하는 것만으로 자신에게 그런 힘을 준다는 것을 믿을 수 없었다. 아니, 설사 그런 힘을 얻을 수 있다고 하더라도 그에게 충성하는 자신의 모습은 도저히 상상할 수 없었다.

그런 마브렌시아의 갈등을 아는지 이오시스는 환한 미소를 지으며 품에서 육각형의 흑수정(黑水晶)을 꺼내 그녀에게 내밀었다.

"당장 결정을 내리기는 어려울 겁니다. 이걸 가지고 계시도록 하십시오."

"이게 뭐지?"

"당신이 그분께 충성을 맹세하겠다는 결심이 생기시면 그 흑수정을 부러뜨리십시오. 그러면 그 순간 계약은 성립되고 당신은 그분의 부하가 되어 어마어마한 파멸의 힘을 가지게 될 겁니다."

"단약 내가 배신을 한다면 어쩔 거지?"

"후후후, 그럴 만한 능력이 된다면 배신을 시도해 보는 것도 좋겠지요. 하지만 쉽지는 않을 겁니다."

이오시스의 웃음을 듣는 순간 마브렌시아는 다시 불쾌한 감정이 솟구쳤다.

"그리고 그분께 충성을 맹세한다면 영원한 삶을 살 수 있습니다. 한계가 있는 드래곤으로서의 삶이 아니라 영원 불멸의 존재가 될 수 있습니다. 저 역시 그분께서 주신 힘으로 벌써 1만 년 이상 살아오고 있습니다. 만약 당신이 그분께 파멸의 힘을 받게 된다면 드래곤 로드가 될 수 있을지도 모르는 일이지 않습니까?"

"드래곤 로드?"

"그렇습니다. 모든 드래곤들의 지배자인 드래곤 로드. 욕심나지 않습니까? 지상의 모든 것을 지배할 수 있는 존재. 당신이 충성을 맹세하는 순간 그 모든 것이 당신의 것이 됩니다. 심각하게 한번 생각을 해보시지요. 그리고 철갑존자가 아마 내일쯤이면 당신의 종적을 찾아낼 겁니다."

그 말을 마친 이오시스의 몸이 점점 희미해지더니 눈 깜짝할 사이 사라져 버렸다.

그가 사라지고 난 후에도 마브렌시아는 흑수정을 만지며 그가 제의한 말을 생각하고 있었다.

드래곤 로드.

단지 한 존재에게 충성을 맹세하는 대가로 드래곤 로드가 될 수 있다면, 그것도 괜찮은 조건이었다. 아니, 괜찮은 정도가 아니라 엄청나게 좋은 조건이 아닐 수 없었다.

그걸 알면서도 마브렌시아가 승낙하지 않은 것은 자신이 어떤 존재에게 충성을 해야 한다는 그 조건 때문이었다.

자신이 실질적인 드래곤 로드라고 할 수 있는 카르메이안에게 고개를 숙인 것은 그가 자신에 비해 거의 세 배에 가까운 나이를 먹었기 때문이지 그의 능력이 자신보다 월등해서는 아니었다.

그런데 이제 단지 힘을 얻기 위해 한 번도 본 적이 없는 존재에게 머리를 숙여야 한다는 것이 그녀의 마음을 꺼림칙하게 만들었다. 하지만 자신의 눈으로 단지 마신의 추종자들이 가진 가공할 힘과 능력을 목격했기에 이오시스가 한 말을 헛소리로 치부해 버릴 수 없었다.

마브렌시아는 자신의 건너편 테이블에서 떠들며 술을 마시고 있는 세 사람의 농부들을 바라보았다.

대체 저들은 무슨 일이 있기에 저리도 기분이 좋아 보이는 것일까?

그녀는 인간 세상에 여러 번 나왔었다.

단순히 여행을 즐긴 적도 있었지만, 나라의 건국에 참여한 적도 있었고, 트레져 헌터가 되어 던전을 탐험했던 적도 있었다. 또 백작가의 사내와 결혼을 해 지내보기도 했다. 하지만 단 한 번도 저 인간들처럼 기쁨을 느껴본 적이 없었다.

그녀가 가장 이해하지 못하는 것이 바로 인간의 감정이었다. 밤길을 두려워하던 인간들이 어떨 때는 겁도 없이 몬스터나 드래곤에게 대항하기도 했다. 또 남을 짓밟으며 권력이나 재물에 탐닉하던 자들이 어떨 때는 기꺼이 자신들을 희생해 남을 돕기도 했다.

그들이 느끼는 기쁨과 슬픔, 환희와 고뇌, 두려움과 용기가 대체 어떤 감정인지 궁금하기 이를 데 없었다. 그들과 직접 부딪치며 지내봐도 전혀 알 수 없었다.

결국 어느 순간 인간들이 느끼는 감정에 대해 포기해 버리기는 했지만 지금처럼 기뻐하거나 슬퍼하는 인간들을 보면 신기한 생각이 드는 것은 사실이었다.

자신의 방에 올라온 마브렌시아는 옷을 벗고는 알몸으로 침대 속으로 들어갔다. 시트에서 전해지는 조금은 까칠한 느낌이 기분 좋게 느껴진다는 생각이 들자 마브렌시아는 갑자기 이상한 생각이 들었다.

자신이 왜 기분이 좋다고 느꼈을까?

고작 침대에 누운 것뿐인데 말이다.

엄청난 황금이나 보물을 차지했을 때도 그저 흐뭇했을 뿐 이렇게 기분이 좋다는 생각은 들지 않았다. 그랬던 자신이 왜 지금은 기분 좋게 느끼는 것일까?

이런 것이 인간들이 느끼는 포근함이란 것일까?

침대에 누운 마브렌시아는 자신이 과거 겪었던 일들을 떠올렸다. 인간이라면 그 가운데 십 분의 일도 기억하기 힘들겠지만 그녀는 드래곤이었다. 모든 기억이 또렷하게 기억났다.

이제 와 생각해 보면 백작가의 사내와 결혼해 아이를 낳았던 그 때가 가장 행복했던 시절 같았다. 바이샤르 제국의 백작이었던 루이에 반 스카레토란 자였는데, 사냥터에서 만났었다.

루이에는 그때부터 자신을 쫓아다니며 사랑을 고백했고, 심심했던 마브렌시아는 그의 청을 받아들여 잠시 그의 아내가 되었다. 그와 지낸 지 1년이 지났을 때 그녀는 인간의 아이를 낳았다. 딸이었다.

그때 기뻐하던 루이에의 모습을 마브렌시아는 이해할 수 없었다. 자신의 젖을 빠는 어린아이의 모습이 눈에 선했다. 물론 지금은 몇백 년도 지난 과거의 일이지만 말이다.

자신에게 헌신하는 사내의 모습과 자신이 안고 있던 어린 계집아이.

그렇게 돌아다니기 좋아했던 자신이 인간의 사내와 아이와 함께 5년이란 시간을 보낸 것은 지금 생각해 보면 행복했기 때문인 것 같았다.

그것이 인간들이 말하는 행복인지는 모르겠지만.

그러고 보니 자신과 카르메이안 사이에서 태어난 드라시안이 생각났다.

물론 자신이나 카르메이안 둘 다 단독으로 헤츨링을 출산할 수 있었지만 그때는 내기가 목적이었기에 두 드래곤의 기운이 적당히 섞인 드라시안이 태어난 것이다. 물론 자신이 약간의 농간을 부리기는 했지만 말이다.

가만히 생각해 보면 그 드라시안은 불쌍한 존재였다.

거의 모든 드라시안은 특수한 목적을 위해 태어난다. 물론 원칙대로라면 목적이 달성되고 난 후 폐기를 해야 하지만 제멋대로인 드래곤이 그런 규칙을 지킬 리 만무했다.

그래서 대부분의 드라시안들은 주인의 레어를 지키는 존재로 전락한다. 그러니 드래곤들이 드라시안에 대해 애정을 느낄 리 없었다.

하지만 자신과 카르메이안 사이에서 태어난 드라시안은 달랐다.

태어난 시점부터 자신의 젖을 물렸고, 또 자라면서 자신과 카르메이안을 부모로 생각하는 것을 인정했다. 지금 생각해 보면 과거 행복했다고 느꼈던 당시의 분위기를 다시 한 번 느껴보기 위해서 그랬는지도 몰랐다.

그는 유독 자신을 더 따랐고, 그래서인지 마법보다는 검술 실력이 일취월장했었다. 결국 카르메이안과의 내기에 이길 수 있었고, 그 공을 인정해 그 드라시안을 기억만 봉인한 채 풀어주었던 것이다.

지금 와서 생각해 보면 자신은 드라시안의 공을 인정해 그를 살려두었지만 카르메이안은 그럴 필요가 없었다. 누구보다 자존심이 강한 골드 드래곤 카르메이안이 자신을 내기에서 지게 한 드라시안을 왜 살려두었는지 생각해 보면 이상한 일이었다.

자신이 살려두었던 드라시안의 존재를 느낀 것은 단 한 번.

신의 무기에 대한 단서를 쫓고 있을 때뿐이었다. 무슨 이유에서인지 그가 폭주한 것을 느낄 수 있었고, 자신의 동족인 한 드래곤의 존재가 희미해진 적이 있었다. 그리고는 자신이 놓아준 드라시안을 한 번도 느낄 수 없었다.

마브렌시아가 자신이 카르메이안, 그리고 드라시안과 지냈던 당시의 일을 떠올리고 있을 때 서서히 창문을 통해 아침 햇살이 방으로 쏟아져 들어왔다.

자리에서 일어난 마브렌시아는 자신의 모습을 잠시 거울에 비춰보았다.

20대 중반의 아름다운 용모를 한 여자의 나신(裸身).

그것이 지금 그녀의 모습이었다. 그리고 그 모습은 자신의 아버지이자 어머니였던 레드 드래곤 프레시오네스의 얼굴 모습이었다.

프레시오네스는 어떻게 보면 무책임한 부모였다.

마브렌시아가 그의 모습을 처음 본 것은 태어났을 때였다. 그리고 자그마치 천 년 동안 한 번도 보지 못했었다. 그리고 들은 소식은 다른 드래곤과의 분쟁에 휘말려 죽임을 당했다는 소식뿐이었다.

원래 드래곤들에겐 혈육에 대한 개념이 희미하기도 했지만 몇 번 보지 못한 프레시오네스에 대한 정이 있다는 것이 오히려 이상한 일이었다.

천천히 옷을 걸친 마브렌시아는 간단하게 요기를 하고는 곧 북쪽으로 장거리 워프를 했다.

*　　　　*　　　　*

봉안을 향해 이동하던 그들은 언제 과시존자의 기습이 있을지 염려했지만 다행히도 더 이상의 공격은 없었다. 그렇지만 데미안 일행은 긴장을 풀지 않았다.

봉안까지는 이제 이틀 거리였다.

산 하나만 넘으면 되었는데, 산세가 상당히 험준해 보통 사람들은 꼬박 3, 4일은 족히 걸리는 거리였다. 일행들은 마차를 버리고 도보로 이동하기로 했다.

물론 마차를 타고 산을 돌아가는 길이 없는 것은 아니지만 꼬박 7일 이상 걸리기 때문에 선택의 여지가 없었다. 그렇기 때문인지 다른 곳보다 여관과 술집의 숫자가 월등히 많았다.

일행들은 한 여관을 잡아 투숙했다.

주인은 갑자기 들이닥친 데미안 일행을 맞이해 정신없이 움직여야 했다.

데미안 일행들은 단 두 개밖에 남지 않은 테이블에 옹기종기 붙어 앉아야 했다. 곧 이어 주인이 내온 음식을 들면서 간간이 이야기를 나누었다.

"이제 봉안까지 이틀밖에 남지 않았는데, 왕자님께서는 앞으로 어떻게 하실 겁니까?"

강찬휘의 질문에 단은 쓴웃음을 지었다.

"제가 여러분 곁에 있어봐야 아무런 도움도 안 되지 않습니까? 한국으로 돌아갈 예정입니다."

"그렇군요."

"이번에 저로서는 아주 소중한 경험을 한 느낌입니다."

단의 말에 강찬휘는 고개를 끄덕였다.

자신도 데미안 일행을 만나 여러 가지를 배우고 느꼈다. 물론 모든 상황을 다 이해한 것은 아니었다. 그가 가장 신기하게 느낀 것은 가끔 데미안이나 뮤렐이란 청년이 보여주는 마법이란 것이었다.

아무것도 없는 빈손에서 불덩이가 나타나는가 하면, 번개가 번쩍이고, 바람이 불고…….

무공도 아니었고, 신통력도 아니었고, 사술(邪術)도 아니었다. 하지만 그 위력만은 대단한 것이었다.

"그것은 저 역시 마찬가지입니다. 저분들을 만나게 된 것이 어쩌면 일생의 행운일지도 모르는 일이지요."

담담한 강찬휘의 말이 끝났을 때였다.

"혹시 천우신검 강찬휘 대협이 아니십니까?"

뒤쪽에서 들려온 말에 고개를 돌리고 보니 20대 후반으로 보이는 청년이 자신을 바라보고 있었다. 강찬휘는 곰곰이 생각을 더듬어보았지만 상대를 본 적은 없었다.

그런 강찬휘의 모습을 본 청년은 미소를 지었다.

"저를 기억하려고 애쓰지 않으셔도 됩니다. 대협께서는 저를 오늘 처음 만난 것이 분명하기 때문입니다."

제20장

우리는 마브렌시아를 보았다

“무슨 일이신지요?”

“대륙 전체에 이름을 떨치고 계신 강찬휘 대협을 설마 이런 곳에서 간나 뵙게 될 줄은 미처 예상하지 못했군요. 전 화류신검(花流神劍) 이세문(李世雯)이라고 합니다.”

상더가 포권지례를 하자 강찬휘도 자리에서 일어나 같이 포권지례를 하며 상대에 대한 기억을 떠올렸다.

자신이 대륙의 중앙과 북쪽에서 이름을 떨치고 있다면 화류신검 이세문은 대륙의 동쪽에서 명성을 얻고 있는 신진고수(新進高手)였다. 특히 그의 검법은 명호에서도 나타나듯 화려하기로 정평이 나 있었다.

눈브신 속도로 움직이며 그의 검이 허공에 꽃을 수놓을 때마다 상대의 목에서는 혈화(血花)가 핀다고 알려진 인물. 상대를 죽일 때도 미소를 짓는다 하여 혈화소(血花笑)라는 다른 명호로도 불렸다. 그리고 대단한 호승심을 가지고 있다는 소문도 함께 전해지는 인물이었다.

"널리 명성을 떨치고 계신 이 대협을 만나 뵙게 되어 영광입니다."

"별말씀을……. 강 대협께서는 지금 봉안으로 향하는 길이십니까?"

"그렇습니다만……."

"잘되었군요. 저도 마침 봉안으로 향하는 길인데 동행을 해도 되겠습니까?"

"글쎄요? 일행이 있어 제 마음대로 결정할 수 없군요."

그 말에 이세문은 그와 같이 앉아 있는 사람들의 얼굴을 살폈다. 함께 앉아 있던 수국과 로빈, 단과 황지충을 살펴보았지만 강찬휘가 허락을 받아야 할 인물이 누군지 알 도리가 없었다.

"실례지만 어느 분께 말씀을 드리면 되겠습니까?"

이세문의 말에 강찬휘는 고개를 돌려 데미안을 바라보았다. 그의 눈길을 쫓아가던 이세문은 레오의 머리를 쓰다듬어 주고 있던 데미안의 모습을 발견했다.

"저 여자 분께 허락을 받으면 되는 겁니까?"

이세문의 질문에 웬일인지 강찬휘는 웃음을 참는 듯한 표정을 지으며 고개를 끄덕였다.

곧 걸음을 옮겨 데미안 앞으로 나선 이세문은 그제야 데미안이 여자가 아니라 남자라는 것을 알 수 있었다.

데미안은 자신들의 테이블 옆에 서 있는 한 청년의 모습을 발견하고는 고개를 들어 째려보듯 올려다보았다.

"뭐야?"

이제 20대 초반으로 보이는 데미안이 자신에게 대뜸 반말을 하자 이세문의 얼굴이 저절로 일그러졌다. 하지만 애써 참으며 자신의 용건을 밝혔다.

"귀하께서는 강 대협과 일행이십니까?"

"그런데?"

"실례가 되지 않는다면……."

"실례가 돼. 그러니까 더 이상 말하지 마."

너무나 매몰찬 말에 이세문은 머쓱해지지 않을 수 없었다. 오히려 옆에서 듣고 있던 사람들이 무안해서 얼굴색이 변할 정도였다.

너무나 매몰찬 데미안의 대답에 이세문은 한동안 아무런 말도 할 수 없었다.

자신이 무공을 익히고 단 한 번도 이런 대접을 받아본 적이 없었다. 그런데 오늘 여자같이 생긴 작자에게 이렇게 무시를 당할 줄은 상상도 못해봤다.

"데미안, 너무 심한 게 아니야?"

듣고 있다가 데보라가 한마디 거들었다. 데미안은 고개를 돌려 데보라의 얼굴을 그윽한 눈으로 바라보다가 씁쓰름한 미소를 지었다.

"데보라, 우리가 어떤 적과 싸워야 하는지 잊었어?"

"참, 그랬지."

데보라는 자신의 머리를 가볍게 톡톡 때렸다.

자신이 왜 그런 사실을 잊어버렸을까? 스스로를 책망하면서 데보라는 치미는 분노로 벌겋게 변한 이세문을 타이르듯 말을 건넸다.

"이봐, 데미안이 심하게 말한 것은 모두 당신을 위한 거라고. 지금 우리는 위험한 작자들과 싸우고 있거든. 괜히 우리와 일행이 되었다가 목숨을 잃으면 당신만 손해잖아. 의심나면 강 대협에게 물어보라고.”

데보라의 말에 이세문의 눈길이 강찬휘에게 향했고, 그는 가볍게 고개를 끄덕였다. 일행들의 핑계를 대면서 강찬휘가 곤란하다는 표정을 지은 것은 이세문에게 어떻게 설명을 해야 할지를 몰랐기 때문이었다.

심각하게 얼굴을 굳힌 이세문은 데미안을 노려보았다.

“난 무인이오. 내 무공이 약해 그대들에게 폐를 끼친다면 스스로 목숨을 끊겠소.”

이번엔 데미안의 얼굴이 붉어졌다.

“뭐? 스스로 목숨을 끊어?”

자리에서 벌떡 일어선 데미안은 문 쪽으로 향했다.

“좋아. 그렇게 자신만만하다면 내가 시험을 해주지.”

데미안의 말에 이세문도 상당히 자존심이 상했다.

자신을 시험하다니……?

그렇다면 저 계집애 같은 사내는 자신보다 훨씬 강한 무공을 소유하고 있다는 말밖에 안 되지 않은가?

그들이 대치한 곳은 여관의 뒤뜰.

이세문은 자신의 검인 은화검(銀花劍)을 뽑아 든 상태였고, 데미안은 레이피어에 가볍게 손을 올려놓은 상태였다. 하지만 얼굴은 딱딱하게 굳은 상태였다.

“어서 공격해 봐.”

“차앗! 화류섬(花流閃)―!”

이세문의 검이 움직인다고 느끼는 순간 그의 몸 주위에 흩날리는 몇 개의 꽃잎이 보였다. 그리고 꽃잎 하나가 무서운 속도로 데미안의 가슴을 향해 날아들었다.

상대의 공격이 자신이 생각했던 것보다 빠르기는 했지만 왠지 힘이 부족한 것 같았다. 이 정도라면 검을 뽑을 필요도 없을 것이라는 생각과 함께 데미안은 가볍게 허리를 비틀어 공격을 피했다.

하지만 이세문의 공격은 끝난 것이 아니었다.

"화류연환(花流連環)—!"

거두어들였던 은화검은 다시 두 줄기, 네 줄기, 여덟 줄기로 늘어나며 데미안의 전신을 노렸다. 게다가 검의 끝이 끊임없이 흔들리는 것이 어디를 노리는 것인지 짐작조차 할 수 없게 만들었다.

생각보다 상대의 공격이 빠르고 정확하다는 것을 확인한 데미안은 가볍게 발을 움직이기 시작했다.

"댄싱 스텝!"

데미안의 신형이 흐릿해진다고 느끼는 순간 이세문의 검은 모조리 허공을 찌르고 말았다. 당황한 이세문이 은화검을 거두어들이는 순간 무엇인가 차가운 물체가 목을 지그시 누르는 것을 느꼈다.

"목 절단, 사망 1번."

어느새 데미안은 다시 자신의 앞에 나타나 있었다.

이세문은 자신이 이렇게 어이없이 상대에게 당할 줄은 상상도 못했기에 그가 받은 충격은 상당한 것이었다. 차갑게 안색을 굳힌 이세문은 은화검을 가슴 앞에 세운 다음 자신의 모든 내공을 검에 집어넣었다.

달빛을 받아 반짝이던 은화검이 은은하게 붉은색을 띠었다.

"화류혈하(花流血河)—!"

허공으로 떠오른 이세문은 맹렬한 속도로 은화검을 휘둘렀다. 은화검의 궤적에 따라 붉은 빛무리가 생기더니 데미안의 전신을 향해 쏟아졌다.

그것을 본 데미안은 뒤로 몇 걸음 물러섰지만 이세문은 끝까지 데미안을 따라가며 은화검을 휘둘렀다. 계속해서 자신의 공격을 피해야만 할 것 같았던 데미안의 몸이 다시 흐릿해지더니 사라졌다.

이세문은 황급히 뒤로 물러서 데미안을 찾았지만 어디에도 그의 모습을 찾을 수 없었다. 당황하던 이세문의 귀에 오른쪽에서 무엇인가가 움직이는 소리를 포착했다.

오른쪽을 향해 힘껏 검을 휘두르려는 순간 이세문은 손목에 가벼운 충격을 받았다. 동시에 목에 차가운 검이 닿았다.

"손목 절단, 목 절단, 사망 2번."

재빨리 허리를 숙인 이세문은 자신의 왼쪽을 향해 힘껏 은화검을 휘둘렀다. 이번에는 자신의 공격이 성공할 것을 의심치 않았다. 하지만 은화검은 허공을 베었을 뿐이었다.

"심장 관통, 사망 3번."

어느새 데미안의 레이피어는 이세문의 가슴에 대어져 있었다.

그 뒤의 상황 역시 앞의 상황과 다를 바가 없었다.

"왼쪽 다리 절단, 목 절단, 사망 4번."

"오른쪽 옆구리 자상, 왼손 절단, 심장 관통, 사망 5번."

"오른쪽 팔 절단, 대항 불능."

"척추 절단, 사망 6번."

불과 30여 분의 비무 동안 이세문은 데미안에게 11번이나 목숨을 잃어야(?) 했다. 완전히 탈진한 채 바닥에 무릎을 꿇고 숨을 몰아쉬는 이세문을 데미안은 조금은 거만한 모습으로 바라보았다.

"자신의 무공에 얼마나 자신이 있는지는 모르지만 함부로 목숨을 끊겠다는 건방진 소리는 하는 게 아니야. 네가 하찮게 여기는 오늘이 어떤 이들에게는 간절하게 바라는 내일일 수 있다는 것을 잊지 마."

데미안은 강찬휘에게 몇 마디를 하고는 여관으로 들어가 버렸다.

이세문은 그저 멍한 표정으로 앉아 있을 뿐이었다.

"이 대협, 괜찮소?"

"강 대협, 대체 저자는 누구요? 난 저런 자가 있다는 소문을 한 번도 들어본 적이 없소."

"요즘 한창 명성을 날리고 있는 천안혈뇌(天顔血雷)에 대한 소문을 이 대협은 들어보셨소?"

"천안혈뇌? 그럼 저자가?"

"그렇소이다. 천상의 선랑(仙郞) 같은 얼굴을 가지고 있으면서 모든 마물을 혈뇌로 물리친다는 인물이 바로 저분이오."

강찬휘는 천천히 자신과 데미안이 함께 지내는 동안 겪었던 일들을 이야기해 주었다. 이야기가 진행되면 될수록 이세문은 믿을 수 없다는 표정을 지을 뿐이었다.

괴롭하기는 했지만 결국 데미안이 자신의 안전을 염려해 이러한 행동을 했다는 것을 이세문은 이해할 수 있었다. 하지만 데미안뿐만 아니라 그의 일행들 가운데 그와 비슷한 실력을 가진 인물이 몇이나 된다는 이야기에 이세문은 기가 막힐 뿐이었다.

강찬휘가 여관으로 들어간 다음에도 한참 동안 이세문은 그 자리에 앉아 있었다.

다음날 아침, 일행들은 간단하게 요기를 마친 후 마차를 처분하고 길을 떠났다.

천계산(天階山)은 말 그대로 하늘로 오르는 계단처럼 끝없이 하늘로 이어져 있었다. 데미안 일행이야 로빈을 제외하면 별문제가 없었지만 별로 고생을 해보지 않은 단이나 수국의 고통은 보통 심한 것이 아니었다. 황지충 역시 입을 꾹 다물고 발걸음을 떼고 있었지만 땀으로 목욕을 한 지 이미 오래전의 일이었다.

잠시 휴식을 취하는 동안 데미안은 짙은 숲을 향해 입을 열었다.

"언제까지 숨어 있을 거야. 어서 나와!"

갑작스런 데미안의 말에 로빈이나 다른 사람들은 어리둥절한 표정을 지었지만 라일이나 강찬휘 등은 이미 알고 있었던 것 같았다. 잠시 후 풀숲을 헤치며 화류신검 이세문이 모습을 드러냈다.

"어제는 제가 무례했습니다."

"꼭 따라와야겠어?"

비록 입을 열어 대답하지는 않았지만 그의 굳은 표정을 보면 그의 생각을 충분히 짐작할 수 있었다.

"알았으니까 이리 와서 쉬어. 조금 있다 출발할 거니까."

잠시 후 일행들은 다시 이동하기 시작했고, 그날 저녁 산정(山頂) 바로 아래서 야영을 할 수 있었다.

산기슭까지는 제법 큰길이 있었지만 이후 길은 급격하게 좁아져 한 사람이 겨우 다닐 정도의 길밖에는 없었다. 앞장선 헥터가 나뭇가지와 풀들을 베어 길을 넓히기는 했지만 그래도 험한 산길은 일행들을 괴롭히기에 충분했다.

일행들은 건량으로 요기를 마친 다음 마치 시체처럼 쓰러져 잠들어 버렸고, 로빈은 지친 일행들을 위해 회복 주문으로 체력을 회복시켜 주고서야 잠들었다.

무공을 익힌 이세문으로서도 상당히 고된 길이었다. 물론 경공을 발휘했으면 좀 더 편하게, 그리고 빨리 갈 수 있었겠지만, 일행들과 함께 행동하기 위해 순수한 육체의 힘으로만 이동했기에 지치기는 마찬가지였다.

너므 피곤하면 잠도 들기 힘든 법.

그래서인지 이세문은 이미 운공으로 몸에 쌓인 피곤을 푼 상태였지만 쉽게 잠이 들 수 없었다. 그런 그의 눈에 공터에서 검을 휘두르는 뮤렐의 모습이 보였다.

너므나 어설픈 그의 모습에 이세문은 기가 막혔지만 진지한 표정으로 검을 휘두르는 뮤렐의 모습을 그저 바라보고만 있었다. 아마도 검을 배운 지 얼마 되지 않은 것 같았다.

가단히 뮤렐의 모습을 지켜보던 이세문의 눈에 조금은 이상한 모습이 보였다.

처음 검집째 휘두르던 뮤렐이 잠시 후 직접 검을 뽑아 휘두르기 시작했는데 달빛 속에서 불그스름하게 보이는 검신이 예사 검으로는 보이지 않았다. 하지만 그보다 이세문의 관심을 끈 것은 그가 검을 휘두를 때마다 그의 검에서 불길이 치솟는 것같이 보였다는 점이었다.

검을 통해 극양지기를 쏜는 방법이 전혀 없는 것은 아니었다. 하지단 그 방법은 공력의 소모도 클 뿐만 아니라 적어도 내공이 상당한 수준에 도달하지 않으면 시도조차 해볼 수 없는 방법이었다.

저렇게 검을 어설프게 쓰는 자가 검을 통해 극양지기를 쏟아낼 수 있다는 것을 직접 자신의 눈으로 보고도 이세문은 믿을 수 없었다. 하지만 그는 이내 체력이 따라주지 않는 듯 숨을 몰아쉬며 그 자리에 주저앉았다.

"휴우∼"

때맞춰 들려온 한숨 소리가 데미안의 것임을 이세문은 알 수 있었다. 하지만 왜 그가 한숨을 내쉰 것인지 알 수는 없었다.

'역시 이상한 일행들이야' 하는 생각을 하며 이세문은 잠을 청했다.

＊　　　　＊　　　　＊

몇 번 워프를 한 마브렌시아는 자신이 깊은 산중으로 이동한 것을 깨달았다. 상당히 험준한 산세에 한 사람 정도 다닐 정도의 길밖에 없어 조용한 것이 그녀의 마음에 들었다.

이런 곳에 레어를 지으면 어떨까 하는 생각을 하면서 발길을 산 아래로 향했다.

머리의 한쪽에서는 어떻게 하면 이 지긋지긋한 이스턴 대륙에서 벗어날 수 있을까 하는 생각을 했고, 또 한쪽에서는 며칠 전 저녁 나타났던 이오시스의 제의에 대해 생각하고 있었다. 하지만 아무리 생각해도 그 누군가에게 충성해야 한다는 것이 마음에 들지 않았다.

그런 생각을 하면서 발걸음을 옮기고 있을 때 알 수 없는 위험이 자신에게 닥치고 있음을 깨달았다. 이 이스턴 대륙에서 자신을 위협하는 존재라면 멸신교의 떨거지들을 제외하고는 있을 수 없었다.

황급히 워프를 시전하려던 마브렌시아는 갑자기 주위가 깜깜해졌다는 것을 깨달았다. 자신이 알 수 없는 공간으로 빨려 들어간다는 것을 느끼는 동시에 전신을 조이는 기이한 압박감을 함께 느꼈다.

정신을 차리고 보니 전면에 신체를 부풀린 철갑존자와 그의 졸개들이 모습을 드러내고 있었다.

"흐흐흐, 쥐새끼처럼 도망을 다니더니 결국 내 손에 이렇게 잡혔구나. 어디, 이 디스토르션 스페이스에서도 도망칠 수 있는지 발버둥을 쳐보시지."

마브렌시아는 자신의 눈앞에서 거들먹거리는 철갑존자라는 존재가 밉살스러워 견딜 수 없었다.

슬그머니 6싸이클의 마법을 캐스팅해 보았지만 역시 캐스팅이 되지 않았다. 다시 5싸이클의 마법을 캐스팅해 보았다. 시간이 조금 걸리기는 했지만 캐스팅을 할 수 있었다.

"내가 몇 번 몸을 피했다고 네가 무서워서 피한 것인 줄 아느냐? 오늘을 네 제삿날로 만들어주마."

"내 제삿날? 푸하하하!"

마브렌시아를 가소롭다는 듯이 비웃던 철갑존자는 갑자기 웃음을 그쳤다. 그리고는 등에 메고 있던 거대한 수레바퀴를 꺼내 들었다.

"이 혈마륜(血魔輪)으로 네년의 팔다리를 잘라 반드시 교단으로 끌고 가겠다. 차아앗!"

기합과 동시에 그의 양손에서 뿜어져 나온 검은색 기류가 수레바퀴 혈마륜을 회전시키기 시작했다. 그 모습을 본 마브렌시아는 자신을 외부로 격리시킨 이 공간에서 벗어날 수 있는 방법을 찾았다. 하지만 5싸이클 이상의 마법을 사용할 수 없는 이상 공간을 파괴하기란 요원한 일이었다.

마브렌시아는 천천히 투 핸드 소드를 뽑아 들면서 상대의 공격에 대비했다.

그런 그녀를 역시나 트라이던트와 방패를 든 사두용인들이 포위했다. 그리고 조금씩 포위망을 좁혀갔다.

곁눈질로 그런 모습을 살피던 마브렌시아는 깊게 숨을 들이키고는 흥분한 마음을 진정시켰다. 이들과 싸운 후 한 가지 좋아진 점은 이전엔 이해할 수 없었던 인간들의 검술을 상당 부분 익힐 수 있었다는 점이었다.

예전엔 자신의 몸속에 있던 무궁무진한 마나를 무조건 검에 집어넣어 휘둘렀을 뿐이었지만, 이들과의 대결 후 좀 더 효과적으로 검을 사용하는 방법을 깨달은 것이다.

사두용인들이 막 한 걸음을 내딛는다고 느끼는 순간, 그녀의 왼손에서 섬광이 터져 나왔다.

"플래쉬Flash—!"

엄청나게 환한 빛에 사두용인들이 방패로 전면을 가릴 때 그녀는 재차 외쳤다.

"블링크!"

투 핸드 소드를 든 그녀는 순식간에 사두용인들의 뒤로 이동해 있었고, 마브렌시아는 인정사정없이 투 핸드 소드를 휘둘러 사두용인들의 허리를 베었다.

킨과 라이트닝 스펠이 걸려 있는 그녀의 투 핸드 소드는 사두용인들의 허리를 벰과 동시에 그들의 몸에 엄청난 양의 번개를 쏟아 넣어 그들을 재로 만들어 버렸다.

그 모습을 본 철갑존자는 역시 사두용인만으로는 그녀를 제압할 수 없다는 것을 깨닫고는 혈마륜을 힘껏 집어 던졌다. 맹렬한 속도로 회전하며 날아든 혈마륜을 마브렌시아는 블링크 스펠을 이용해 피했다.

역시나 혈마륜은 서너 명의 사두용인들을 난도질해 버렸다.

마브렌시아와 철갑존자, 둘의 공격을 받은 사두용인들은 순식간에 몰살당해 버렸다.

오히려 적인 마브렌시아보다 같은 편인 철갑존자의 손에 의해 목숨을 잃은 사두용인의 수가 더욱 많았다. 하지만 철갑존자는 개의치 않고 혈마륜을 날렸다.

철갑존자의 염력(念力)에 의해 조종되는 혈마륜은 상상할 수도 없는 각도로 꺾이며 마브렌시아를 공격했다. 그러나 시간이 지날수록 피하는 그녀의 속도보다 날아드는 혈마륜의 속도가 점점 빨라졌다.

한 번은 블링크를 이용해 이동한 마브렌시아의 정면에서 혈마륜이 덮쳐 그대로 몸이 두 동강날 뻔하기도 했다.

피하기만 해서는 방법이 없다는 것을 깨달은 마브렌시아는 연속적으로 블링크를 사용해 철갑존자의 곁에 나타났다. 그리고는 그의 옆구리를 향해 힘껏 투 핸드 소드를 휘둘렀다.

마법에 의해 위력이 배가된 검이기에 철갑존자를 죽이지는 못하더라도 타격은 입힐 수 있을 줄 알았다. 하지만.

챙!

맑은 금속음과 함께 마브렌시아의 투 핸드 소드는 맥없이 퉁겨져 나가 버리고 말았다. 그 모습에 잠시 멍해 있던 마브렌시아를 향해 혈마륜이 날아들었다. ‘아차’ 하는 생각에 황급히 머리를 숙이는 마브렌시아의 머리카락을 뭉턱 자르며 혈마륜이 지나갔다.

대체 철갑존자의 외부를 둘러싸고 있는 것이 무엇이기에 자신의 검을 퉁겨낸 것인지 알 수 없었다. 마브렌시아는 무슨 방법으로 상대를 해야 좋을지 망설였다. 그런 그녀의 눈에 자신의 왼손에 끼고 있던 투박한 반지가 보였다.

자신은 왜 쿠로얀을 가지고 있다는 사실을 항상 잊어버리는 것일까?

“디바이드 셀프Divide Self—!”

철갑존자를 향해 달려가는 마브렌시아의 몸이 갑자기 둘로 나누어졌다. 그때만큼은 철갑존자도 당황하지 않을 수 없었다. 어느 쪽이 진짜 마브렌시아인지 전혀 확인할 수 없었다.

투 핸드 소드를 든 마브렌시아와 양손에 라이트닝 마법을 캐스팅한 마브렌시아.

철갑존자가 잠시 당황해하는 사이 그를 먼저 찾아든 것은 체인 라이트닝이었다. 눈앞이 순간적으로 하얗게 물들긴 했지만 별다른 타격은 없었다. 그리고 잠시 후 체인 라이트닝의 기운이 사라지자 철갑존자는 마브렌시아에게 혈마륜을 날리기 위해 그녀의 모습을 찾았다.

하지만 그녀의 모습은 어디에도 없었고, 대신 거대한 붉은 벽이 그의 눈에 들어왔다. 천천히 고개를 들어보니 본체의 모습으로 돌아간 마브렌시아의 모습이 보였다. 그것도 하나가 아니라 둘이었다.

“크아앙—!”

평소처럼 무작정 내뿜는 파이어 브레스가 아니라 범위를 더욱 축소시킨 브레스였다. 지름이 3, 4미터밖에 되지 않아서인지 그녀의 브레스는 무시무시한 파괴력을 가지고 있었다.

두 마리의 레드 드래곤의 브레스에 직격당한 철갑존자의 몸은 결계를 뚫고 대지에 나동그라졌다. 마브렌시아가 그런 철갑존자를 그냥 내버려 둘 리 만무했다.

이제껏 그에게 쫓긴 것에 대한 분풀이라도 하듯 9싸이클의 마법을 마구 펼쳤다.

쾅! 콰르르르—!

요란한 소음과 함께 숲은 터져 나가고, 불에 타고, 얼음으로 뒤덮였다.

이미 한쪽 어깨와 다리가 날아간 철갑존자는 무시무시한 마브렌시아의 위력에 놀라서는 황급히 도주했다.

"다크 게이트Dark Gate!"

검은 기류가 그의 몸을 휘감자마자 그의 몸은 감쪽같이 사라졌다. 그러나 놓칠 마브렌시아가 아니었다.

"체이스 다크 파워Chase Dark power—! 흥! 넌 오늘 죽었어. 매직 서클!"

순식간에 마브렌시아의 거대한 몸이 사라졌다.

"저건 붉은 용?"

"으음."

요란한 폭음을 듣고 달려오던 강찬휘와 헥터는 어마어마한 크기의 레드 드래곤이 사라지는 모습을 발견하고는 얼어붙은 듯 꼼짝도 하지 못했다. 그 모습은 데보라도 보았고, 로빈도 보았다. 또 라일도 보았고, 이세문도 보았다.

하지만 어느 누구 하나 입을 여는 사람이 없었다.

"레드 드래곤? 그럼 혹시?"

가장 먼저 입을 연 사람은 데보라였다. 그리고 그런 데보라에게 고개를 끄덕여 준 사람은 라일이었다.

"아마도 레드 드래곤 마브렌시아가 맞을 것이네."

그 말에 일행들은 다시 침묵 속에 싸였다.

이세문은 그런 괴물도 처음 봤지만 이렇게 난장판이 된 숲도 처음 보았다.

폭음을 듣고 이곳까지 오는 데 걸린 시간은 불과 5분도 채 되지 않았다. 그런데 그 짧은 시간에 이렇게 폐허가 돼버리다니……. 대체 어떤 능력을 가진 존재이기에 그런 괴물과 싸울 수 있는 것인지 그것이 궁금했다.

그런 그의 눈에 괴상하게 생긴 무기와 방패가 보였다. 호기심에 무기를 들려던 이세문을 제지하는 외침이 있었다.

"멈춰요!"

깜짝 놀란 이세문이 뒤로 물러서자 로빈이 자신의 가슴을 쓸어내리며 다가왔다.

"이것들에는 무서운 마력이 실려 있어요. 이걸 만지는 순간 이 대협은 마물로 변해 버릴 거예요."

로빈은 설명을 하면서 치유의 구슬을 내밀어 지면에 떨어져 있던 트라이던트와 방패를 모두 정화시켰다. 그러는 사이 데보라는 아로네아를 이용해 숲에 붙었던 불을 껐다.

나머지 일행들을 보호하며 숲으로 들어간 일행들을 기다리던 데미안은 조금 심통이 난 모습이었다.

"대체 뭘 하느라고 여태껏 있었던 거야? 시간이 너무 걸렸잖아."

"으응, 번개가 떨어졌는지 숲에 불이 붙어서 그걸 *끄느라고* 늦었어."

데보라의 조금은 어색한 답변을 그대로 믿는지 데미안은 고개를 끄덕였다.

"어서 가자고. 지금부터 출발을 해야 밤에나 산기슭에 도착할 것 같아."

데미안의 말에 일행들은 다시 산 아래를 향해 발길을 옮겼지만 그들의 표정은 어두웠다.

이제껏 말로만 듣던 레드 드래곤 마브렌시아의 모습을 오늘 처음 본 것이었다.

이전까지는 그저 자신들이 만나본 적이 있던 블랙 드래곤 타이시아스보다 조금 클 것이라 생각을 했었다. 하지만 오늘 본 마브렌시아의 모습은 철저하게 예상을 벗어났다. 100미터는 족히 돼 보이는 키에 꼬리까지 합치면 얼마나 클지 상상도 안 되었다. 그런 존재가 9싸이클의 마법에 브레스로 중무장을 하고 있는 것이다.

감히 그런 존재를 죽이겠다고 생각하는 것 자체가 제정신을 가진 사람이라고는 볼 수 없는 일이었다. 일행들 대부분이 그런 생각을 가지고 있어서인지 어느 누구도 데미안에게 숲에서 자신들이 보았던 것을 말하지 않았다.

데미안의 말처럼 늦은 밤이 되어서야 산기슭에 있는 마을에 도착할 수 있었다.

마을에 들어서며 일행들은 곧 이상함을 느꼈다. 비록 어둠이 짙게 내렸다고는 하지만 데미안 일행이 보기에는 상당한 규모를 가진 마을인데 불빛이 하나도 보이지 않다니, 이상하지 않을 수 없었다.

일행들은 데미안과 뮤렐이 만든 라이트 불빛으로 여관을 찾았다. 그러나 여관의 문도 굳게 잠겨 있었다.

탕탕탕!

"아무도 없습니까?"

탕탕탕!

몇 번이나 두들기고서야 누군가 문 쪽으로 다가오는 소리가 들렸다. 하지만 문을 여는 기색은 어디에도 들리지 않았다.

"누, 누구시오?"

"여행객들이오. 어서 문을 여시오."

이세문이 약간은 톤이 높은 음성으로 말하자 '삐걱' 하며 문이 열렸다. 그러나 정문이 열린 것이 아니라 문에 난 작은 구멍이 열렸다. 구멍에 드러난 두 개의 눈이 데미안 일행을 두려운 듯 보고는 조심스럽게 문을 열었다.

삐이익!

나무로 만든 문이 괴로운 듯 열렸고, 일행들은 그제야 어두운 여관 안으로 들어설 수 있었다. 여관 주인은 일행들이 들어서자 황급히 문을 닫고는 단 두 개의 촛불에만 불을 붙였다. 그러면서도 무엇이 그리 두려운지 연신 일행들을 곁눈질로 쳐다보고 있었다.

테이블 위에 짐을 내려놓은 채 의자에 앉은 일행들은 촛불이 일렁거릴 때마다 드러나는 여관 주인의 얼굴을 바라보고 있었다.

“무슨 일인데 그러시는 겁니까?”

“혹시 사제십니까?”

“그렇습니다. 전 라페이시스, 참 여기선 무극의신이라고 부른다고 들었습니다. 무극의신의 사제인 로빈이라고 합니다.”

로빈의 대답에 잠시 망설이던 여관 주인은 조심스럽게 입을 열었다.

“여긴 외진 곳이긴 해도 평화스러운 곳이었습니다. 그런데 한 달 전부터 이상한 일이 생겼습니다.”

“이상한 일이라는 것이 어떤 일인지 자세히 말씀을 해주시겠습니까?”

로빈의 침착한 말에 힘을 얻은 듯 주인은 조금은 진정한 모습으로 말을 이었다.

“갑자기 아이들이 없어진 겁니다.”

“예?”

로빈의 반문에 일행들도 일제히 주인을 바라보았다.

“간밤에 꼭 껴안고 잔 아이들이 아침에 일어나 보면 감쪽같이 사라져 버리는 겁니다. 그것도 꼭 여자 아이들만 없어집니다. 그래서 어둠이 내리기 시작하면 마을 사람들 모두가 겁에 질려 문을 닫고 집 안에만 있는 겁니다.”

“오히려 반대로 마을 전체에 불을 밝히고 여자 아이들을 지켜야 누가 그런 짓을 하는지 알 수 있는 것 아니야?”

데브라의 말에 몇 사람이 동조를 나타냈다. 그런 일행들의 모습에 주인은 한숨을 쉬었다.

“저희인들 왜 그런 생각을 해보지 않았겠습니까? 하지만 소용이 없었습니다. 지키던 마을 사람 전부가 순식간에 잠이 들어버렸고, 여자 아이는 역시 사라져 버렸습니다."

그 말에 일행들은 잠시 서로의 얼굴을 바라보았다.

아이들을 지키던 사람들이 동시에 잠이 들었다면 마법이나 신성력이 아니면 안 된다. 그렇다면 범인은 마법이나 신성력을 가진 존재라는 이야기가 된다. 하지만 이스턴 대륙에서 마법사가 사라진 것이 오래전이라는 것을 감안하면 상대는 신성력을 가진 존재로 압축이 된다.

문제는 신에게 자신을 의탁해 부여받은 신성력을 개인적인 사리사욕에 사용하게 되면 신벌(神罰)을 피할 수 없게 된다. 그런 줄 알면서도 신성력을 사용했다는 것은 이해하기 힘든 일이었다.

그렇게 따지면 남은 가능성은 한 가지뿐이었다.

"없어진 아이들의 공통점은 없습니까?"

강찬휘의 말에 주인은 곰곰이 생각하더니 곧 대답했다.

"열다섯 살에서 열일곱 살까지의 여자 아이들인데 모두 예쁘장하게 생긴 아이들뿐입니다."

"다른 공통점은 없소?"

데미안의 질문에 주인은 머리를 긁적였다.

"글쎄요, 잘 모르겠습니다."

"그럼 혹시 마을에 납치되지 않은 그 나이 또래의 다른 여자들은 없습니까?"

로빈은 답답한 마음이 드는 것을 억누르며 질문했다. 만약에 자신의 생각이 맞다면 이미 납치된 여자들이 죽었을 가능성이 높아지기 때문이었다.

"있기는 있습니다만……."

"그럼 혹시… 납치되지 않은 그 여자들의 남자 관계가 문란하지 않습니까? 이건 잘 생각해 보시고 대답을 해주십시오. 아주 중요한 문제입니다."

"그리고 보니 그들 가운데 둘셋은 그렇다는 소문을 듣기도 했습니다만… 단지 소문뿐이라 확실한 것은 알 수가 없습니다."

그 말에 로빈은 자리에 털썩 주저앉았다. 그리고는 뮤렐을 바라보았다.

"차이렌님, 제가 생각한 것이 맞지요?"

"염병할… 아무래도 그런 것 같다."

뮤렐의 입에서 욕설이 튀어나오자 일행들은 모두 뮤렐, 아니, 차이렌이 설명을 해주길 기다렸다. 그런데 무슨 이유에서인지 입을 열 생각을 하지 않았다.

"모두 몇 명이나 없어졌지?"

"지금까지 여덟 명이 사라졌습니다."

"빌어먹을! 그렇다면 아직 한 명이 남았군."

"예? 그렇다면 또 누군가가 사라진다는 말입니까?"

주인의 말에는 대꾸조차 할 생각을 하지 않은 채 차이렌은 열심히 생각에 골몰했다.

"혹시 그거 '마신(魔神)의 소환 의식(召喚儀式)'을 위해서 순결한 처녀들만 납치한 거 아니야?"

데보라의 말이 정곡을 찔렀다.

차이렌과 로빈이 우물쭈물하고 있는 사이 사람들은 데보라의 얼굴을 바라보았다. 그 모습에 데보라는 당황한 얼굴로 손을 내저었다.

"나, 난 잘 몰라. 그냥 그런 소리를 들은 적이 있기 때문에 그냥 한번 말해 본 것뿐이라고."

"그럼 아는 데까지만 말해 봐."

데미안의 말에 데보라는 어쩔 수 없다는 듯 입을 열었다.

"나도 아마존에서 원로들에게 들은 말인데 소환에는 여러 가지가 있대. 가장 일반적인 것이 소환에 필요한 마법진을 그리고 불러낼 소환령(召喚靈)에 걸맞은 제물을 받쳐 그 대상을 소환시키는 거야. 소환령이 지상에서 활동하는 기간은 제물과 소환하는 자의 능력에 따라 다른데, 보통 1회성이 강해. 한 가지의 요구를 들어주면 소환령은 본래 자신이 있었던 곳으로 돌아간다고 들었어."

"그럼 뭐든 소환할 수 있단 말이야?"

"이론적으로는 충분히 가능하다고 들었어. 다만 육체를 가지지 못한 영체(靈體)이기에 그가 지상에서 활동할 수 있는 몸을 준비해야 한다고 해."

"그럼 대체 어떤 괴물을 불러내기에 인간을 납치한다는 거지? 그것도 한두 명도 아니고 여덟 명이나? 아니, 아홉 명이라고 했지."

데미안의 질문에 데보라가 고개를 흔들었다.

"그러기에 내가 마신의 소환 의식이 아니냐고 물었잖아. 차이렌, 로빈. 알면 어서 속 시원하게 이야기를 해봐."

"휴우, 내가 말하지."

차이렌이 드디어 입을 열었다.

"내가 기억하는 것이 정확하다면 이건 마신의 소환 의식이 아니야."

"그럼 뭐지?"

"마신의 부활 의식."

단호한 뮤렐의 대답에 일순간 일행들은 어리둥절한 표정을 감추지 못했다.

"뭐가 다른 거지?"

"좀 전에 데보라가 말한 대로 소환 의식은 소환한 자가 소환할 대상에게 제물을 바치고 자신이 원하는 바를 얻는 의식이야. 역시 설명한 대로 소원한 것이 이루어지면 소환한 대상은 자신이 있던 곳으로 되돌아가지. 그렇지만 부활 의식은 달라. 그것은……"

차이렌은 잠깐 말꼬리를 흐렸다.

"부활 의식은 말 그대로야. 마신을 지상으로 불러내는 것이지. 대단한 능력을 가진 마신을 불러낼수록 더욱 많은 인간들의 피를 필요로 해. 그것도 순결을 지닌 여자들의 깨끗한 피 말이야. 데미안은 조금 전 아홉 명뿐이라고 말했지만 내 예상대로라면 그 정도가 아닐 거야. 마신의 부활에는 엄청나게 많은 순결한 처녀들의 피가 필요해. 적어도 수백 명, 많게는 수천 명이 쏟아낸 피 속에서 마신은 부활하는 거지."

차이렌의 말에 사람들은 몸서리를 쳤다.

대체 어느 누가 그런 미친 짓을 하면서 마신의 부활을 원한단 말인가?

"이미 이스턴 대륙 전역에서 수없이 많은 여자들이 납치를 당했을 거야. 그리고 그녀들은 마신이 부활하는 데 제물이 되어 죽어가겠지."

"혹시 신의 봉인이 깨진 것과 연관이 있을까요?"

"아마도. 깨어진 봉인을 통해 지상으로 나온 마족들이 밖에서 봉인의 틈을 더욱 크게 만들기 위해 부활 의식을 꾸미는 것 같아."

"그것들이 있는 곳을 알 수 있겠어?"

“알면 어떻게 하려고?”

“그걸 말이라고 해? 당장 가서 박살을 내야지.”

과격한 데보라의 말에 차이렌은 쓴웃음을 지었다.

“이봐, 데보라. 상대는 마신이라고. 드래곤조차 부하로 부리던 마신들이라고. 호호호, 고작 이천오백 살 먹은 레드 드래곤조차 처치하지 못하는 우리가 마신을 상대로 싸우겠다고? 게다가 내가 생각하기엔 거의 모든 준비가 끝난 것 같은데 어떻게 그들을 찾지?”

“그럼 그냥 두고 보자는 이야기야 뭐야?”

차이렌의 자포자기한 듯한 말에 데보라는 치미는 분노를 참지 못해 실내를 서성거렸다.

“참! 조금 전에 아홉 명이 사라져야 하는데 여덟 명밖에 사라지지 않았다고 했지?”

“그런데?”

“그럼 나머지 한 명을 납치하기 위해서라도 마족이나 그 졸개가 나타날 것 아니야? 그럼 그놈에게서 부활 의식이 치러지는 장소를 알 수 있지 않을까?”

데미안의 말에 일행들의 얼굴이 일제히 끄덕여졌다. 모두들 차이렌의 말에 엄청난 분노를 느끼고 있었다.

“글쎄, 마신의 부하인데 쉽게 알아낼 수 있을까?”

“약한 소리 하지 마. 해보지 않으면 확률은 없지만 일단 시작을 하면 절반의 확률은 있잖아. 설사 알아내지 못한다고 하더라도 일단 납치당할 여자 한 명은 구할 수 있잖아.”

데미안의 말에 모두들 힘차게 고개를 끄덕였다.

품에서 육각의 영패를 꺼낸 데미안은 주인에게 내밀었다.

“본인은 국왕 폐하의 어명을 받아 전국을 암행 중인 천주순찰

사신이오. 이 마을의 장(長)은 누구시오?"

황급히 무릎을 꿇은 주인은 재빨리 대답을 했다.

"저희 마을에 관리는 계시지 않습니다. 하지만 가장 나이가 많으신 예 노인이란 분이 이장을 맡고 계십니다."

"어서 그 사람을 불러오시오. 그리고 마을 전체에 연락을 해 납치 가능성이 있는 여자와 그들의 부모를 빠짐없이 모이도록 연락을 하시오. 그리고 마을 전체에 불을 밝히고 싸울 수 있는 능력이 되는 사람은 무기를 들고 집합하도록 연락을 하시오. 알겠소?"

"명심하겠습니다, 나으리."

대답을 한 여관 주인은 황급히 어둠 속으로 달려나갔고, 일행들은 찬찬히 자신의 무기를 살폈다.

갑자기 로빈이 강찬휘에게 다가왔다.

"강 대협께 드릴 말씀이 있습니다."

"말씀하십시오."

이세문은 강찬휘가 로빈에게 지나치게 공손하다는 생각을 했다.

"강 대협께서 검술이 뛰어나다는 것은 알고 있지만 마물이나 마족들을 상대하는 데는 어려움이 계실 겁니다."

"예, 확실히 그랬습니다."

강찬휘는 지난 몇 번 동안 마물과의 싸움에서 자신의 검술에 별다른 타격을 입지 않는 그들의 모습을 분명히 보았다. 하지만 그것은 자신의 실력이 모자라서라기보다는 자신이 신성력을 가지지 못했기 때문이었다. 그리고 신성력은 원한다고 해서 얻을 수 있는 것이 아니기에 거의 포기하기 있었다.

"실례지만 강 대협과 다른 세 분의 검을 이곳으로 모아주시겠습니까?"

　이유를 알 수는 없었지만 강찬휘는 자신의 검과 단, 황지충, 이세문의 검을 거두어 로빈에게 가져왔다.

　조용히 치유의 구슬을 든 로빈은 심호흡을 하고는 나직한 음성으로 주문을 중얼거렸다. 그런 로빈의 모습을 보는 이세문은 대체 저 꼬마가 뭔 짓을 하는 것인지 영문을 알 수 없었다.

　"라페이시스여! 당신의 권능으로 더럽고 사악한 것을 물리칠 힘과 능력을 이 검에 내려주소서! 그리하여 당신을 따르는 자들을 보호케 하소서! 당신의 종이 간절히 원하나이다. 세이크리드 스트렝스Sacred Strength—!"

　순간 치유의 구슬이 엄청난 빛을 뿌렸고, 네 자루의 검으로 푸른 기운이 한참 동안 스며들었다.

　로빈의 이마에 돋은 퍼런 핏줄이 애처롭게 보였고, 이마에 솟은 땀방울이 안타까움을 자아냈다. 옆에서 그 모습을 지켜보는 수국은 안절부절못했다.

　잠시 후 치유의 구슬에서 흘러나오는 푸른 기운이 갑자기 끊겼고, 그 순간 로빈은 쓰러지고 말았다. 아니, 그전에 수국이 쓰러지려는 로빈을 껴안았다.

　"로빈님, 정신 차리세요! 흑흑흑, 로빈님."

　"하여간 이놈의 파티에 있는 사람들은 적당히라는 걸 몰라. 미련 곰탱이 같은 녀석. 리커버리Recovery—!"

　차이렌의 회복 마법에 의해 정신을 차린 로빈은 그에게 고맙다는 인사를 한 다음 네 사람을 바라보았다.

　"지금 그 네 자루의 검에는 라페이시스의 권능이 담겨 있습니다. 명심하십시오. 그 검에 인간의 피가 묻으면 라페이시스께서 내리신 모든 권능은 사라집니다. 그 점만 지키신다면 마물들을 충분히 물리치실 수 있을 겁니다."

아직도 완전한 회복이 되지 않았는지 창백한 안색을 한 로빈의 모습에 네 사람은 아무런 말도 할 수 없었다.

그러는 사이 마을은 대낮같이 환하게 밝혀졌고, 일행들은 넓은 공터로 안내되었다.

"제가 이 마을에 이장으로 있는 예(芮)라는 늙은이입니다, 나으리."

"15세에서 17세 사이에 있는 여자 아이들은 하나도 빠짐없이 모두 모인 것인가?"

"그렇습니다, 나으리."

데미안은 노인의 '나으리'란 소리가 귀에 거슬리기는 했지만 일단 급한 일부터 처리했다.

한쪽에 보이는 20여 명의 병사들과 무장에게 각 집을 돌며 다시 한 번 모이지 않은 사람이 있는지 확인하게 했다. 그리고 마을 사람들에게 입을 열었다.

"본인과 여기 계신 분들은 각지에서 마물들에게 피해를 입은 양민들을 보호하기 위해 파견된 관리다. 오늘 저녁부터 본인들이 당신들을 보호할 테니 본인들의 지시에 충실히 따라주기 바란다. 모든 남자들은 외곽에, 여자들과 아이들은 중앙에 서라."

데미안은 뮤렐과 함께 공터에 거대한 투명 마법진을 설치했다. 그리고 그 중앙에 여자들을 모여 있게 했다.

모든 준비를 마친 데미안과 일행들은 긴장을 풀지 않은 채 곧이어 나타날 무엇인가를 기다렸다. 하지만 날이 밝도록 아무런 일도 일어나지 않았다.

데미안 일행은 조금 실망하기는 했지만 곧 사람들을 해산시키고 식사를 한 다음 휴식을 취했다. 그리고 그날 저녁 다시 사람들을 불러 모았다.

주위는 미리 준비한 횃불로 환하게 밝혀져 있었고, 마을 사람들은 잔뜩 긴장한 모습으로 농기구를 손에 든 채 주위를 노려보고 있었다.

큰 바위에 기대 있던 라일이 갑자기 몸을 일으켜 세웠다. 그리고 일행들에게 주의를 주었다.

"뭔가 거대한 물체가 이곳으로 오고 있다. 모두들 긴장을 풀지 마라."

그의 말이 끝나고 얼마 되지 않아 자신들이 있는 곳을 향해 무서운 속도로 뭔가 달려오는 것이 있음을 그들도 느낄 수 있었다.

쾅쾅쾅—!

믿을 수 없게도 그것은 가옥들을 박살 내며 마을 한복판을 관통해 달려오고 있었다. 그리고 잠시 후 일행들의 눈앞에 모습을 드러냈다.

"세상에 저게 뭐야?"

"제기랄!"

"골고루 하는군."

"믿을 수 없는 일이야!"

"크아앙! 레오 화난다."

일행들의 입에서는 갖가지 신음과 탄성이 터져 나왔다.

〈 9권에 계속 〉

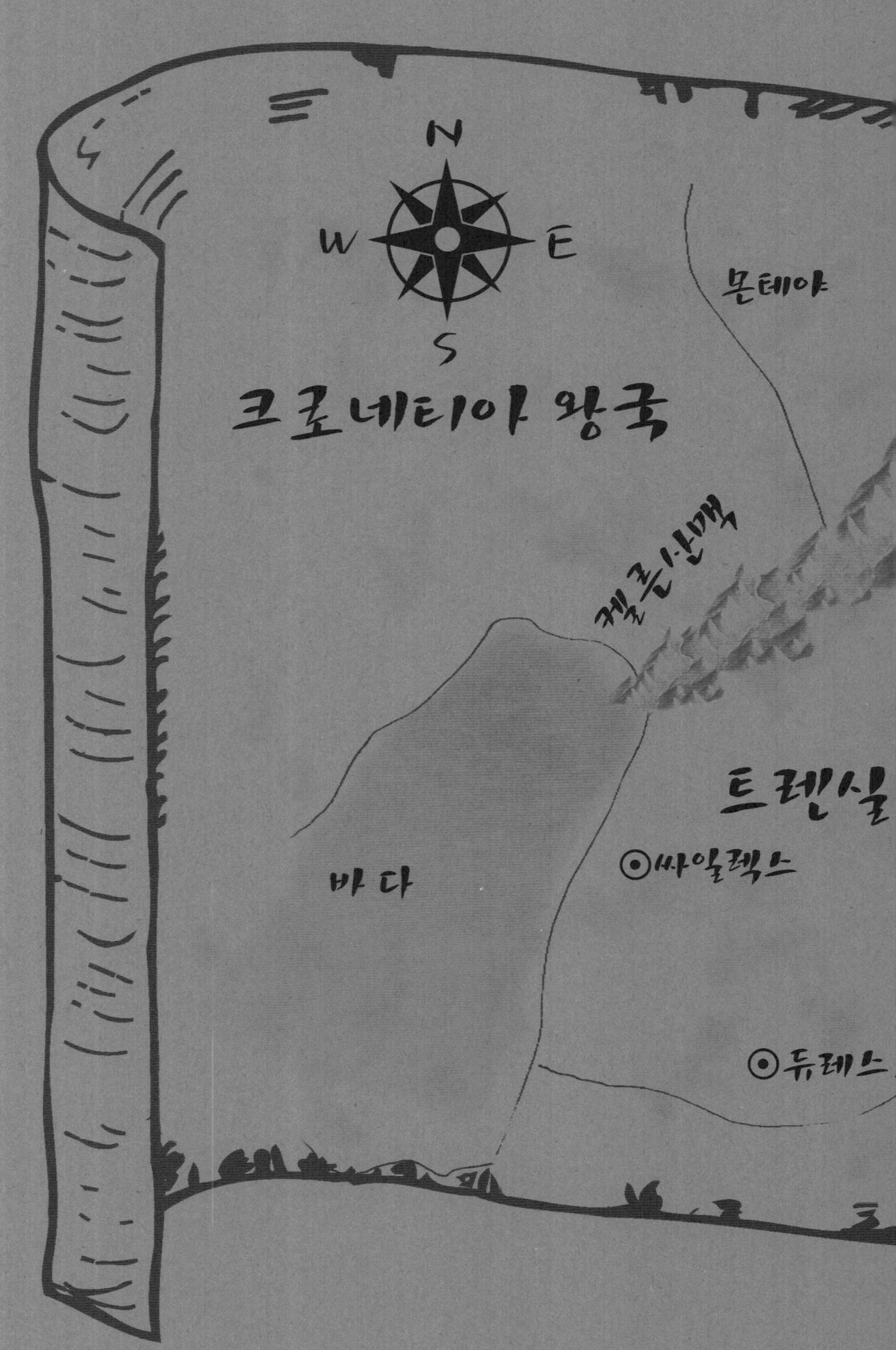

N
W E
S
크로네티아 왕국
몬테아
켈른산맥
트렌실
바다
◉싸일렉스
◉듀레스

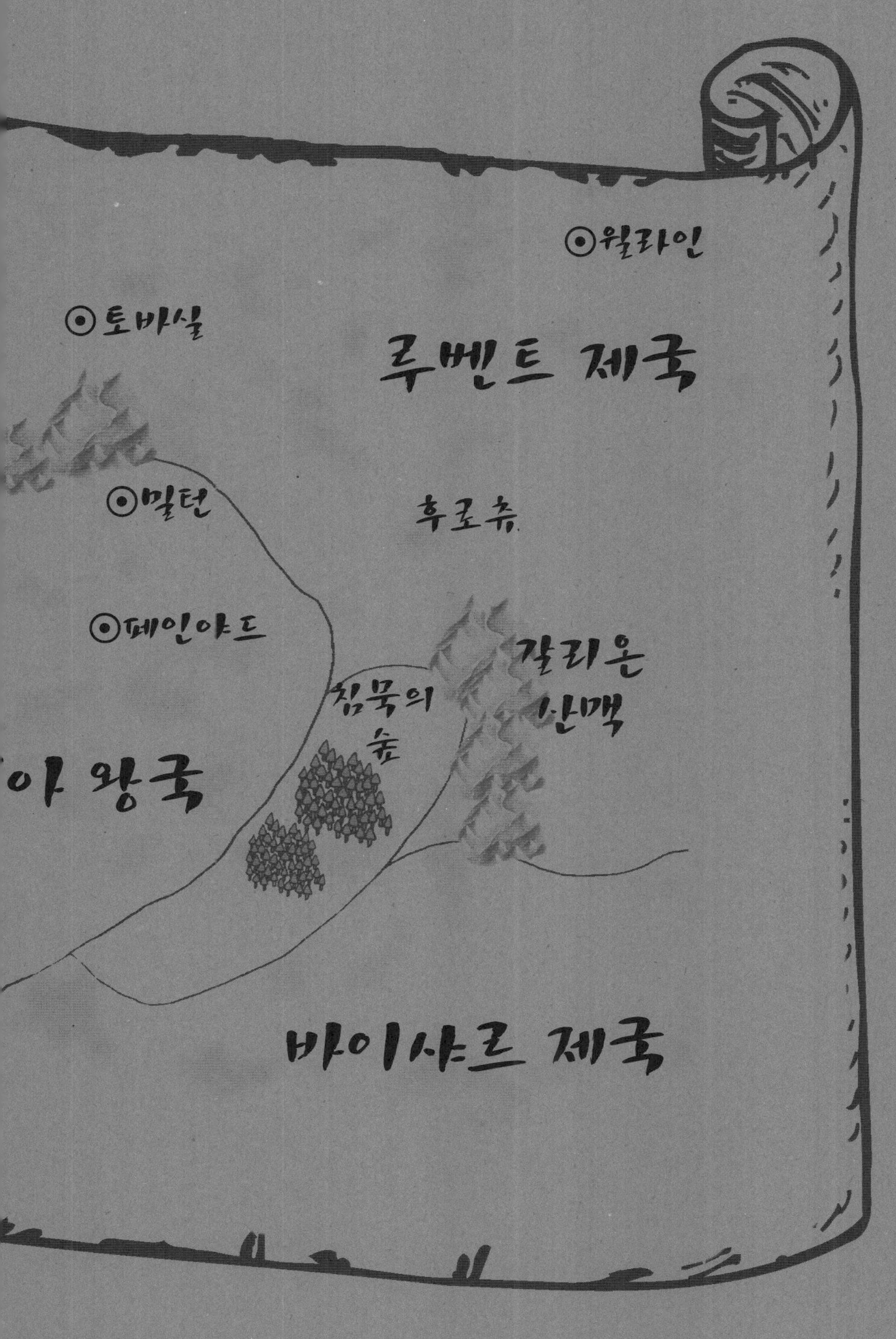
⊙월라인
⊙토바실
루벤트 제국
후로슈
⊙밀턴
⊙페인야드
침묵의 숲
갈리온 산맥
야 왕국
바이샤르 제국